브론테 자매,

폭풍의 언덕에서 쓴 편지

브론테 자매,

폭풍의 언덕에서 쓴 편지

줄리엣 가드너 지음
최지원 옮김

뜨겁게 사랑하고 단단하게 쓰는 삶

허밍버드
Hummingbird

일러두기

1. 이 책에 실린 브론테 자매의 편지 내용 중 중략된 부분은 원서의 형식을 따라 말줄임표로 표시하고 마침표를 찍지 않았다.

2. 브론테가의 편지에 등장하는 주요 인물(가족, 친구, 지인 등)에 대한 정보는 이 책의 '편지 속 사람들'과 '브론테 가계도'에 정리해 실었다.

3. 브론테 자매의 편지와 인용구에서 강조한 부분은 글자를 굵게 했고(원서에는 이탤릭체와 대괄호로 돼 있거나 따옴표를 중복 사용했다), 옮긴이 주로 따로 표시했다.

4. 이 책의 여러 기록 중 브론테가와 관련된 편지는 편지(✉) 기호, 일기를 비롯해 자매가 직접 쓰고 남긴 기록은 책(📖) 기호, 주변인의 기록은 깃털 펜(🖋) 기호, 자매가 쓴 소설의 발췌문은 펼친 책(📖) 기호로 표기했다.

5. 인명이나 지명 등 외래어는 국립국어원의 외래어표기법에 따랐으나 일부는 관례와 원어 발음을 존중해 그에 따라 표기했다.

6. 잡지와 신문 등의 매체, 시 제목은 〈 〉로, 단행본은 《 》로 표기했다.

7. 본문에 수록된 도판은 저작권자의 사용 허가를 받아 게재했다.

8. 본문에 수록된 도판 소장처 또는 사용 허가 출처는 이 책의 '도판 소장처'에 해당 쪽수와 함께 표기했다.

🍃 토머스 거틴이 1790년대에 발표한 〈산과 구름이 있는 풍경〉.
어둡고 적막한 요크셔 황야가 한없이 펼쳐진 쓸쓸한 광경은 흡사
브론테 자매의 삶과 그들의 영혼을 대변하는 듯하다.

Contents 차례

🖎 브론테가의 유일한 아들인 패트릭 브랜웰이 1834년에 그린 브론테 자매의 초상화.
흔히 '기둥 초상화'라고 불린다. 앤과 에밀리(맨 왼쪽과 왼쪽에서 두 번째) 그리고 샬럿(맨 오른쪽)
사이에는 원래 브랜웰이 들어가 있었다. 하지만 어느 시점에서 브랜웰이 직접 자신을 초상화에서
지워 버렸으며, 그 이유는 알려지지 않았다. 브론테 자매의 아버지, 패트릭 브론테가 사망한 후
유일하게 남은 가족인 샬럿의 남편 아서 벨 니콜스가 그림을 액자 틀에서 분리해 아일랜드로
가져가면서 유화의 표면이 한층 더 손상되었다. 이 그림은 꼬깃꼬깃 접힌 채 서랍장 안에
방치돼 있다가 오랜 세월이 지난 후에야 다시 빛을 보게 되었다.

서문 *Introduction*

브론테 자매들의 아버지인 패트릭 브론테는 이렇게 회고했다. '우리 아이들이 아주 어렸을 때, …… 그러니까 제 기억으로 맏이가 대략 열 살이고 막내는 네 살쯤 됐을 때, 그동안 어렴풋이 느꼈던 것보다 아이들이 훨씬 똑똑하단 걸 감지했답니다. 말을 할 때 수줍어하는 것만 조금 덜어 주자고 생각했죠. 모종의 가림막을 쳐 주면 되지 않을까 싶었어요. 마침 집에 가면 이 하나 있어서 아이들에게 그것을 쓰고 당당히 이야기해 보라고 했어요.'

샬럿과 에밀리, 앤 브론테의 시와 소설은 자매들이 목소리를 낼 때 '수줍음을 덜어 준' 가면으로 묘사되곤 한다. 세 사람의 작품에는 외부인들이 차마 엿보지 못한, 좁은 생활 반경 안에서 제한된 삶을 사는 브론테 자매가 획득했으리라고는 상상도 못 한 식견이 담겨 있었다.

브론테 자매의 생애 ―《샬럿 브론테의 생애(1857)》를 쓴 샬럿의 전기 작가인 엘리자베스 개스켈에 따르면 '내 평생 듣도 보도 못한 삶' ― 를 살펴보려면 그들이 남긴 글에 주목할 필요가 있다. 세 자매와 그들의 유일한 남자 형제인 브랜웰은 요크셔주 하워스의 드넓은 황야에 홀로 서 있는 음침한 석조 목사관에서 엄격한 성직자인 아버지, 과묵한 이모와 함께 고립된 삶을 살았다. 따라서 이들은 대부분 집안 식구끼리만 교제했고, 독서에 열중하며 어릴 때부터 다양한 글을 썼다.

브론테 자매의 삶을 가장 직접적으로 보여 주는 자료는 샬럿이 주고받은 서신이다. 코완브리지에서 보낸 참혹했던 최초의 학창 시절을 제외하면 자매 중에 가장 먼저, 가장 자주 '그들이 없는 세상'으로 뛰쳐나가 악전고투를 벌인 사람은 바로 샬럿이었다. 1831년 1월, 로헤드 기숙 학교에 입학한 샬럿은 현재까지 확인된 바로는 단 두 통의 편지를 교외로 보냈는데, 그중 하나는 남동생인 브랜웰에게 보낸 것이었다('평소처럼 일주일에 한 번 보내는 편지를 너에게 보낸다. 너에게 하고픈 말이 제일 많으니까'). 이 학교에서 샬럿은 엘런 너시와 메리 테일러라는 두 명의 친구를 사귀고 평생 이들과 서신을 주고받았다. 엘런과 메리는 성장 배경부터 외모까지 모든 면에서 확연히 달랐기 때문에 샬럿이 이들과 맺은 관계에도 차이가 있었다. 메리는 집안의 영향으로 급진적인 정치관을 가진 데다 독립적이고 명석하며 직설적이어서 샬럿의 복잡한 성격 중 반항적인 면을 자극했다. 샬럿이 그녀에게 보낸 편지는 현재 단 한 통만이 남아 있다. 메리가 1845년에 뉴질랜드로 이주한 후 샬럿이 그녀에게 보낸 긴 안부 편지로, 앤과 함께 런던에 있는 출판사에 처음 방문한 이야기가 적혀 있다. 1848년, 《제인 에어》를 한 권 받아 본 메리가 샬럿에게 보낸 답장에서 두 사람 사이에 오간 서신의 분위기를 어느 정도 포착할 수 있다.

───────────────✉───────────────

네가 정말로 책을 썼다니 도무지 믿을 수가 없어. 내가 영국에 있을 때는 한 번도 없었던 일이잖아. 난 로체스터 씨의 존재를 믿는 것만큼이나 너의 존재도 믿게 됐어. 두 사람 다 실재한다고 확신하고 있지······ 넌 어떠한 신념도 가르치려 들지 않는다는 점에서 나와는 무척 달라. 네 작품에서 교훈을 쥐어짜는 건 불가능한 일이야. 너의 세상은 너무나 순조로워서 부조리에 맞서 싸울 필요가 없는 거니? 네가 쓴 초고를 보고 어이없어하거나 자아비판을 한 적도 없단 말이야? 널 만나면 아주 혼쭐을 내 주겠어.

  하지만 메리 테일러에게 그러한 기회는 주어지지 않았다. 그녀가 영국에 돌아오기 5년 전에 샬럿이 세상을 떠난 것이다.

  한편 샬럿이 엘런 너시에게 처음 편지를 보낸 것은 로헤드 학교에서 맞은 첫 방학 때였고, 마지막 편지는 죽음을 앞둔 병상에서 연필로 흘려 쓴 것이다. 그사이에 두 사람 사이에는 수백 통의 편지가 오갔으며, 이 편지들은 브론테 자매의 생활상을 밝혀 주는 주요 자료로 남아 있다. 샬럿은 엘런에게 보내는 편지에서 자신과 가족들의 일상을 세세하게 기술했다. 또한 생계를 위해 가정 교사 자리를 구해야 하는 현실과 그에 수반되는 모든 부자유에 대한 분노, 엘런의 독립적인 처지에 대한 부러움, 여성의 지위에 대한 견해, 자매들을 향한 감정, 언니들의 죽음에 대한 가늠 길 없는 슬픔, '리즈-맨체스터 철도의 사무원이라는 감투를 얻기 위해 용감무쌍하고 낭만적인 모험을 떠났'다가 얼마 안 가 좌절하고 집에 돌아온 남동생에 대한 실망감도 털어놓았다. 우울감과 자신이 보잘것없는 존재라는 기분, 신앙적 위기, 외로움, 신과 아버지에 대한 의무감, 사랑과 결혼(아서 벨 니콜스와 결혼에 이르게 된 이야기를 포함)에 대한 감정도 고백했다. 하지만 샬럿은 '좋은 가문 출신의 요크셔 여인답게 양심적이고 모범적이며 차분한 성격의' 엘런에게 글쓰기의 원천인 내면의 세계, 그 상상의 왕국에 대해서는 말하지 않았다. 아래의 편지글에서 그 이유를 찾아볼 수 있다.

나는 너와 달라. 네가 내 머릿속을 들여다본다면, 나를 사로잡는 꿈들과 때때로 나를 집어삼켜 바깥세상을 지독히 따분한 곳으로 느끼게 하는 그런 상상들을 알게 된다면, 넌 나를 딱하게 여기고 분명 나를 경멸하게 될 거야.

1854년에 결혼식을 올린 샬럿은 몇 개월 후, 엘런에게 다음과 같은 편지를 보냈다.

아서(벨 니콜스)가 이 편지를 힐끔거리고 있어. 내가 편지를 너무 자유분방하게 쓴다나…… 남자들은 편지를 대화의 수단으로 삼는 걸 이해 못 하나 봐. 게다가 항상 우리 여자들을 경망하다고 생각하지. 나는 경솔한 이야기는 하나도 적지 않았다고 확신하는데 말이야. 그래도 이 편지를 다 읽고 나면 꼭 태워 버려. 아서 말로는 내가 쓰는 편지 같은 것들은 절대로 남겨 둬서는 안 된대. 루시퍼의 성냥처럼 위험하다는 거야. 그러니까 방금 말한 그이의 조언대로 해 줘.

🖋 브론테 일가의 생활권이었던 요크셔주 웨스트 라이딩의 1822년 지도. 하워스 사람들은 의료와 공공 서비스를 받거나 문구와 서적, 의복, 디저트를 구하러 인근의 키틀리까지 나가야 했다. 브론테 자매도 키틀리까지 걸어가 도서관에서 책을 빌렸다. 브랜웰은 한때 브래드퍼드에서 초상 화가로 자리 잡으려 노력했다. 미르필드에는 샬럿이 다닌 로헤드 학교가 있었고, 버스톨에는 그녀의 친구 엘런 너시가 살았다. 손턴은 샬럿과 에밀리, 브랜웰, 앤이 태어난 곳이다. 마지막으로 하워스에는 '자잘한 물건이나 생활용품을 취급하는 상점 주인들이 살았'고, 샬럿과 브랜웰, 에밀리, 앤 브론테는 거의 평생을 이곳에서 살았다.

'편지를 불태우지 않는다면 더 이상 서신 교환을 할 수 없다'는 게 그이의 조건이야…… 그렇게 하겠다고 확실히 맹세해 줘. 안 그러면 아서는 내 편지를 한 줄 한 줄 다 읽어 보고 우리가 교환하는 편지의 검열관으로 자처하고 나설 테니까……

엘런은 그러겠노라고 맹세했지만 실제로 편지를 소각하지는 않았다.

샬럿은 그 밖에도 여러 사람과 편지를 주고받았다. 브뤼셀에서 지내는 동안은 고향 집에 있는 에밀리에게 편지를 보내 고통스러운 심정을 토로했다(하지만 고통의 진짜 이유는 밝히지 않았다). 또한 그녀는 새로운 가정 교사 자리를 구해 떠날 때마다 가족들에게 편지로 안부를 전했다. 브뤼셀에서 알게 된 지인들이나 오래전 로헤드 학교 시절의 교장이었던 울러 양과도 서신을 교환했다. 《제인 에어》를 출간한 후에는 조지 헨리 루이스, 윌리엄 메이크피스 새커리, 해리엇 마티노, 엘리자베스 개스켈 등 유명인들이 보내온 서신이나 서평에 답을 하기도 했다. 런던으로 여행을 가거나 새로 사귄 문인 친구들을 방문할 때는 그곳에서 겪은 일을 편지로 아버지에게 자세히 설명했다. 하지만 생의 마지막 몇 년간 샬럿이 가장 열심히 편지를 주고받은 상대는 스미스 앤 엘더 출판사의 원고 검토자인 윌리엄 스미스 윌리엄스였다. 둘 사이에 오간 서신은 엘런 너시와의 편지 못지않게 친근하면서도 소설에 관한 내용에 조금 더 치중해 있었다. 샬럿은 출판사 대표인 조지 스미스와도 상당량의 서신을 교환했다. 윌리엄과 조지에게 보내는 편지는 언제나 '친애하는 선생님께(My Dear Sir)'로 시작하고 마지막은 '존경을 담아(respectfully)' 혹은 '진심을 담아(sincerely)'라고 끝을 맺었지만, 내

🖋 샬럿이 특유의 기울어진 필체로 친구인
엘런 너시에게 보낸 1836년 12월 6일의 편지.
이 편지에서 샬럿은 아마도 종이를 아끼기 위해
이중의 사선으로 글을 덧붙여 썼는데, 이는
엘런을 위해서였을 것이다. 1840년 영국에서는
1페니를 선불로 지급하는 롤런드 힐의 우편 제도
개혁이 실시됐지만, 그 전에는 발신자가 아닌
수신자가 편지의 장수에 따라 요금을 내야 했다.

🖋 샬럿 브론테의 초상화. 브래드퍼드에서
활동한 화가이자 남동생 브랜웰의 친구였던
J. H. 톰슨이 1840년 이후 어느 시기에
그려 주었다. 브랜웰은 톰슨에게 돈을 빌려
'아버지와 이모는 까맣게 모르'는 상당한
금액을 빚졌던 것으로 추정된다.

용 면에서는 그다지 격식을 차리지 않았다. 샬럿이 오래전에 내놓은 자신
에 대한 관찰 결과를 보면 그 이유를 알 수 있다. '나는 편지로 격식을 차리
는 건 못하겠어. 생각나는 대로 적어 내려가는 게 아니면 한 글자도 쓸 수가
없어.'

샬럿이 소설로 명성을 누린 짧은 기간에 서로 우정을 나눈 작가 엘리자 베스 개스켈은 1855년 4월 16일, 패트릭 브론테에게서 매우 뜻밖의 편지를 받았다.

별의별 삼류 글쟁이들이…… 신문과 책자에 우리 딸 샬럿에 관한 글을 게재하고 있는데…… 여태까지 언급된 것 중에는 사실도 있지만 거짓이 더 많아서…… 사정이 이러하다 보니 명망 있는 작가가 우리 딸아이의 생애를 간략하게 개괄하고 작품도 평해 주시면 좋을 것 같습니다. 제가 바라는 바를 이루기에 귀하가 가장 적격일 것으로 사료됩니다.

개스켈은 이미 그와 같은 작업을 염두에 두고 있었기 때문에, 죽은 딸의 생애를 알리고 싶다는 브론테 목사의 '급작스러운 요구'를 즉시 받아들였다. 목사관의 협조 외에도 엘런 너시가 샬럿에 관한 추억을 들려주는 한편 소각에 실패한 350장의 편지를 개스켈에게 빌려주었다. 메리 테일러도 뉴질랜드에서 긴 회고담을 보내 주었으며, 다른 친구와 지인들, 브론테가의 하인들, 하워스에서 문구점을 운영하는 존 그린우드 등도 각자 샬럿과의 추억과 그녀에 관한 생각을 허심탄회하게 들려주었다. 개스켈은 거기서 그치지 않고 과감하게 에제 부부가 사는 브뤼셀까지 찾아갔다. 에제 부인은 개스켈의 방문 요청을 거절했지만, 남편인 콩스탕탱 에제는 까다로웠던 두

명의 영국인 제자 샬럿과 에밀리에 대한 기억을 점잖게 털어놓았다(샬럿에게 받은 편지들도 보여 주었지만, 개스켈은 이것이 야기할 파장을 우려해 샬럿의 전기에 이를 포함시키지 않았다). 이런 다양한 자료와 개스켈 자신이 샬럿과 나누었던 대화를 골자로 하여 1857년 3월에 《샬럿 브론테의 생애》가 출간되었다. 수많은 찬사가 이어졌고, 런던의 문예평론지 〈애서니엄〉은 '하나의 예술 작품이며, 한 여성이 다른 여성의 삶을 이토록 훌륭하게 기술한 책은 여태까지 없었다'고 평했다. 샬럿이 사망한 직후에 출간되다시피 한 이 책은 브론테 자매들의 삶을 다룬 가장 정확한 기록 중 하나로 남아 있다.

에밀리가 죽은 후, 샬럿은 출판사에 보낸 편지에서 동생이 밖에 나가기를 거부하며 '뭐 하러 그래? 집에 있으면 샬럿 언니가 바깥세상을 가져다줄 텐데'라고 말했다는 일화를 전했다. 샬럿은 동생들에게 세상이 돌아가는 이야기를 들려줬을 뿐 아니라, 바깥세상에 동생들의 생각을 전달하는 역할도 담당했다. 또한 샬럿은 브론테가의 전설을 만들어 낸 개척자로서 가족들에 대한 자신의 기억을 바탕으로 그들을 향한 비판에 반박하기도 했다. 에밀리와 앤이 작성한 편지는 소량의 짧은 글만이 산발적으로 남아 있는데, 대부분은 샬럿의 친구인 엘런 너시에게 보낸 것이었다. 그런가 하면 브랜웰의 편지는 두서없는 경우가 많았고, 대체로 노골적이고 절박하며 간혹 눈물로 뒤범벅이 된 글도 눈에 띈다. 이러한 이유로 에밀리와 앤, 브랜웰의 삶에 관해서는 그보다 훨씬 자세히 기록된 샬럿의 삶에 기대어 짐작할 수밖에 없다. 물론 샬럿의 편지와 논평 외에(이러한 자료도 귀중하지만) 언니의 시각을 통해 굴절되지 않은, 동생들에 관한 또 다른 자료도 존재한다.

에밀리와 앤은 성년이 된 후로 4년에 한 번씩 함께 일기 소식지를 만들었다. 두 자매의 사망 후 발견된 이 감동적인 문서들은 2~3인치 길이로 접혀 아마도 머리핀이나 코담배를 담는 용도였던 것으로 보이는 작고 검은 상자 안에 보관돼 있었다. 일기 소식지에는 에밀리의 생일을 맞아 그들의 삶에 대한 평가와 최근의 가족 행사, 그날 있었던 일에 더해, 내년에는 브론테 일가와 이들이 만들어 낸 상상의 세계인 '곤달'과 '갈딘'의 거주민들에게 어떤 일이 벌어질까 하는 예상과 의문 등이 뭉뚱그려져 있다. 두 사람은 그림, 도서, 신문, 정기 간행물 등에서 수집한 정보와 이미지를 설득력 있게 조합해 상상의 세계를 창조했고, 샬럿과 브랜웰 역시 같은 재료를 이용해 '앵그리아'라는 세계를 만들었다. 이들은 상상의 왕국에서 그곳의 거주민들에 의해 발행되는, 그리고 외부인의 관점에서 그 세계에 관해 묘사하는 수많은 시와 희곡, 단편 소설, 소형 잡지를 만들었다. 그 안에는 웰링턴 공작, 바이런, 빅토리아 여왕 등 친숙한 지명과 인명도 등장하지만, 그런 경우에도 아이들의 상상력에 의해 점령되고 변형되어 생동감 있게 묘사된다. 이러한 이야기들은 그들에게 또 다른 형태의 유년기였고, 샬럿이 앵그리아와 자신이 가장 좋아한 캐릭터 '자모나'에게 고한 아래의 작별 인사에서 볼 수 있듯이 이 상상들은 조용하고 고립된 삶 속에서 직조해 낸 '햇살과 바람으로 엮은 그물'이었다.

> 나는 그에게 빚을 졌다네, 그는 내게
> 타오르는 등불을 높이 들어 주었지
> 그러자 빛줄기가 어둠을 에워싸 물리치고
> 그림자 하나 없는 놀라운 광경이 펼쳐졌다네

샬럿과 에밀리, 그리고 앤이 성장하면서 만든 책과 시들은 그들에게 친숙한 지형지물과 실제 경험을 바탕으로 하고 있지만 완전히 자전적이지는

🖋 브론테가의 형제자매를 그린 일명 〈총을 든 단체〉의 판화. 원본은 1833년에 브랜웰이 유화로 그렸다. 원본 그림을 촬영한 사진이 뒤늦게 발견되었는데, 그 전까지는 이 초상화의 일부로 추정되는 에밀리의 옆모습만이 세간에 알려져 있었다(139쪽 참조). 아서 벨 니콜스가 아내인 샬럿을 비롯해 앤과 브랜웰의 얼굴이 실제 모습과 차이가 크다고 생각해 그림을 찢어 버리고 에밀리의 초상만 남겼다고 추측해 볼 수 있다. 위의 판화는 J. 호스폴 터너의 《하워스의 과거와 현재(1879)》에 수록된 것이다.

않다. 샬럿은 엘런 너시에게 이렇게 편지하기도 했다. '《셜리》의 등장인물 중 누구도 특정 인물을 그대로 옮겨 왔다고 믿으면 안 돼. 그런 방식으로 글을 쓰는 건 예술의 규범에도 나의 정서에도 어긋나는 일이야. 우리는 현실에서 조언을 구할 뿐 명령을 받지는 않아.' 세 자매는 현실의 경험을 바탕으로 소설을 쓰며 여성의 삶에 있어서 중요한 문제들을 전면에 내세웠다. 샬럿은 1850년에 제인 오스틴의 《에마》를 읽고 나서 자신과 제인의 작품을 은근히 비교하기도 했다.

그녀의 글은 인간의 눈과 입, 손과 발에만 신경을 쓰고 심장과는 동떨어져 있어요. 예리하게 보고, 능숙하게 말하고, 유연하게 움직이는 것들은 주의 깊게 관찰하면서, 날쌔고 힘차게 고동치지만 깊숙이 숨겨져 있는 것, 세차게 피를 빨아들이고 내뿜는 것, 보이지 않는 '생명'의 근원이자 '죽음'의 표적인 그것을 오스틴 양은 간과하고 있어요……

브론테 자매의 방식은 그와 달랐다. 에밀리는 당찬 시구로 이를 표명했다.

내 영혼은 겁쟁이가 아니니
폭풍우가 몰아치는 속에서도 나는 요동치지 않네

또한 샬럿의 《제인 에어》에는 이러한 구절이 나온다.

《제인 에어》 중에서

여성은 일반적으로 매우 침착해야 한다고 요구되지만, 여성에게도 남성과 똑같은 감정이 있다…… 그들은 너무나 엄격한 속박과 너무나 절대적인 침체 속에서 동일한 상황이라면 남성들도 느낄 만한 고통을 받고 있다. 여성은 푸딩을 만들고, 스타킹을 뜨고, 피아노를 연주하고, 가방에 자수나 넣으며 스스로를 제한해야 한다고 말하는 건, 똑같은 인간이지만 더 많은 특권을 지닌 남성들의 편협한 생각이다. 여성들이 관습상 그들의 성별에 필수적이라고 강제된 것보다 더 많은 일을 하거나 배우려 한다고 해서 그들을 비난하거나 비웃는 것은 몰지각한 행동이다.

샬럿과 에밀리, 앤은 평생 글로써 '더 많은 일'을 하며 수많은 편지와 습작, 일기, 개인적인 기록, 시를 남겼고, 일곱 편의 소설을 책으로 발간했다.

패트릭 브론테

브론테 자매의 아버지. 열성적으로 독서를 즐겼으며 딸들에게도 자주 책을 권했다. 샬럿의 사망 이후, 딸의 전기를 써 달라고 엘리자베스 개스켈에게 의뢰했다. 자녀들이 모두 요절하여 샬럿의 남편인 아서 벨 니콜스가 유일하게 패트릭의 말년까지 곁에 남아 그를 보살폈다.

마리아 브랜웰

브론테 자매의 어머니. 어린 자녀들을 두고 일찍 세상을 떠났다. 자매들은 어렸을 때 사망한 어머니를 자세히 기억하지 못했고, 샬럿은 기억을 되살리고자 어머니의 초상화를 수정하여 그리기도 했다. 오른쪽 그림은 샬럿이 수정 작업을 한 어머니의 초상화이다.

엘리자베스 브랜웰

브론테 자매의 이모. 어린 나이에 어머니를 잃은 브론테가의 아이들을 돌봤다. 샬 럿은 엘리자베스에게 학교를 설립하기 위한 계획을 편지로 전하며 도움을 청했다. 그녀는 그 계획을 지지해 주었고 샬럿과 에밀리의 유학 비용까지 지원했다.

패트릭 브랜웰 브론테

브론테가의 유일한 아들. 샬럿은 브랜웰에게 가정 교사로 일하며 겪는 힘겨움을 편지에 토해 냈다. 브랜웰은 어렸을 때부터 가문의 신동이라는 기대를 한 몸에 받았지만, 성인이 된 후로 술을 마시고 난동을 부리는 등 방탕한 생활을 하여 브론테 자매를 힘들게 했다.

아서 벨 니콜스

샬럿의 남편. 샬럿은 그와 자신의 심장이 단단하게 결합되어 있으며, 그를 다정하고 친절한 남편이라고 편지에 설명했다. 하지만 샬럿의 갑작스러운 사망으로 인해 둘의 결혼 생활은 9개월을 넘기지 못했다.

엘런 너시

샬럿의 절친한 친구. 로헤드 학교에서 만나 친구가 되었다. 샬럿은 그녀를 낭만적인 구석은 없지만 솔직하고 믿음직스러운 친구라고 평했다.

메리 테일러

샬럿의 절친한 친구. 엘런과 마찬가지로 로헤드 학교에서 만났다. 샬럿은 메리를 모델로 《셜리》의 등장인물, 로즈 요크를 창조하기도 했다.

엘리자베스 개스켈

패트릭 브론테의 의뢰를 받아 샬럿의 전기를 쓴 소설가. 《제인 에어》의 성공 이후 샬럿은 개스켈을 만나 평생 두터운 우정을 공유했다.

엘리자베스 퍼스

샬럿의 대모. 마리아가 사망한 이후 패트릭은 엘리자베스에게 청혼했지만 거절당했다. 하지만 그녀는 사망할 때까지 브론테가의 자녀들에게 관심을 기울이며 가깝게 지냈다.

윌리엄 스미스 윌리엄스

《제인 에어》를 출간한 스미스 앤 엘더 출판사의 원고 검토자. 샬럿은 그가 지극히 신사적이며 박식하다고 생각했다. 윌리엄과 절친한 사이로 발전하여 생의 마지막 몇 년간 샬럿은 그와 가장 열심히 서신을 주고받았다.

조지 머리 스미스

스미스 앤 엘더 출판사의 대표. 《제인 에어》의 원고를 받은 후, 이야기에 깊이 몰입하여 원고를 다 읽을 때까지 잠자리에 들기를 거부했다. 샬럿과 앤이 런던에 방문했을 때 오페라를 보여 주는 등 편의를 제공했다.

콩스탕탱 에제

샬럿이 일방적으로 사랑했던 남자. 브뤼셀의 에제 기숙 학교에서 만났다. 가정이 있는 남성이었음에도 불구하고 샬럿은 에제에게 연모의 감정을 품고 지속적으로 편지를 보냈다. 하지만 단 한 번도 그에게 답장을 받지는 못했다.

클레르 조에 에제

콩스탕탱 에제의 부인. 샬럿이 자신의 남편을 사랑한다는 사실을 알고 나서부터 그녀를 차갑게 대했다. 샬럿은 '장밋빛 설탕 과자 같지만 실상은 색분필'이라고 에제 부인에 대한 자신의 생각을 기록으로 남겼다.

마거릿 울러

로헤드 학교의 교장. 샬럿은 울러의 제안을 받고 로헤드 학교에서 교사로 근무했으며, 샬럿에게 있어 그녀는 든든한 벗이었다.

윌리엄 메이크피스 새커리

샬럿이 존경했던 작가. 스미스 앤 엘더 출판사에 《제인 에어》를 읽고 눈물을 흘렸다며 호평 일색의 편지를 보냈다. 샬럿과 그는 런던에서 실제로 만남을 갖기도 했다.

아일럿 앤 존스 출판사

브론테 자매의 첫 시집 《커러, 엘리스, 액턴 벨의 시집》을 출간한 출판사. 하지만 이 시집은 저조한 판매량을 보였다. 추후 소설을 출간하겠다는 샬럿의 제안을 아일럿 앤 존스는 거절했고 영문학의 걸작을 놓친 수많은 출판사 중 최초의 출판사가 되었다.

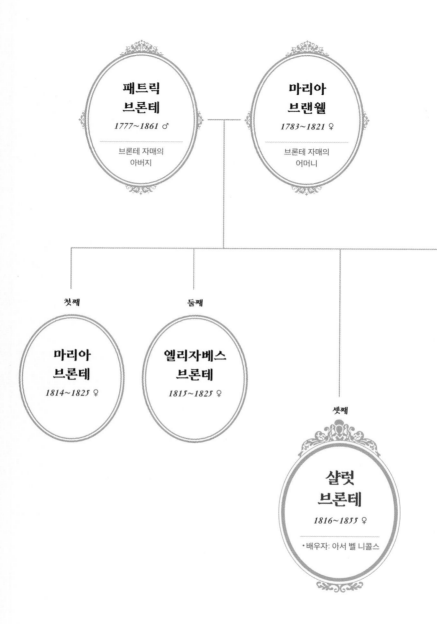

패트릭
브론테

1777~1861 ♂

브론테 자매의
아버지

마리아
브랜웰

1783~1821 ♀

브론테 자매의
어머니

첫째

마리아
브론테

1814~1825 ♀

둘째

엘리자베스
브론테

1815~1825 ♀

셋째

샬럿
브론테

1816~1855 ♀

• 배우자: 아서 벨 니콜스

브론테 가계도

브론테가의 자녀들은 모두 마흔을 넘기지 못했으며,
여섯 남매 중 슬하에 자녀를 남긴 사람은 단 한 명도 없었다.

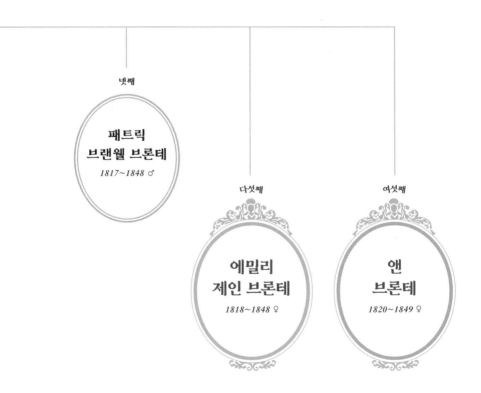

넷째

**패트릭
브랜웰 브론테**

1817~1848 ♂

다섯째

**에밀리
제인 브론테**

1818~1848 ♀

여섯째

**앤
브론테**

1820~1849 ♀

Part. 1

하워스로 가는 길

The road to HAWORTH

🍃 브론테 자매의 아버지 패트릭 브론테가 태어난 아일랜드 고향 집은
흙바닥이 그대로 드러난 방 두 칸짜리 오두막이었다. 창밖으로는 몬산맥의
풍경이 보였다. 1820년 하워스의 부목사로 임명된 패트릭은 요크셔의
황야에서도 고향의 기억을 떠올리며 여생을 하워스에서 보냈다.

1857년에 《샬럿 브론테의 생애》가 발간되자, 패트릭 브론테는 이 책에서 자신이 그다지 매력적으로 묘사되지 않은 것을 두고 저자인 엘리자베스 개스켈에게 이렇게 항변했다. '부정은 하지 않겠습니다. 저는 괴짜(원문에는 eccentrick. eccentric의 끝에 k가 붙은 오자 -옮긴이) 기질이 다분합니다. 제가 점잖고 침착하고 냉철한 축에 속했다면 지금의 제가 될 수 없었을 테고, 단언컨대 우리 아이들 같은 아이들이 태어나지도 않았을 겁니다.'

천재적인 세 딸의 아버지였던 이 남자는 1777년 3월 17일(그와 이름이 같은 수호성인 성 패트릭을 기리는 날), 아일랜드 다운주 드럼밸리로니의 농장 일꾼이었던 휴 브런티와 엘리너(앨리스라는 이름으로도 자주 불렸다) 사이에서 열 남매 중 장남으로 태어났다.

그는 자신이 살아온 내력을 개스켈에게 간략히 설명했다.

우리 딸 샬럿의 생애에 관해 짧은 글을 써 주십사 하는 저와 니콜스의 청에 응해 주신 바, 샬럿의 전기 작가로서 궁금해하실 만한 사항을 몇 가지 알려 드리겠습니다. 혹시라도 저에 대해 조금이라도 알고 싶어 하는 독자들이 있다면 그들의 호기심을 채워 줄 이야기를 최소한이라도 제공해야겠지요. 저희 아버지 성함은 휴 브런티입니다. 아일랜드 남부 태생이며, 어린 나이에 고아가 되셨습니다. 고대 가문의 혈통이라는 이야기를 들은 적도 있습니다만 진실 여부를 떠나 저는 한 번도 그것이 사실인지 궁금해하지 않았습니다. 저도 그렇지만 아버지도, 신의 섭리하에, 가계 혈통에 기댈 수 있는 운명이 아니어서 오직 피땀 흘려 일하는 삶을 사셨기 때문입니다. 아일랜드 북부로 이주한 아버지는 비록 이른 나이이긴 해도 적절한 혼처를 찾아 부부의 연을 맺으셨습니다. 금전적으로 넉넉하진 않아도 그럭저럭 몇 에이커의 논마지기를 빌린 부모님은 성실하고 바지런히 일해서 열 명의 자녀를 건실하게 키워 내셨죠.

개스켈은 위와 같은 기본적인 정보에 자신이 관찰한 바를 덧붙여, 패트릭이 '이른 나이에 비상한 민첩성과 지성을 드러냈'으며, '또한 엄청난 야망을 품고 있었다'고 지적했다. 그 야망의 뿌리는 아일랜드의 시골집으로, 아버지인 휴 브런티는 빈약한 수입을 보충하기 위해 뒷방에 가마를 두고 옥수수를 건조했다(당시에는 이런 식으로 옥수수를 말려서 저장 식품으로 활용했다 -옮긴이). 얼마 후 이들 부부는 바닥에 진흙을 발라 굳힌 좀 더 나은 집으로 이사했고, 그곳에서 패트릭이 태어났다. 이들은 감자 팬케이크에 오트밀을 섞어 만든 빵과 버터밀크 등으로 끼니를 때우며 검소한 삶을 살았는데

이 때문에 패트릭은 어린 시절 자주 속 쓰림을 겪었고, 성인이 되어 평생 소
화불량으로 고생한 것도 그 시절의 후유증이라고 생각했다.

🍃 패트릭은 고향 땅의 웅장한 풍경을 보며 신을 향한 사랑을 키워 나갔다. 하지만 신학 공부를 위해 영국으로 건너간 후로는 고향으로 돌아갈 마음이 사라져 버렸다. 그가 다시 아일랜드 땅을 밟은 것은 1806년에 성직을 수여하고 단 한 번 짧게 방문한 때가 마지막이었다.

브런티 가족은 엘리너가 양털에서 실을 뽑아 염색하고 카딩 가공(양모 원사를 곱게 빗어 정리하는 공정 -옮긴이)을 한 모직 의복만을 입었다. 휴 브런티는 화재를 염려해 리넨이나 면직물로 된 옷은 입지 못하게 했다. 아들인 패트릭은 아버지에게 물려받은 이러한 공포감을 평생 떨쳐 버리지 못하고 훗날 브론테가의 집에서도 층계참에 반드시 물 양동이를 둘 것을 고집했다. 샬럿이 결혼한 후에야 집안에서 패트릭의 선입견이 묵살되었고, 하워스 목사관의 창문마다 커튼이 달리게 되었다.

휴와 엘리너 브런티 부부는 사실상 문맹이었고, 문학에 대한 지식이라고는 오래전에 전해 들은 아일랜드의 민간 설화나 다른 사람—순회 전도사나 동네 학교 선생 등— 이 읽어 준 책의 구절을 주워들은 것이 전부였지만, 이들의 집에는 네 권의 책이 꽂혀 있었다. 패트릭의 어머니 소유인 작은 신약성경과 아버지가 보관하고 있던 성서, 로버트 번스의 시집, 그리고 존 버니언의 《천로역정》이었는데 패트릭은 이 마지막 책을 거의 외우다시피 했다.

일터인 리넨 직조장으로 터벅터벅 걸어가는 어린 패트릭의 손에는 언제나 책이 들려 있었는데, 얼마 후 새로운 책이 그의 관심을 독차지했다. 일 때문에 벨파스트에 갔다가 그동안 힘들게 모은 돈으로 구입한 존 밀턴의 《실낙원》이었다. 패트릭이 어린 나이에 첫 번째 스승인 앤드루 하쇼의 눈에 띄게 된 것은 바로 이런 독서에 대한 열정과 걸어가면서 큰 소리로 책을 읽는 버릇 덕분이었다. 장로교 목사이자 교사였던 하쇼는 패트릭에게 자신의 개인 도서관을 관리하게 했다. 이때부터 패트릭은 잠도 자지 않고 오비디우스와 베르길리우스, 호메로스, 헤로도토스의 작품을 탐독했고, 희미한 불빛 아래서 눈을 혹사한 탓에 시력이 영구히 손상되고 말았다. 1793년에 하쇼는 이 젊은 제자를 글라스카힐 장로 학교의 교사로 추천했고, 패트릭

🖌 존 버니언의 《천로역정(1678-1684)》에 들어가 있던 삽화.
이 책은 패트릭 브론테의 고향 집에서 발견된 네 권의 책 중 하나다.
샬럿은 순례자의 고된 여정이라는 이 책의 우화를 빌려 와
제인 에어가 세속적 낙원인 로체스터의 저택에서 영적이고
윤리적인 '모험'을 펼치는 소설을 완성했다.

은 이곳에서 5년간 지역 농촌 가정의 아이들에게 문학, 역사, 고전을 가르치면서 몬산맥 근처를 하염없이 거닐며 체득했던 자연에 대한 열정을 전파했다.

1798년 가을, 저명한 감리교 목사이자 존 웨슬리의 친구였던 토머스 타이 목사가 패트릭에게 승진을 제안했다. 당시 스물한 살이었던 패트릭은 짙은 갈색 머리와 연푸른색의 강렬한 눈동자를 지닌, 키가 크고 건장한 청년이었다. 그는 드럼밸리로니에 있는 훨씬 큰 학교로 부임했고, 가정 교사로 타이의 자녀들까지 맡게 되었다. 바로 이 가정에서 젊은 청년 패트릭은 중요한 결심을 세웠다. 교사로서의 재능과 자연을 경외하는 마음(훗날 딸

인 에밀리가 아버지의 이러한 기질을 물려받는다), 그리고 신학적 지식을 향한 그칠 줄 모르는 갈증은 한 가지 길을 가리키고 있었다. 성직자가 되는 길이었다.

1802년 9월, 패트릭 브론테는 가까스로 모은 25파운드를 손에 쥐고 토머스 타이의 모교인 케임브리지대학의 세인트존스칼리지가 있는 영국으로 향했다. 하나님을 섬기기 위해 아일랜드를 떠난 패트릭은 어머니가 살아 계시는 동안 자신의 수입을 아껴 지속적으로 용돈을 보냈지만, 고향에 돌아간 것은 겨우 한 번뿐이었다. 자녀들을 자신의 모국으로 데려가는 일도 없었다. 샬럿만이 아일랜드 출신 성직자인 아서 벨 니콜스와 결혼하며 딱 한 번 아일랜드를 방문했다. 그녀가 사망하기 겨우 몇 개월 전의 일이었다. 그러나 아일랜드의 유산은 패트릭의 내면 깊숙한 곳에 남아 있었다. 몬산맥의 야생적 아름다움에 매료되었던 그는 요크셔의 황야에서도 그에 대응하는 풍경을 찾아다녔다. 그의 자작시나 자녀들에게 들려준 켈트족 신화와 전설에는 아일랜드의 언어와 낭만성이 녹아 있었다. 브론테가의 아이들 모두가 그랬지만 특히 에밀리는 이러한 이야기에 깊은 감명을 받았고, 멀리 떨어진 무언가를 그리워하는 정서는 어린 브론테가 아이들이 그들만의 세계를 구축하는 데 있어서 일종의 지형도 역할을 했다.

엘리자베스 개스켈이 패트릭을 처음 만난 1850년에는 이미 '그의 말투에서 아일랜드 억양은 일절 찾아볼 수 없었'다. 하지만 40여 년 전에 그가 부목사직을 수행했던 요크셔주 듀스베리에는 얼스터(아일랜드 북부 지방 -옮긴이) 스타일의 푸른 리넨 프록코트를 입고 손에는 아일랜드산 곤봉(혹은 지팡이)을 쥔 채 교구를 활보하며 강한 아일랜드 억양을 내뱉던 패트릭을 기억하는 사람들이 남아 있었다. 그의 어머니는 천주교 신자였지만

🖋 케임브리지대학교의 세인트존스칼리지도서관. 패트릭 브론테는 1802년 10월 1일,
윌리엄 워즈워스와 새뮤얼 테일러 콜리지의 모교인 세인트존스칼리지에 입학했다.
이곳은 패트릭의 스승인 토머스 타이 목사가 학부를 마친 곳이며, 탄탄한 신학 교수진을 갖춘
것으로 널리 알려져 있었다. 그뿐 아니라 '요크셔 출신이 압도적으로 많은 것으로 유명'했다.
대학 재학 중에 패트릭은 민병대에 자원해 나폴레옹 군대의 영국 해협 침략을 막기 위한
군사 훈련을 받았다. 당시의 군대 동료 중에는 훗날 영국 수상이 되는 파머스턴 경이 있었다.

결혼 후 개신교로 개종했다. 패트릭은 성공회의 복음파에 소속될 예정이었는데, 이 교파는 감리교의 영향을 많이 받았지만 가톨릭에 물든 기성 교회 안에서만 비판의 날을 세웠다. 독설가인 케임브리지의 청년들 사이에서 패트릭은 농민 출신인 자신의 배경을 거의 언급하지 않았고, 근로 장학생으로 일하거나 부유한 학생들의 잔심부름을 하며 생활비를 충당했다. 그러던 중 다행히도 사회 개혁가 윌리엄 윌버포스가 설립한 복지 단체를 통해 10파운드의 연금을 확보하게 되었다.

패트릭이 이름을 바꾼 때도 케임브리지에서 신학과 고전을 공부하던 이

🖋 패트릭은 유복한 학우들의 사환 노릇을 하는 근로 장학생 혹은 급비생으로 입학해서 세인트존스칼리지와 케임브리지대학에 내야 하는 학비를 감면받았다. 또한 그는 '빈곤하지만 모범적인 30명의 최우수 학생'들에게 돌아가는 장학금 수여자로 선정되었고, 유망한 신입생들을 교회로 인도하기 위해 설립된 기독 선교회 기금의 도움을 받았다.

시기였는데, 처음에는 브랜티(Branty), 그다음엔 브론테(Bronté), 그리고 최종적으로 ë를 쓰는 브론테(Brontë, 제일 끝 글자가 é에서 ë로 바뀌었다 - 옮긴이)로 개명했다. 그가 존경한 넬슨 제독이 나폴리 국왕에게 받은 '브론테 공작' 작위에서 이름을 따온 것으로 보인다.

1806년에 영국 성공회에서 성직을 인수받은 패트릭은 부목사가 되어 여러 지역을 전전하기 시작했다. 에식스의 웨더스필드와 슈롭셔의 슈루즈버리에서 차례로 사역한 후, 1809년에 요크셔로 넘어와 처음에는 유명한 복

🍃 브래드퍼드 인근의 애펄리 브리지에 있는 우드하우스 그로브 학교. 감리교 목회자의 자녀들을 위한 교육 기관이었다. 이곳의 초대 교장인 존 피넬은 당시 약 10마일 거리인 하츠헤드에서 부목사로 사역하던 패트릭 브론테에게 학생들의 라틴어와 성서 실력을 시험하는 검사관이 되어 달라고 부탁했다. 저녁 식사에 초대된 패트릭은 피넬의 조카인 마리아 브랜웰을 만났다. 그녀는 피넬의 학교에서 재봉과 수선 일을 돕고 사촌인 제인의 말동무를 해 주기 위해 우드하우스 그로브에 갓 도착한 상태였다.

🍂 마리아 브랜웰의 고향인 콘월주 펜잰스의 풍경.

음성가('위대하신 하나님 기꺼이 내려오셔서 / 저의 아버지, 저의 친구가 되어 주시겠나이까')를 몇 곡 작곡한 듀스베리의 벅워스 목사를 보좌했다. 그리고 1811년에 몇 마일 떨어진 하츠헤드로 옮겨 갔는데, 35세의 부목사였던 패트릭은 바로 여기서 미래에 아내가 될 마리아 브랜웰을 만났다. 마리아는 콘월주 펜잰스 사람으로, 마침 요크셔에서 감리교 평신도 전도사 겸 학교 교장으로 일하는 고모부 존 피넬의 학교에 방문해 있었다. 개스켈은 마리아를 이렇게 묘사한다.

그녀는 몸집이 아주 작았고, 예쁘지는 않아도 무척 우아했다. 늘 수수한 취향의 옷을 입었는데, 그러한 의복은 그녀의 성품과도 잘 어울렸다. 옷의 세부 장식 중 일부는 훗날 그녀의 딸이 가장 좋아하는 여주인공에게 즐겨 입힌 드레스의 양식과도 비슷했다. 브론테 씨는 단번에 이 작고 온화한 인간에게 매료되었고, 이번에야말로 평생 지속될 사랑이라고 단언했다.

그로부터 30년 가까이 흐른 어느 날, 마리아의 딸인 샬럿은 이 '작고 온화한 인간'을 회상할 기회를 얻었다. 1850년 2월 16일, 친구 엘런에게 쓴 편지에 당시의 경험이 언급되어 있다.

지금으로부터 며칠 전에 묘하게 감동적인 작은 사건이 있었어. 아빠가 작은 편지 꾸러미를 내 손에 쥐어 주면서 엄마가 쓴 편지들이니까 한번 읽어 보라는 거야. 내가 어떤 정신 상태로 그것을 읽었는지 도무지 말로는 표현이 안 돼. 전부 내가 태어나기도 전에 쓰인 거라, 종이가 오래돼서 누렇게 변색돼 있었지. 내 정신의 뿌리가 되는 사람이 남긴 기록을 처음으로 읽게 되다니 야릇한 기분이 들었어. 가장 신기했던 건, 그리고 슬프면서도 동시에 감미로웠던 건, 그 안에서 지극히 섬세하고 순수하고 고상한 정신을 발견했다는 거야. 그건 두 분이 결혼하시기 전에 엄마가 아빠에게 보낸 편지들이었어. 거기에는 형언할 수 없는 솔직함과 세련미, 절개, 겸양, 그리고 온화함이 깃들어 있었지. 엄마가 살아 계셨다면, 내가 엄마를 더 잘 알았다면 얼마나 좋았을까.

마리아가 패트릭에게 보낸 편지들에선 —패트릭이 마리아에게 보낸 편지는 한 장도 남아 있지 않다— 굳센 종교적 사명감과 깊은 신앙심을 소유한 분별 있는 여인(미래의 남편을 처음 만났을 때 마리아는 29세였다)의 흔적을 발견할 수 있다. 편지 외에 마리아가 쓴 글은 정식으로 발표되지 않은 평론 하나가 전부였다. 제목은 〈신앙 문제에 있어서 가난의 이점들〉로, 패트릭은 그녀가 사망한 후 이 글을 다음과 같이 추천했다. '이것은 사랑하는 제 아내가 쓴 글로, 정기 간행물 중 한 권에 실리게 될 겁니다. 잘 간직해서 그녀를

🖐 젊은 시절의 마리아 브랜웰을 그린 초상화.
패트릭과 처음 만났을 당시 마리아는 갓 부모님을
여의고 50파운드의 연금을 수령하게 된, 29세의 신앙심
깊은 여인이었다. 패트릭은 '단번에 이 작고 온화한
인간에게 매료되었고, 이번에야말로 평생 지속될
사랑이라고 단언했다.'

🖐 젊은 시절의 패트릭 브론테.
마리아와 처음 만났을 당시 그는 '무척 잘생긴 청년이며,
아일랜드 출신답게 피가 뜨겁고, 누가 아일랜드 사내
아니랄까 봐 금세 사랑에 빠지는 것으로 주위에 소문이
자자했다.'

추모해 주십시오.' 두 사람은 열정적이고 애정이 넘치는 —때로는 장난도
치는— 모습도 보여 주었다. 약혼 후에 마리아가 패트릭에게 보낸 어느 편
지는 '나의 음탕한 팻에게'라고 시작해, 불과 몇 년 후 먹구름이 끼게 되는
이들 사이에 행복한 나날만 펼쳐질 것 같은 감상에 젖게 한다.

당신이 내게 지어 준 그 별명은 나보다 당신에게 더 어울린다고 생
각하지 않나요? 지난번 당신의 그것을 어떻게 받아들여야 할지 정

말로 모르겠네요(패트릭이 마리아에게 키스를 한 것으로 보인다). 그 바람과 파도와 바위에 난 정말 깜짝 놀랐다고요. 나는 당신이 무슨 끔찍한 꿈을 꿨다며 설명해 주거나 내 불쌍한 짐 가방의 운명을 예견하는 줄만 알았지(콘월에서 마리아의 짐 가방을 싣고 출발한 배가 도중에 폭풍우를 만나 바위에 부딪히는 바람에 그녀는 책과 옷가지, 장신구 등을 몽땅 잃어버렸다), 당신의 그 활발한 상상력이 내 가벼운 힐난을 그토록 엄청나게 갚아 줄 줄은 상상도 못 했어요. 그러다 나한테 **아주 혹독한 꾸지람**을 받으면 어쩔 거예요?

패트릭은 아내에게 보냈던 편지를 하나도 남겨 놓지 않았지만, 마리아가 서른 살이 되던 해에 헌정한 〈생일을 맞은 어느 숙녀분께 바치는 시〉를 보면 그 역시 대단한 언어의 마술사였다는 사실을 알 수 있다.

4월의 아침은 달콤하여라……
마리아를 따라 거닐고, 아침 공기를 들이쉬고,
뻐꾸기 울음소리를 듣네……
단정한 데이지와 푸르른 제비꽃이
저마다 매력을 뽐내며 당신을 유혹하지.
이 모든 행복이 배가되는 건,
그대와 이 기쁨을 함께하기 때문!……

또한 그는 아일랜드의 전설을 재밌게 들려주는 재주가 있었으며, 자신의 도덕적 신념을 표출하는 것을 좋아했다. 그의 저작물로는 《시골의 음유시인》, 《숲속의 오두막: 혹은 부유하고 행복해지는 법》(새뮤얼 리처드슨의 통속소설 《파멜라》에 대한 일종의 영적인 해답을 제시), 《킬라니의 하녀: 혹은 앨비언과 플로라: 종교와 정치에 관한 대략적인 견해와 현대소설의 결합》 등이 있다. 이 중 대표작으로 꼽히는 마지막 책은 훗날 그의 가족들이 취한 일련의 행동을 어느 정도 설명해 준다. 가령 브론테가의 아이들이 왜 그토록 고기를 먹기 싫어했는지, 샬럿은 왜 브뤼셀에 가기 전까지 한 번도 춤을 배우지 않았는지, 브랜웰이 요크셔의 건달들과 복잡하게 얽히자 목사관에서 왜 한바탕 난리가 났는지 등을 추측해 볼 수 있다.

1812년 12월 29일, 마리아와 패트릭은 마리아의 사촌인 제인 피넬과 패트릭의 친구인 윌리엄 모건 커플과 함께 기틀리에서 합동결혼식을 올렸고, 마리아의 여동생인 샬럿도 같은 날 펜잰스에서 혼인했다. 마리아의 조카인 또 다른 샬럿은 이모의 결혼식을 이렇게 회상했다.

🍂 웨일스 출신의 목회자인 윌리엄 모건.
슈롭셔에서 부목사로 사역하던 1809년에 역시 같은 지역의 부목사였던 패트릭과 처음 만났다.
모건은 패트릭과 마리아의 결혼식에 들러리를 섰고, 이들의 자녀 중 네 명에게 세례를 베풀었으며, 마리아와 그녀의 자녀 세 명의 장례식을 집도했다.
또한 그는 마리아의 사촌인 제인 피넬의 남편이었다.

제인 피넬은 윌리엄 모건 목사와 이미 약혼한 사이였어요. 둘이 혼인할 시기가 되자 피넬 씨는 딸 제인과 조카 마리아를 떼어 놓을 필요가 없으며, 그래야 한다면 시집을 보내지 않겠다고 했대요. 그래서 모건 씨가 브론테 씨와 마리아의 결혼을 주관하고, 그런 후에 브론테 씨도 모건 씨와 제인에게 같은 역할을 해 주기로 이야기가 된 거예요. 그렇게 해서 신랑들은 서로 주례를 서 주고, 신부들은 서로의 들러리가 됐죠. 우리 부모님인 조셉과 샬럿 브랜웰도 당시 펜잰스의 교구 교회였던 매드론에서 같은 날, 같은 시간에 혼인하셨어요. 두 자매와 네 사촌이 서로 시간을 맞춰 동시에 성스러운 혼례를 올린 건 아마 전무후무한 일이었을 거예요. 게다가 전부 행복한 커플이었죠. 우리 어머니가 늘 말씀하시길, 브론테 씨는 조금 괴상한 구석이 있긴 해도 아내를 헌신적으로 사랑했고, 우리 이모도 그만큼 남편을 사랑했대요.

부부가 된 마리아와 패트릭은 하이타운의 클러프 레인에 신혼집을 마련했고, 여기서 브론테가의 첫째와 둘째가 태어났다. 엄마의 이름을 딴 큰딸 마리아가 1814년에, 이모의 이름을 딴 엘리자베스가 1815년 2월 8일에 탄생했다. 같은 해에 패트릭은 브래드퍼드 인근의 손턴으로 부임지를 옮기게 되었고, 거기서 또 다른 이모의 이름을 딴 샬럿이 1816년 4월 21일에 태어났다. 이어서 1817년 6월 26일에는 유일한 아들인 패트릭 브랜웰(부모의 이름에서 한 단어씩 가져와서 지은 이름)이, 1818년 7월 30일에는 에밀리 제인 (대모인 제인 피넬에게서 중간 이름을 땄지만 '에밀리'는 독자적으로 지은 이름)이, 마지막으로 1820년 1월 17일에 앤(외할머니와 고모의 이름을 땀)이 세상에 나왔다.

몇 개월 후, 일곱 대의 무거운 짐수레가 '신임 교구 목사가 새로운 거처로 운반해 가는 살림살이를 싣고' 6마일 거리의 하워스 자갈길을 힘겹게 올라갔다. 패트릭 브론테가 아내와 여섯 명의 어린 자녀를 데리고 새로운 교구로 옮겨 가는 길이었다. 하워스는 18세기의 위대한 목회자 윌리엄 그림쇼가 강풍에 무방비하게 방치돼 있던 페나인 교구를 복음주의의 요새로 삼아 요크셔를 중심으로 한 강력한 부흥 운동을 일으켰던 곳으로, 이 지역에 사택을 제공받은 것은 패트릭에게 큰 영광이었다.

한편 개스켈은 하워스를 제법 번화한 마을로 묘사했다.

하워스의 주민 중에 극도로 빈곤한 사람은 없었다. 대다수가 인근의 소모사 방적 공장에서 일했고, 일부는 방적 공장의 소유주이거나 소규모 제조업자였다. 자잘한 물건이나 생활용품을 취급하는 상점 주인들도 있었다. 하지만 진료를 받거나, 문구와 서적, 공공서비스, 의복, 디저트 등을 구하려면 키틀리까지 나가야 했다……

이 동네는 길쭉한 형태이며, 가구들이 여기저기 흩어져 있다. 비탈지고 좁다란 도로가 하나 있는데, 길이 워낙 가파른 탓에 깔아 놓은

🖋 요크셔의 황야. 엘리자베스 개스켈은 이곳의 풍경을 다음과 같이 묘사했다.
'파도처럼 구불구불한 언덕들이 지평선 전체를 둘러싸고 있다. 움푹 들어간 곳의 그 너머에는
어김없이 동일한 색채와 형태의 언덕이 솟아 있고, 산마루에는 거칠고 황량한 벌판이 펼쳐져 있다.
이 웅장한 황야들은 고독감과 외로움을 불러일으키고, 관찰자의 마음 상태에 따라서 끝도 없이
늘어선 단조로운 장벽에 갇혀 버린 듯한 답답함을 주기도 한다.' 브론테 자매가 살던 시절에
요크셔 황야는 레이크디스트릭트(워즈워스를 비롯한 다수의 시인들에게 영감을 준 잉글랜드 북서부의
아름다운 산지 ─옮긴이)처럼 낭만적이라고 일컬어지는 지방이 아니었다. 이 황량한 불모지에
오늘날과 같은 극적인 매력을 더해 준 것은 소설 《폭풍의 언덕(1847)》이었다.

판석들이 수직으로 들려 있다. 덕분에 말발굽이 거기에 의지해 미끄러지지 않았는데, 그것이 없었다면 뒤로 자빠지는 즉시 그길로 내처 키틀리에 당도할 지경이었다.

그러나 해발 800피트 고지대인 페나인산맥에 위치한 것에 비해 위생 상태는 그리 좋지 않았다. 하수도가 없고 물이 오염되어 사망률이 매우 높았다. 하워스의 평균 수명은 25세였으며, 젖먹이의 41퍼센트가 첫돌을 넘기지 못하고 숨졌다.

그러한 마을의 꼭대기이자 황무지와의 경계 지점에 브론테가의 사람들이 앞으로 평생을 살아가게 될 목사관이 우뚝 서 있었다. 1779년에 완공된 이 건물은 현관에 박공지붕이 달린 전형적인 조지안 형식의 직사각형 가옥으로, 이 지방의 집들이 대부분 그러하듯 금세 우중충한 잿빛으로 변해 버리는 석회암으로 지어졌다. 개스켈은 하워스 목사관에 대해 이렇게 기술했다. '새로 이사한 집의 음산한 외관 ─ 언덕 위에 자리한 길쭉하고 나지막한 석조 목사관과 그 뒤로 더 높은 지대까지 뻗어 있는 방대한 면적의 황야 ─ 은 그때부터 이미 건강이 악화되고 있던 온순하고 예민한 부인 마리아에게 얼마나 큰 충격이었을까.'

샬럿의 학교 동창이자 평생 그녀와 서신을 주고받은 절친한 친구 엘런 너시는 1833년 방학 기간에 이 목사관에 방문한 일을 다음과 같이 기억한다.

카펫이 깔린 곳이라고는 거실(샬럿은 항상 이 공간을 '식사실'이라고 불렀다)과 서재(브론테가 이곳을 '응접실'이라 칭했다) 바닥 정도밖에 없었다. 복도 바닥과 계단은 사암으로 만들어졌는데, 집 안의 다른 모든 장소와 마찬가지로 언제나 티끌 하나 없이 말끔했고, 벽에는 벽지 대신 예쁜 비둘기색 염료가 칠해져 있었다. 서재에는 모직 방석이 덮인 의자와 마호가니 탁자, 책장이 있었지만, 다른 공간에서는 이렇다 할 가구를 찾아볼 수 없었다. 다른 사람들의 눈에는 분명 삭막하고 휑뎅그렁한 집으로 보이겠지만, 그곳에서 느껴지는 분위기는 삭막함이 아니었다. 내 머리와 마음속에서는 고상하다는 표현마저 떠올랐는데, 집 안 전체에 확실한 세련미가 감돌아서 그 무엇도 부족하지 않게 느껴졌다.

🍃 에밀리 제인 브론테의 세례 기념잔.
에밀리는 1818년 8월 20일, 손턴에 있는 세인트 제임스 교회에서 윌리엄 모건 목사에게 세례를 받았다.
존과 제인 피넬(제인은 마리아 브랜웰의 사촌이었다) 등이 그녀의 대부모로 입회했다. 19세기에는 세례를 받는 사람에게 이처럼 도자기로 된 잔을 선물하는 전통이 있었다.

🖋 요크셔 서부에 자리한 하워스는 황무지에서 방목하는 양을 바탕으로 모직물 생산의 중심지로 성장했다. 어린아이들까지 모직물을 제조하는 영세 기업이나 공장에서 일했는데, 1833년(공장 아이들을 묘사한 이 그림이 발표된 지 19년 후)에 개정된 공장법으로 9세에서 13세 아동의 노동 시간이 일주일에 48시간으로 제한되었고, 대부분의 방적 공장에서 9세 미만 아동의 고용이 금지되었으며, 공장에서 일하는 아이들에 대한 시간제 교육이 의무화되었다.

나무 한 그루 없는 마당의 제일 아래쪽에 '성 미카엘과 모든 천사 교회'가 세워져 있었다. 한 세기 전, 그림쇼 목사가 열정적인 설교를 펼쳤던 이곳의 3단짜리 설교단에서 이제 브론테 목사가 주일마다 말씀을 전하게 될 터였다. 엘런 너시는 그곳의 신도들을 이렇게 회고했다.

━━━━━━━━━━━━━━━ ✎ ━━━━━━━━━━━━━━━

그들은 설교를 들으러 모인 것이 분명했다. 다들 신도석에 앉거나 기대어 있었는데, 드넓은 황무지를 걸어오느라 지쳐서 쉬고 있는 듯한 모습이 눈에 많이 띄었다. 주일학교 학생들은 예배가 시작된 후에야 대부분 나막신을 신은 발로 타닥타닥 소리를 내며 들어왔고, 설교가 시작되기 전에 또다시 타닥타닥거리며 나갔다. 긴 막대를 든 교회지기가 중앙 통로를 돌아다니며 조는 사람들을 '쿡쿡' 찔렀고, 가만히 있지 못하는 아이들에게는 고개를 흔들며 위협했다. 하지만 일단 설교가 시작되면 경내는 일변했다. 일제히 경청하는 자세를 취하며 설교자에게 시선을 집중하는 것이었다. 이럴 때 그들의 표정은 신비롭기 그지없었다. 신도들의 얼굴마다 순박하고 무지한 영혼이 환하게 떠올랐으며, 일부는 반대 의견을 내기라도 하려는 듯 도전적이고 꺼림칙하고 미심쩍은 표정을 지었다. 브론테 목사는 언제나 신도들 앞에서 즉흥적으로 설교했다. 찬송가에 나오는 비유를 예로 드는 경우도 많았는데, 그럴 때는 아주 단순한 방식으로 설명했다. 지식수준이 매우 낮은 사람들도 똑똑히 이해할 수 있도록 때로는 자신의 말로 풀어서 쉽게 가르쳐 주었다⋯⋯ 교구민들은 브론테 목사를 존경했는데, '목사님은 훌륭한 분'이라고 평한 그중 누군가의 말처럼 브론테 목사는 '남의 일에 감 놔라, 대추 놔라 하지 않았'기 때문이었다. 브론테 목사는 인간 본성에 대한 이해를 바탕으로 그들의 독립적인 정신이 좀 더 높은 수준으로 교화되기 전까지는 이것이 그가 추구해야 할 최선의 방향이라고 결정한 것이 틀림없었다.

집의 측면 담장에 난 작은 문을 열고 나가면 뒤죽박죽으로 섞인 묘석 아래 4만 명가량이 잠들어 있는 공동묘지가 나왔다. 개스켈의 친구 중 한 명의 표현을 빌리자면 '비에 젖어 거무죽죽해진 묘비들로 그야말로 **뒤덮여**' 있어서 '우울하디 우울한 곳'이었다. 집 뒤편으로 뻗은 황야에는 헤더와 고사리, 히스, 빌베리, 잔디가 지평선 끝까지 펼쳐져 있어 계절에 따라 벌판의 색이 달라졌다. 하지만 이런 풀들도 집 근처로 오면 울퉁불퉁한 돌담에 가로막혀 딱 끊어졌는데, 이 부적절한 차단벽들 때문에 '가을이나 겨울이 되면 밤마다 하늘의 네 바람(스가랴서 6장 5절에 나오는 구절 -옮긴이)이 만나 사납게 울부짖으며, 입구를 찾는 짐승들처럼 집 주위를 세차게 휘감았다.'

그러나 새집에서 가족 모두가 함께하는 생활은 그리 오래가지 못했다. 1821년 11월 27일, 패트릭 브론테는 절친한 친구이자 한때 같은 교구에서 지냈던 존 벅워스 목사에게 아래와 같은 편지를 보냈다.

🍂 하워스 목사관. 개스켈이 쓴 《샬럿 브론테의 생애(1857)》에 삽입된 그림.
이 책에서 그녀는 브론테가의 자택을 이렇게 묘사했다. '목사관은 산길과 직각을 이루고
있어서 사실상 목사관과 교회, 종탑이 있는 학교 건물이 불규칙한 직사각형의 3면을 이뤘고,
네 번째 면은 들판과 그 위로 뻗은 황무지를 향해 열려 있었다····· 목사관은 2층짜리 회색 석조
건물로, 상대적으로 가벼운 지붕이 바람에 날아가지 않도록 무거운 깃발로 옥상을 꽁꽁 싸매
두었다····· 이 집의 구석구석에서 지극히 세심하고 극도로 완벽한 수준의 청결함을 발견할
수 있다. 현관 계단에서는 티끌 한 점 찾아볼 수 없으며, 작고 고풍스러운 유리창은 거울처럼
빛이 난다. 집 안팎이 모두 가장 본질적이고 순수한 차원의 청결도를 보여 준다.'

사랑하는 저의 아내가 지난 1월 29일에 위독한 상태에 빠져, 그로 부터 7개월이 조금 지나 세상을 떠났습니다. 그 길고 지루했던 마지막 기간에 저는 매일, 매주 그녀가 어서 최후를 맞이하길 바랐죠. 첫 3개월 동안 저는 우리 아이들 여섯 명과 유모, 하인들을 제외하면 아무하고도 만나지 않아 혼자 남겨진 것이나 다름없었습니다. 듀스베리에 있었다면 다정한 친구들을 물리쳐야 했을 테고, 하츠 헤드에 있었다면 간혹 다른 지인들을 만났을 테고, 손턴에 있었다면 언제나 제게 친절했던 가족들이 저의 슬픔을 위로해 주었겠지만, 저는 하워스라는 낯선 땅에 있는 이방인이었습니다……

오랜 세월이 지난 후, 하인 한 명이 개스켈에게 마리아 브론테의 마지막 나날을 이야기해 주었다.

침실에 누워만 계시다가 결국 털고 일어나지 못하셨어요…… 집 안은 아이들이 있는지도 모를 정도였죠. 그만큼 얌전하고 조용하고 착한 아이들이었답니다. 마리아는 공부방에 틀어박혀(마리아는 고작 일곱 살이었어요!) 신문만 읽었고, 거기서 나오면 의회에서 벌어진 논쟁이라든가 하는, 저는 알아듣지도 못하는 이야기를 모두에게 들려주었어요. 그리고 마치 엄마처럼 동생들을 챙겼죠. 그렇게 착한 아이는 또 없을 거예요. 아이들이 왜 이렇게 소극적일까 생각한 적도 있었죠. 그렇게 특이한 아이들은 여태까지 본 적이 없답니다.

개스켈은 다음과 같이 설명을 이어 갔다.

어머니는 자녀들을 조금이라도 더 보려고 조급해하지 않았는데, 머지않아 엄마를 잃게 될 그들을 보면 가슴이 찢어질 것 같았기 때문이리라.

🖋 샬럿이 수정 작업을 한 어머니의 초상화.
그녀는 '말년에 들어 어머니에 대한 기억을 되살리고 싶어서 어머니를 그린 초상화 두세 점을 복구하려고 심혈을 기울였다.' 샬럿은 어머니가 아버지에게 보냈던 편지 묶음을 처음 읽고 그 안에서 '지극히 섬세하고 순수하고 고상한 정신을' 발견했던 당시의 인상을 되살리며, 마리아를 최대한 이상화하여 그림으로 옮겼다.

1821년 9월, 마리아 브론테가 2층 침실에서 죽음을 맞이했다. 그녀가 절망적으로 내뱉은 '오, 신이시여. 불쌍한 내 아이들. 오, 신이시여. 불쌍한 내 아이들'이라는 마지막 외침만이 조용한 집 안에 널리 울려 퍼졌다. 하워스로 이사한 지 18개월도 채 지나지 않은 시기였다. 개스켈은 아래와 같이 연민을 표했다.

그 조용한 아이들의 삶은 한층 더 적막하고 고독해졌을 것이다. 샬럿은 말년에 들어 어머니에 대한 기억을 되살리고 싶어서 어머니를 그린 초상화 두세 점을 복구하려고 심혈을 기울였다. 그중 한 점에는 노을이 지는 시간에 브랜웰과 어머니가 하워스 목사관의 거실에서 함께 놀고 있는 모습이 그려져 있었다. 그러나 샬럿은 네다섯 살 때의 일이라 당시 상황을 또렷이 기억하지는 못했다.

그로부터 2개월 후, 패트릭 브론테는 '아직 어눌하고 순진무구한 자녀들'에게 엄마를 찾아 주기 위해 집안끼리 잘 알고 지내던 엘리자베스 퍼스에게 청혼했다. 상대방은 정중하지만 단호하게 거절했다.

이듬해 봄, 패트릭은 에식스의 웨더스필드에서 부목사로 사역할 때 구애한 적이 있지만 상대편 가족의 반대로 결혼이 무산되었던 여인의 어머니에게 편지를 보냈다. 하지만 만족스러운 답변을 얻지 못하자 이번에는 그녀의 딸 버터 양에게 직접 구혼했다.

당신이 **여전히** 독신이라는 사실을 떠올리는 지금 이 순간, 내 가슴에는 무척이나 기쁜 감정이 솟구쳐 오르고 있소. 그리고 이기적이게도 당신이 계속 그 상태로 남아 있기를 바라오. 설령 당신이 다시는 나를 보지 않겠다 하더라도 말이오. **당신**은 내가 처음으로 청혼한 여인이며, 당신 역시 **처음으로 혼인을 약속한** 남자가 나라는 데는 의심이 여지가 없으니까. 당신이 지금 나를 얼마나 싫어할는지 모르겠지만, 한때는 꾸밈없이 순수하게 나를 사랑했다는 것을 확신하고 있소. 당신이 지금까지 보고 들은 모든 것들로 미루어 나의 사랑을 의심할 수는 없을 거요. 당신을 마지막으로 본 지 벌써 15년이나 흘렀구려. 긴 세월이었던 만큼 그동안 많은 변화가 있었을 것

🖋 엘리자베스 퍼스를 그린 세밀화.
손턴에서 브론테가를 환대해 준 퍼스 양은
샬럿의 대모이자 가족 전체의 친구가 되었다.
패트릭은 마리아가 사망한 후 그녀에게
청혼했다가 거절당했지만 변함없이 그녀를
높이 평가했으며, 1836년에 보낸 서신에서는
샬럿과 앤이 '한동안 당신의 집에 머무는 것'은
그들에게 '대단한 특권'이라고 생각'한다며
공공연히 그녀를 추켜세웠다.

이오. 나도 예전보다 많이 늙었다오. 그렇지만 잃은 것보다 얻은 것이 많다고 나는 믿고 있소. 예전보다 **지혜롭고** 더 나은 사람이 되었다고 조심스럽게 말해 주고 싶구려…… 이 편지를 읽으며 **당신이** 어떤 기분일지 잘은 모르겠지만, 나로서는 지난날의 사랑이 다시 불타올랐으며 당신을 **간절히** 보고 싶다고 꼭 말해 주고 싶소…… 당신이 **어떤** 결정을 내리든, 나는 언제까지나 당신을 **진심으로 사랑할** 것임을 믿어 주시오……

그러나 이 편지를 받은 버더 양은 격분했다.

장장 15년이라는 세월이 흘렀고 여러 가지 상황이 변했는데도 당연하다는 듯 제게 다시 구혼하시다니 도대체 어떤 의도에서 이러시는 건지 도무지 이해가 가지 않는군요. 당신이 오래전에 제안했던 그 사안은 이미 침묵 속에 묻혀 지금에 와서는 잊힌 것이나 다름없으니 당신이 만족스러워할 만한 그 어떤 응답도 돌려드릴 수 없습니다.

패트릭은 다시 한번 자신의 주장을 펼쳤다.

당신이 **내 것이** 되었더라면 **현재의** 상태 혹은 **독신으로서** 도달할 수 있는 그 어떤 상태보다 훨씬 더 행복했을 거라는 데는 의심의 여지가 없소. 당신은 **제2의 자아를** 얻고…… 두 **마리** 토끼를 모두 잡는다는 위대한 목표를 품을 수 있었을 것이오.

그러나 소용없는 일이었다. 버더 양은 그가 제안하는 미래에 흔들리지 않았고, 패트릭도 그 이상은 저돌적으로 다가가지 않았다. 대신 죽은 마리아의 동생이자 브론테가의 아이들이 브랜웰 이모라고 부르던, 올곧은 성품의 감리교 신자 엘리자베스가 마지못해 목사관으로 들어와 엄마 없는 조카들을 돌보게 되었다. 개스켈은 그녀에 대해 아래와 같이 기술했다.

마흔을 훌쩍 넘긴 여성이 '콘월에서부터' 건너와 꽃도 화초도 풍요롭게 자라지 못하고 중간 크기의 나무라도 찾으려면 사방을 헤매야 하는 지방에 자리 잡고 산다는 것은 엄청난 삶의 전환이었다. 게다가 보금자리로 여기고 살아야 하는 건물에서부터 아득히 뻗쳐 올라간 황량하고 음산한 황야에는 봄 늦게까지 오래도록 눈이 쌓여 있었다. 그녀는 시골 마을에서 시도 때도 없이 이루어지던 소소하고 유쾌한 이웃 간의 교류가 그리웠고, 어린 시절부터 알고 지낸 친구들이 그리웠으며…… 이 지방의 관습 중 상당수가 마음에 들지 않았는데, 특히 목사관 복도와 거실의 판석 바닥에서 습기가 올라오는 것을 끔찍하게 싫어했다.

패트릭은 한층 더 서재에만 틀어박혀 책을 읽고 설교를 준비했다. 그리고 아침이면 거의 놀랍도록 같은 시간에 공동묘지를 가로질러 교회 종탑을 스치도록 총을 쏘았다. 이 권총은 하츠헤드에서 사역하던 시절, 신식 기계와 기존 종교 단체를 위협하는 러다이트(산업혁명 초기에 일어난 영국 노동자들의 기계 파괴 운동 - 옮긴이) 단원들의 공격에 대비해 구해 놓은 것이었다. 그는 또한 혼자서 산책을 나가 손에 쥔 지팡이로 야생화와 가시덤불을 헤치며 황야를 이리저리 활보하고 다녔다. 그러다 보면 간혹 언덕 위로 높이 솟구쳐 오르는 황금빛 독수리를 만나는 날도 있었다.

🍃 엘리자베스 브랜웰의 실루엣. 마리아의 동생으로, 엄마를 잃은 브론테가 아이들을 1821년부터 돌봐 주기 시작했다. 훗날 브론테 자매들이 직접 학교를 설립하려 할 때 이들의 계획을 지지해 준 것도, 샬럿과 에밀리의 브뤼셀 유학 비용을 대 준 것도 그녀였다. 패트릭 브랜웰은 그녀를 20년 동안 '엄마'로 여겼으며, 그녀가 세상을 등지자 '내 어린 시절 행복한 나날의 안내자이자 지휘자를 잃었다'며 애통해했다.

🍂 브론테가의 삶에 늘 배경으로 존재했던 황야의 풍경.
샬럿은 로헤드 학교에서 이렇게 기록했다.
'그 바람…… 시시각각 끊임없이 세차게 불어 대는……
급속하고 격렬하게 부풀어 오르는, 내가 아는 그 바람이
지금 이 순간 저 멀리 하워스의 황야에서 불고 있다.
바람이 우리 집을 휩쓸고 교회 묘지로 내려가
낡은 교회 건물을 휘감을 때, 브랜웰과 에밀리는
그 소리를 들으며 아마도 나와 앤을 떠올리리라……'

Part. 2

어린 시절 이야기

Tales of childhood

🍃 테오필 에마뉘엘 뒤베르제의 〈말썽꾸러기 학생들〉.
로헤드 학교에서 지내는 동안 샬럿은 말썽과는 거리가 먼 학생이었다.

아내를 잃은 패트릭 브론테는 200파운드도 안 되는 연봉으로 열 살 미만의 자녀 여섯 명을 부양해야 했다. 딸들의 교육 문제를 해결할 유일한 방법은 하워스에서 50마일가량 떨어진 코완브리지 학교에 보내는 것이었다. 랭커셔카운티의 커비 론스데일 인근에 있는 이곳은 복음주의 교파의 윌리엄 캐러스 윌슨 목사가 '궁핍한 교역자의 여식들'을 위해 설립한 지 얼마 안 된 교육 기관이었다. 학비는 숙식비와 수업료를 합쳐 일 년에 14파운드였으며, 학교 소개서에는 다음과 같이 안내되어 있었다.

본교의 수업은 역사, 지리, 지도 읽는 법, 문법, 작문, 산술 과목으로 구성되어 있으며, 바느질 기법 일체와 그보다 높은 수준의 가사 기술(고급 리넨으로 된 의복을 세탁하는 법 등)도 가르칩니다. 교양 수업이 필요한 경우, 프랑스어, 음악, 회화 수업에 연간 3파운드의 추가 비용이 청구되며…… 학생들은 각자 개인 성경, 기도서, 반짇고

리와 필수적인 바느질 도구, 꼬리빗, 솔빗, 장갑, 나무 덧신, 그리고
아래 목록에 적힌 의복 일습을 준비해 와야 합니다.

· 일상용 시프트(드레스 형태의 속옷-옮긴이) 4벌
· 잠옷용 시프트 3벌
· 나이트캡(잘 때 쓰는 모자-옮긴이) 3개
· 코르셋 2벌
· 플란넬 페티코트(속치마-옮긴이) 2벌
· 흰색 페티코트 상의 3벌
· 회색 모직 페티코트 상의 1벌
· 주머니 2쌍

· 흰색 면직 스타킹 4켤레
· 검은색 소모직 스타킹 3켤레
· 담황색 목면직물 재킷 1벌
· 갈색 홀란드 직물의 피나포어(긴 앞치마-옮긴이) 4벌
· 흰색 홀란드 직물의 피나포어 2벌
· 짧은 유색 드레싱 가운(잠옷 위에 걸치는 헐렁한 가운-옮긴이) 1벌
· 신발 2켤레

브론테 자매의 어머니가 세상을 등지고 3년 가까이 지난 1824년 7월
1일, 제일 나이가 많은 마리아와 엘리자베스가 코완브리지로 떠났고, 8월

에는 샬럿이, 11월에는 에밀리가 언니들을 뒤따랐다.

학생부에는 이들이 체계적인 교육을 받지 못했고 소녀들이 필수적으로 익혀야 할 기술도 부족하다고 기록되어 있지만, 예리하고 뛰어난 지성이 엿보인다는 사실 또한 적시해 놓았다.

· 마리아 브론테, 10세, 1824년 7월 21일. 수두, 성홍열, 백일해 면역 있음(이 부분은 '질병 이력'이라는 항목 아래 기재돼 있음). 읽기를 곧잘 함 / 쓰기는 매우 잘함 / 계산은 그럭저럭함 / 수예는 아주 서투름 / 문법 지식이 어느 정도 있음, 지리와 역사는 거의 모름 / 프랑스어를 읽는 능력은 그런대로 발전했지만 문법적으로는 전혀 진보가 없음(옆 페이지에는 '가정 교사'라는 단어가 쓰여 있음).

· 엘리자베스 브론테, 9세. 성홍열, 백일해 면역 있음. 읽기는 조금밖에 못함 / 쓰기는 매우 잘함 / 계산은 전혀 못함 / 수예는 아주 서투름 / 문법, 지리, 역사, 사교적 지식이 전무함.

· 샬럿 브론테, 8세, 1824년 8월 10일. 백일해 면역 있음. 읽기를 곧잘 함 / 쓰기는 보통 / 계산을 조금 할 줄 알고 수예 솜씨가 좋음 / 문법, 지리, 역사, 사교적 지식이 전무함. 가정 교사. 종합적으로 볼 때 또래에 비해 영리하지만 체계적인 지식을 갖추지 못함.

· 에밀리 브론테, 5¾세, 1824년 11월 25일. 백일해 면역 있음. 읽기

를 상당히 잘하고 수예는 조금 할 줄 앎…… 가정 교사.

브론테 자매들은 코완브리지에서 비극적이고 쓸쓸한—제일 큰 두 언니가 죽음에까지 이르는— 경험을 하게 되는데, 샬럿은 20여 년 후에 당시의 기억을 되살려 《제인 에어》의 로우드 학교를 탄생시켰다. 잔인한 캐러스 윌슨 목사는 소설 속에서 신실한 척하는 브로클허스트로 구현되었는데, 열 살 소녀인 제인 에어는 그를 보고 이렇게 생각한다. '검은 기둥이다! 적어도 내게는 첫눈에 그렇게 보였다. 흑담비 모피를 휘감은 곧고 가느다란 기둥이 카펫 위에 똑바로 서 있고, 꼭대기에는 가면을 새겨 놓은 것 같은 딱딱한 얼굴이 기둥머리처럼 얹혀 있었다.' 코완브리지 학교의 학생들은 평생 가난하게 살아갈 소지가 다분했기 때문에 —실제로 상당수가 고아들이었다 — 턴스톨 교회의 목사는 어린 학생들에게 겸허함과 기독교적 순종을 심어 주겠다며 가혹하고 엄격한 교육을 시행했다. 윌슨 목사의 저작물인 《어린이들의 벗》, 《첫 번째 동화》, 《유년기 회고록》 등을 보면 경건하다 못해 병적인 글귀에서 교훈적인 의도가 드러나는데, 샬럿은 훗날 《제인 에어》에서 로우드 학교의 브로클허스트에게 이러한 특성을 부여했다.

《제인 에어》 중에서

아시다시피 제가 이 여자애들을 보육하는 목적은 그들을 사치와 방종에 빠지게 하는 것이 아니라, 강인함과 인내심, 극기심을 길러 주는 겁니다…… 오, 부인. 당신이 그 아이들의 입안에 눌어붙은 죽 대신 빵과 치즈를 넣어 주신다면 그들의 비천한 육체는 살찌울 수 있을지언정 불멸의 영혼은 굶기게 된다는 것을 잊지 마시기 바랍니다.

또한 샬럿은 고아인 제인 에어의 눈을 통해 이 학교의 잔인한 일과를 묘사했다.

《제인 에어》 중에서

1, 2월, 그리고 3월의 대부분은 눈이 두껍게 쌓여 있었고, 일단 눈이 녹으면 길을 걷는 것이 거의 불가능해서 교회에 갈 때가 아니면 마당 담장을 넘어갈 수 없었다. 하지만 우리는 매일 한 시간씩 그 경계 안에서 야외에 나가 있어야 했다. 우리가 입은 옷은 너무 얇아서 혹독한 추위로부터 우리를 보호해 주지 못했고, 부츠도 없어서 눈이 신발 안에 들어와 그 안에서 녹았으며, 장갑도 끼지 않은 맨손은

🍂 샬럿은 J. 골드스미스 목사의 저서인
《학생과 젊은이들을 위한 일반 지리학의 원리(1823)》에
그림으로 주해를 달아 놓았다.

🍂 마리아, 엘리자베스, 샬럿, 에밀리 브론테가 1824년에서
1825년 사이에 다닌 코완브리지 학교의 판화. '렉고지가
평야로 쑥 내려앉은 지대에 자리한 아름다운 학교'였지만,
습도가 높고 쾌적하지 못한 환경에 형편없는 경영과 엉망인
위생 상태, 부실한 급식 문제가 더해져 1825년에 장티푸스
집단 감염이 발생했다.

점점 무감각해지고 손발이 모두 동상에 걸렸다. 그러한 이유로 매일 저녁 두 발이 빨갛게 부어올랐던 쓰라린 아픔과 아침이면 퉁퉁 붓고 껍질이 벗겨져 뻣뻣해진 발을 신발 속에 쑤셔 넣던 고통을 나는 선명하게 기억한다.

겨울철의 일요일은 우울하기만 했다. 우리는 브로클브리지 교회까지 2마일을 걸어가야 했다. 추위에 떨며 출발해 교회에 도착할 때쯤엔 뼛속까지 시렸으며, 아침 예배를 드리는 동안에는 온몸이 마비될 정도였다. 저녁을 먹으러 돌아가기엔 너무 먼 거리여서, 예배와 예배 사이에 차가운 빵과 고기가 평일 식사 때처럼 눈곱만큼 제공되었다.

오후 예배가 끝나면 가림막 하나 없는 험한 길을 걸어 학교로 돌아왔는데, 눈 덮인 북쪽 산등성이에서 불어오는 매서운 겨울바람에 얼굴 살갗이 벗겨질 것만 같았다……

학교에서 타오르고 있을 난롯불의 빛과 열기를 얼마나 갈망했던지! 하지만 어린 학생들에게는 그것마저 주어지지 않았다. 교실 난로는 고학년들이 순식간에 두 줄로 에워쌌고, 어린아이들은 꽁꽁 언 팔을 피나포어로 감싼 채 그 뒤에 삼삼오오 쭈그리고 앉았다.

코완브리지 학교로 돌아왔을 때, 브론테가의 아이들은 아직 홍역과 백일

해의 후유증을 앓고 있었다. 그해 봄에 티푸스가 교내를 휩쓸었고, 영양실
조 상태였던 아이들의 다수가 이 병에 희생되었다. 샬럿은 《제인 에어》에서
당시의 공포를 아래와 같이 묘사했다.

《제인 에어》 중에서

로우드 학교가 자리한 숲속 골짜기는 안개와 그것으로 인해 번식
하는 역병의 요람이었다. 봄기운이 활발해지자 역병은 더욱 활기
를 띠며 이 '보육원'으로 스며들어 와 학생들로 북적이는 교실과 기
숙사 구석구석에 티푸스를 퍼뜨렸고, 5월이 당도하기도 전에 학
교 전체를 병원으로 탈바꿈시켰다. 반 기아 상태에다 감기에 걸려
도 그저 방치되어 있던 학생들 대부분이 대번에 감염되었고…… 교
사들은 전염병 발생 지역에서 그들을 대피시킬 수 있고 기꺼이 그
러겠다고 나서는 친구나 친척이 있는 운 좋은 소녀들이 떠날 수 있
도록 짐을 싸고 그 밖에 필요한 채비를 하느라 정신이 없었다. 이미
병세가 깊은 아이들의 상당수는 집으로 돌아가서 죽었고, 일부는
학교에서 사망하여 일각을 다투는 병의 특성 때문에 조용하고 신
속하게 매장되었다.

그러나 코완브리지를 휩쓴 티푸스는 엘리자베스와 샬럿, 그리고 에밀리
를 구해 주었다. 수업이 전면 취소되자 《제인 에어》에서처럼 해방과 자유가

찾아온 것이다.

《제인 에어》 중에서

그들은 우리가 숲속을 돌아다니게 놔두었다. 우리는 집시처럼 아침부터 밤까지 하고 싶은 일을 하고, 가고 싶은 곳에 갔다. 생활도 나아져서…… 아침 식사가 조금 더 풍성하게 담겨 나왔다. 저녁에 평소와 같은 급식을 준비할 시간이 없으면, 그런 일은 자주 일어났는데, '취사부'는 커다랗고 차가운 파이 조각이나 두툼하게 자른 빵과 치즈를 내주었고, 그러면 우리는 그걸 들고 숲으로 가서 각자가 좋아하는 자리에 앉아 배부르게 식사를 즐겼다.

하지만 마리아는 결핵으로 심한 기침을 앓아 2월에 귀가 조치를 당했고, 그해 5월 목사관에서 숨을 거두었다. 향년 11세였다. 당시 같은 기숙사에서 지낸 한 학생은 30여 년이 흐른 후 엘리자베스 개스켈을 만나 당시 학교에서 마리아를 얼마나 무신경하게 방치했는지 상세히 털어놓았고, 본인의 자서전에서도 같은 이야기를 반복했다.

마리아가 지내던 기숙사 방은 길쭉한 형태였고…… 한쪽 끝에……

🦋 마리아 브론테의 자수 견본작.
폐결핵에 걸린 마리아는 1825년 5월,
열한 살의 나이로 사망했다.
엘런 너시는 이렇게 말했다.
'친구와 단둘이 조용히 이야기할
기회가 생기면, 샬럿은 항상 죽은
두 언니 마리아와 엘리자베스에
대해 말했어요. 그들을 아주 깊이
사랑했죠…… 마리아가 다른
형제자매들에게 엄마와 같았으며,
초인적으로 선량하고 똑똑했다고
가르쳐 줬어요.'

🦋 엘리자베스 브론테의 자수 견본작.
역시 폐결핵으로 1825년 6월에 열 살의
나이로 세상을 등졌다. 브론테 자매들은
엄마가 지켜보는 가운데 작은 손가락을
움직여 수를 놓았고, 엄마가 사망한 후에는
브랜웰 이모가 감시자 역할을 이어받았다.
자수 견본작을 만드는 일은 여성스러운
성품을 기르고 가사를 배울 수 있는
수업으로 여겨졌으며, 주로 리넨에
명주실로 알파벳이나 성경 구절을
수놓았다.

작은 침실이 붙어 있어서…… 스캐처드 양이 그 공간을 사용했다. 마리아의 침대는 방문에서 제일 가까이 놓여 있었는데…… 어느 날 아침, 마리아는 옆구리에 물집이 생길 정도로 몸 상태가 심각하게 안 좋아서(이 부위의 염증이 아직 완전히 낫지 않았기 때문) 기상 종소리가 울리자 불쌍하게도 몹시 아프다고 신음하며 침대에 그냥 누워 있고 싶다고 했다. 몇몇 아이들이 그렇게 하라고 부추기면서 자신들이 기숙사 사감인 템플 양에게 설명해 주겠다고 했다. 하지만 스캐처드 양이 가까이에 있었기 때문에, 템플 양의 친절한 배려가 개입하기 전에 스캐처드 양의 분노를 마주할 것이 뻔했다. 그래서 아픈 마리아는 추위에 떨며 주섬주섬 옷을 챙겨 입고, 하얗고 앙상한 두 다리 위로 검은색 소모직 스타킹을 느릿느릿 끌어 올렸다(이 사연을 들려준 정보 제공자는 아직도 그 장면이 눈에 선하다는 듯 이야기했고, 지금 생각해도 울화가 터지는지 얼굴이 시뻘겋게 달아올랐다). 바로 그때, 스캐처드 양이 자기 방에서 나오더니 아프고 겁에 질린 소녀에게 이유 한마디 묻지 않은 채 물집 잡힌 쪽의 팔을 움켜쥐고는 격렬하게 그녀를 바닥 한가운데로 내동댕이쳤다. 그러고는 복장이 더럽고 단정하지 못하다며 끊임없이 욕을 퍼붓다가 휑하니 밖으로 나갔다. 정보 제공자에 따르면 마리아는 화가 나서 펄펄 뛰는 몇몇 소녀들에게 진정하라고 애원하는 것 외에는 별다른 말이 없었다고 한다. 그 후 마리아는 천천히, 떨리는 몸으로 중간중간 여러 번 멈춰 서면서 마침내 계단을 내려갔고, 결국 지각한 죄로 벌을 받았다고 한다.

샬럿은 《제인 에어》에서 헬렌 번스라는 천사 같은 인물을 창조하여 천성이 따뜻하고 놀랍도록 명석했던 언니이자 어린 엄마였던 마리아를 추억했으며, 평생 그녀의 죽음을 애도했다. 한편 목사관에서 큰누나의 임종을 지켜본 브랜웰은 훗날 그녀의 죽음과 장례를 주제로 〈캐럴라인〉이라는 시를 창작했다.

🍃《제인 에어(1847)》속 로우드 학교. '브론테 양은…… 로우드가 코완브리지라고 그렇게 쉽게 유추될 줄 알았다면 《제인 에어》에서 로우드 학교의 생활을 쓰지 않았을 것이라고 말했다.'

🍃 윌리엄 캐러스 윌슨 목사. 부유한 자선가이자 교육자였던 그는
'저소득 목회자'의 자녀들을 위한 '코완브리지 학교를 설립한 주역'이었다. (왼쪽)
🍃 샬럿이 그린 연필화로, 《제인 에어》 속 로우드 학교의 브로클허스트 교장이라고 알려져 있다.
코완브리지 학교의 윌리엄 캐러스 윌슨 목사를 본떠서 만든 인물이다. (오른쪽)

그녀가 머리에 꽃을 얹고 누웠지—

그러나 머리칼은 베로 동여매 보이지 않아!

그 입술엔 여전히 미소가 걸려 있네,

희망이 넘치던 시절에 피어나던.

그 이마는 여전히 평화로워 보이네,

누구도 그녀가 죽을 줄 몰랐던 때처럼……

그들이 왔고 — 관 뚜껑을 닫았네

나의 캐럴라인 위로.

그러자 영원히 감취진 듯했지

내 누님의 얼굴이 나에게서!

곧이어 또 다른 비극이 이어졌다. 개스켈은 이렇게 서술했다.

마리아가 죽었다는 소식을 듣고······ 코완브리지에 남아 있던 사람들은 한층 더 불안한 눈빛으로 엘리자베스의 증상을 지켜보았는데, 그녀 역시 폐결핵인 것으로 밝혀졌다. 엘리자베스는 집으로 보내졌고······ 그해 초여름에 큰언니의 뒤를 따라 영원히 잠들었다. 샬럿은 별안간 엄마 없는 가족의 장녀 역할을 떠맡게 되었다. 그녀는 사랑하는 큰언니가 그들 모두에게 상냥한 조력자이자 상담자가 되어 주기 위해 얼마나 신중하고 진지하게 애썼는지 떠올렸다. 그러자 자신에게 주어진 임무들이 병으로 고통받은 그 작고 온화한 인간에게서 물려받은 유산처럼 느껴졌다.

그제야 코완브리지가 얼마나 위험한지 알아채고 마음이 급해진 패트릭 브론테는 서둘러 샬럿과 에밀리를 '그 혐오스러운 곳'에서 데리고 나왔다. 그 후로 5년간, 브론테가의 아이들은 목사관의 돌담으로 둘러싸인 폐쇄적인 세상에서 가정 교육을 받으며 자신들이 창조한 세계 속으로 꼭꼭 숨어들었다.

이들은 같은 젠트리 계급과 어울리기에는 너무 가난했으며, 그렇다고 인근 농가와 허물없이 지내기에는 교육 수준이 너무 높았다. 개스켈은 약간의 편견을 담아 이런 농민들을 '기분 나쁜 사람들'이라고 칭했다.

작은 땅덩어리를 소유한 자작농들은 엘리자베스 여왕(16세기에 잉글랜드의 국왕이었던 엘리자베스 1세 -옮긴이) 시절부터 한곳에 터를 잡고 산 사람들로, 50여 년 전부터 크게 번성한 모직 제조업 분야에 산악지대의 수력 발전을 끌어와 최근에 어마어마한 수익을 올렸다. 이들은 무지하며, 동등한 신분의 사람들 역시 그들만큼이나 형편없으므로 여론의 제약을 받지 않는다…… 이런 사람들은 커다란 집을 지어 놓고 부엌에서만 지내며, 재산이 수천만 파운드나 되면서도 자녀 교육에는 최소한의 노력만 기울여서, 그 아들들은 아버지가 살아 있는 동안은 팔짱을 끼고 있다가 가장이 죽으면 탐욕스럽게 돈을 긁어모은다.

하지만 개스켈은 브론테가의 자녀들에게 이는 큰 문제가 되지 않았다고 설명한다.

이 아이들은 교제를 원하지 않았다. 이들은 유치하고 떠들썩한 모임에 익숙하지 않았다. 자기들끼리 있는 것만으로 충분했다. 이보

다 더 단단하게 결속된 가족은 어디에도 없었을 것이다…… 아마도 이들에게는 아동용 도서가 없었을 것이며, '어떠한 방해도 받지 않고 영국 문학의 유익한 문장들 사이를 이리저리 누비고 다녔을 것'이다…… 이 집의 하인들은 놀랍도록 총명한 브론테가의 아이들에게 크게 감명받았던 것으로 보인다.

자매들은 브랜웰 이모가 자신의 공간으로 차지한 식당 옆방에서 그녀에게 바느질을 배웠다. 샬럿의 친구인 엘런 너시는 브랜웰 이모에 대해 이렇게 묘사했다.

브랜웰 양은 몸집이 아주 작았고, 귀여운 면이 있는 구식 숙녀였다. 최근에 유행하는 패션보다 여섯 배는 큰 모자를 썼으며, 연한 적갈색 곱슬머리가 이마를 덮고 있었다. 그리고 언제나 견직물로 만든 옷을 입었다. 그녀는 북쪽에 한참 치우친 이 지방의 날씨와 목사관의 돌바닥에 진저리를 치곤 했다. 우리는 그녀가 부엌으로 들어가거나 집안일을 할 때 덧신이 딸깍거리는 소리를 들으며 즐거워했다.

브랜웰 이모는 2층 침실로 올라가면서 막내인 앤을 데려와 같은 침대에서 재웠다. 창문은 꼭꼭 닫아 빗장을 걸고, 요크셔는 습하기 때문에 난로에 석탄을 넉넉히 넣으라고 하인들에게 주문한 다음, 웬만해선 방 밖으로 나오지 않았다. 그뿐 아니라 마을로 내려가 보려는 시도조차 하지 않았고, 황야를 걷는 일도 없었다. 주일마다 교회 묘지를 지나 성 미카엘과 모든 천사 교회의 신도석 맨 앞줄에서 형부의 설교를 듣는 것이 유일한 외출이었다.

이모는 식사도 쟁반에 담아 자신의 방 안에서 먹었다. 세 명의 브론테 자매는 이 후끈하게 난방된 침실에서 '가사 교육'을 받았고 '샬럿은 훗날 이 방면에서 아주 능숙한 솜씨를 발휘'했다. 메리 테일러는 1931년에 샬럿을 방문했던 일을 아래와 같이 회상했다.

그녀는 일로써 필요할 때나 그렇지 않을 때나 조카들에게 바느질을 시켰고, 다른 기본적인 수양은 웬만해서는 멀리하게 했다. 또한 틈만 나면 아이들에게 자선 기부할 옷을 바느질하게 하면서, 그 일은 옷을 받을 사람들을 위해서가 아니라 바느질하는 본인을 위해서 하는 것이라고 내게 강조하곤 했다. '바느질은 저 아이들에게 바람직한 일이야.'

그렇다고 브론테 자매들이 단순히 바느질만 배운 것은 아니었다. 패트릭은 브랜웰에게 그리스어와 라틴어를 가르치고 화가를 고용해 그림을 배우

🍂 브랜웰 이모의 것으로 추정되는 찻주전자. 반대편에는 '내게 사는 것이 그리스도니 죽는 것도 유익함이라'라는 문장이 쓰여 있다. 하워스에서 패트릭 브론테의 전임자였으며 저명한 설교자였던 윌리엄 그림쇼가 가장 좋아한 성경 구절이다. 그가 웨스트 레인 (하워스에 있는 길 이름-옮긴이)에 지은 감리교 예배당의 문에도 이 구절이 새겨져 있다.

🍂 샬럿 브론테의 장미목 바느질함. 1842년에 브랜웰 이모가 사망하면서 유언장에 '내 인도풍 바느질함은 샬럿 브론테에게, 뚜껑이 도자기로 된 바느질함은 에밀리 제인 브론테에게 남긴다'라고 명시했다. 바느질을 그다지 좋아하지 않았던 샬럿은 바느질함 안에 작은 약통을 보관했는데, 두통과 치통에 자주 시달렸던 만큼 그 안에는 진통제가 들어 있었을 것으로 추정된다.

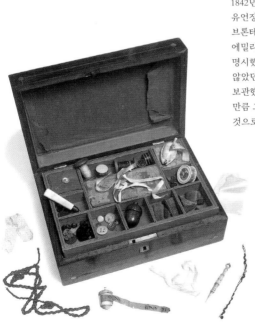

게 하면서, 때때로 마음이 내키거나 성가신 교구 사역에서 벗어나 잠시 여유가 생기면 딸들에게도 산수와 지리를 가르쳤다.

이들은 점차 그림 교습에도 참여했고, 나중에는 음악도 배우게 되었다. 집 안에 피아노도 들여놓았는데, 샬럿은 근시가 너무 심해서 연주를 힘들어했지만, 에밀리는 피아노를 즐겨 쳤다. 그뿐 아니라 브론테가의 아이들은 '언제나 스스로 방대한 정보를 수집하는 것에 습관이 되어 있었다.' 바로 책을 통해서였다.

🖋 앤 브론테가 자신의 열 번째 생일로부터 엿새가 지난 1830년 1월 23일에 완성한 두 번째 자수 견본작. 전통적으로 성경에서 가장 많이 인용되는 잠언의 교훈적인 구절을 수놓았는데, 글자와 자간이 다소 고르지 못하고 단어가 중간에 끊어진 부분도 보인다.

브론테 씨는 딸들에게 책을 즐기라고 권했다. 브랜웰 양은 조카들이 단지 다양한 살림을 거드는 데 그치지 않고 가사에 능숙해지기를 바라며 날마다 어김없이 상당량의 일감을 던져 주고 독서를 다소 제한했지만, 키틀리에 있는 도서관에서 책을 빌려 오는 것은 허락해 주었다……

1834년에 샬럿은 친구에게 독서에 관해 이렇게 조언했다.

─────────────── ✉ ───────────────

시를 좋아한다면 일류 시인들의 작품만 읽도록 해. 밀턴, 셰익스피어, 톰슨, 골드스미스, 포프(나는 별로지만 네가 좋아한다면), 스콧, 바이런, 캠벨, 워즈워스, 사우디처럼. 셰익스피어와 바이런의 이름을 보고 놀라지는 말아 줘. 둘 다 뛰어난 인물이었고, 작품도 그만큼 훌륭했으니까…… 셰익스피어의 희극들과 바이런의 〈돈 후안〉은 빼고, 바이런의 〈카인〉도 아름다운 시이긴 하지만 생략하고 싶으면 그렇게 하고, 나머지는 대담하게 읽어 봐(스콧의 감미롭고 자유분방하며 낭만적인 시는 읽어 둬서 나쁠 게 없어). 워즈워스나 캠벨, 사우디(그의 어떤 시들은 확실히 문제가 있지만 최소한 대표작들)도 마찬가지야. 역사서는 흄과 롤린, 그리고 구할 수 있다면 ―나는 그럴 기회가 없었지만― 디오도로스의 《세계사》를 읽어 봐. 소설 중에는 스콧의 작품만 보면 돼. 스콧 이후에 쓰인 소설들은 전부 보잘것없으니까. 전기는 존슨의 《영국 시인전》, 보즈웰의 《새뮤얼 존슨 평전》, 사우디의 《넬슨 평전》, 록하트의 《번스 평전》, 무어의 《셰리든 평전》과 《바이런 평전》, 그리고 《찰스 울프의 업적》을 읽도록 해. 자연사는 뷰익과 오듀본, 골드스미스의 저서와 화이트가 쓴 《셀본의 자연사》를 읽어 봐.

🍂 월터 스콧의 《웨이벌리(1814)》(스콧이 처음 발표한 소설의 제목. 그가 '웨이벌리의 작가'라는 익명으로
활동하던 시기에 발표한 책들을 웨이벌리 소설이라 부름 -옮긴이) 소설 중 하나인 《몬트로즈의 전설(1819)》에
들어간 공판화. 작가가 된 후, 샬럿은 자신과 앤, 그리고 특히 에밀리의 작품이 시골에서의 삶과
방언 같은 주제에 몰두한다는 점에서 스콧의 영향을 많이 받았다는 사실을 인지하고 있었다.
그렇지만 1848년 9월, 출판사에 보낸 편지에서 그녀는 이렇게 주장했다. '기존 소설가들을
조금이라도 모방하라는 압력을 받는다면, 심지어 그 대상이 가장 위대한 작가, 스콧이라 해도
저는 글을 쓰지 않을 겁니다. 저 자신이 하고 싶은 말이 없다면, 저만의 방식으로 말할 수 없다면,
저는 책을 출판해서는 안 됩니다.'

● 조지 고든 바이런. 그의 시는 샬럿과 에밀리의 작품에
영감을 주고 그들에게 영웅적인 이상을 불어넣었다.
브론테 자매들은 일반적인 빅토리아 시대의 여성들과 달리
특별한 제재 없이 바이런의 시 —〈돈 후안〉까지도— 를 읽은
것으로 보이며, 그들의 아버지는 1833년에 토머스 무어가
출간한 《바이런의 생애와 작품》을 구입했다.

이들은 아버지의 영향으로 시사 문제에도 적극적으로 관심을 가졌다. 개
스켈은 패트릭에 대해 아래와 같이 기술했다.

그는 자신이 흥미를 느끼는 보도 기사가 있으면 아이들도 반드시
읽게 했다. 열정적이고 독립적인 아버지에게서 그들은 생각할 거
리를 풍부하게 얻을 수 있었다.

샬럿은 1829년 4월의 짜릿했던 경험을 다음과 같이 기록했다.

가톨릭교도들을 받아들이자는 필 경(로버트 필, 당시 영국의 내무장관 -옮긴이)의 담화문이 실린 〈인텔리전스 엑스트라오디너리〉를 받아 봤던 날이 기억난다. 아빠가 너무 흥분해서 표지가 찢어지기까지 했다. 우리는 그 주위에 모여 다 같이 초조하게 숨죽이며 한 문장 한 문장 귀 기울여 들은 다음에 아주 능숙하고 유려하게 의견을 제시하고 토론을 벌였다. 우리가 할 말을 전부 끝내고 나자 이모가 이건 훌륭한 법안(가톨릭교도에 대한 차별을 철폐하는 법안 -옮긴이)이며 가톨릭교도들은 어떠한 해악도 끼치지 않을 거라는 자신의 의견을 덧붙였다. 이게 정말 상원에서 통과할 수 있을지 걱정하다가 아마 불가능할 거라고 예상했던 것도 기억난다. 그리고 그 의문에 답해 줄 신문이 도착했을 때, 우리는 얼굴이 새파래질 만큼 가슴을 졸이며 전체 회의의 전개 과정을 들었다. 문이 열리고, 좌중이 조용해지고, 관복을 갖춰 입은 공작들과 웨이스트코트에 녹색 띠를 두른 대공이 들어오고, 대공이 일어서자 여성 귀족들이 모두 따라 일어서고, 대공이 연설문을 읽고, 아빠가 그의 언어를 칭찬하고, 마지막으로 찬성표가 4:1로 과반수를 넘기는 결과가 나왔다.

아버지가 신문과 정기 간행물을 여러 부 구독한 덕분에 브론테가의 아이들은 견문을 넓힐 수 있었다. 샬럿이 열세 살 때 쓴 '1829년의 역사'에는 아래와 같이 기록돼 있다.

아빠는 예전에 마리아 언니에게 책을 빌려준 적이 있다. 오래된 지도책이었는데, 언니는 면지에 '아빠가 이 책을 빌려주셨다'라고 적어 놓았다. 무려 120년이나 된 그 책이 지금 내 앞에 놓여 있다. 내가 하워스 목사관의 부엌에서 이 글을 쓰고 있는 지금, 하녀인 태비(본명은 태비타 애크로이드이며 브론테가의 요리사 겸 하녀 -옮긴이)는 아침 식사를 끝낸 그릇을 씻고 있고, 우리 집 막내딸인 앤은(큰딸은 마리아 언니였다) 의자에 무릎을 꿇고 앉아 태비가 굽는 케이크들을 보고 있다. 에밀리는 응접실에서 카펫을 닦고 있다. 아빠와 브랜웰은 키틀리에 갔다. 이모는 위층 자기 방에 있고, 나는 부엌 식탁에 앉아 이 글을 쓰고 있다. 키틀리는 여기서 4마일 떨어진 작은 마을이다. 아빠와 브랜웰은 〈리즈 인텔리젠서〉 신문을 사러 갔다. 친(親)토리당(자본가와 지주를 대표하는 보수당 -옮긴이) 계열 중에 가장 우수한 신문으로, 편집장은 우드 씨, 사주는 헤너먼 씨다. 우리는 일주일에 신문 2부를 구독하고 1부를 더 빌려 본다. 구독하는 신문은 친토리당 계열의 〈리즈 인텔리젠서〉와 친휘그당(산업가와 소시민을 대표하는 자유당 -옮긴이) 계열의 〈리즈 머큐리〉로, 후자는 베인스 씨와 그의 남동생, 사위, 그리고 두 아들이 편집을 맡고 있다…… 그리고 〈존 불〉을 빌려 보는데, 이건 토리당 쪽으로 완전히 치우쳐 있으며 논조가 매우 과격하다. 가장 훌륭한 정기 간행물인 〈블랙우드 매거진〉과 마찬가지로 드라이버 씨한테서 빌려 온다.

🖌 조지 워커의《요크셔 지방의 복식(1814)》에 실린《오트케이크를 만드는 여인》.
1821년에 브론테 자매의 어머니가 사망한 후, 요크셔 토박이인 53세의 태비타 애크로이드가
목사관에 하녀 겸 요리사로 들어왔다. 그녀는 브론테의 식구들이 먹는 평범한 식사를 준비했고,
때때로 샬럿과 에밀리, 앤도 요리를 도왔다. 엘런 너시는 브론테 자매들이 이따금 반려동물에게
음식을 건네주었다고 말한다. '일정한 시간이 되면 거실 출입이 허락된 개가 딱 한 마리 있었어요.
에밀리와 앤은 언제나 아침 식사 중 일부를 그 개에게 떼어 주었죠. 그 아이들이 개에게 주는
음식은 북부 지방의 가정에서 늘 식탁에 오르는 오트밀 죽이었어요.'

브론테가의 아이들은 또한 아일랜드의 전설과 영국 북부 지방의 민담을 수없이 들으며 자랐다. 태비타 애크로이드도 아이들에게 여러 가지 이야기를 들려주었는데, 개스켈은 그녀에 대해 아래와 같이 기술했다.

그 마을에 사는 나이가 지긋한 여인이 목사관에 하녀로 들어와 거주하게 되었다. 그녀는 가족의 일원이 되어 그로부터 30년간 이 집에 머물렀으며, 오랫동안 충직하게 일했고, 아이들에게 애정과 존경의 대상이었다는 사실을 언급할 필요가 있겠다. 태비는 사투리부터 외모와 성격까지 그 신분의 요크셔 여성을 대표하는 완벽한 표본이었다. 그녀는 매우 현실적이고 빈틈없는 사람이었다. 아첨하는 말은 절대로 하지 않았지만, 진심으로 존중하는 사람들을 위해서라면 어떠한 수고도 아끼지 않았다. 아이들을 엄격히 대하긴 했지만, 자신의 힘이 닿는 한 소소한 간식거리를 만들어 주는 데 드는 수고를 한 번도 마다한 적이 없었다⋯⋯

태비는 화물 운송용 말이 일주일에 한 번씩 하워스를 다녀가던 시절을 직접 겪었다. 딸랑딸랑 울리는 방울과 소모사로 된 화려한 장식을 단 이러한 말들은 키틀리에서 생산된 농산물을 산 넘어 콜른과 번리까지 실어다 주곤 했다. 그뿐 아니라 옛날 옛적에 달이 밝은 밤이면 '계곡'의 물가에 요정들이 출몰하던 산기슭 혹은 '저 아래 세상'과 요정을 본 사람들의 이야기도 알고 있었다. 하지만 그 시절엔 산기슭에 방적 공장들이 없었고, 주변 농가들이 손수 양털에서 실

을 뽑아냈다. '그런 걸 공장들이 죄다 쫓아낸 거지.' 태비는 이렇게
한탄하곤 했다.

패트릭 브론테는 일상적으로 아이들과 저녁을 먹으며 대화를 나누는 아
버지는 아니었다. 소화불량에 시달렸던 그는 주로 서재에서 혼자 식사하는
편이었다. 그에 대해서는 아래와 같은 기록도 남아 있다.

나이가 지긋한 교구민들에게 기괴한 이야기를 들으면 패트릭은 그
것을 자녀들에게 들려주곤 했다. 인가에서 멀리 떨어져 있지만 하워
스와 인접한 곳에서 일어난 일들로, 특이한 삶을 살며 별난 행동을
하는 사람들의 이야기였다. 무섭고 소름 돋는 이야기였지만 브론테
씨와 그의 자녀들은 그런 음침한 분위기에 큰 호기심을 느꼈다.

메리 테일러에 따르면 황야는 언제나 그들을 불러내는 놀이터였다.

세 자매는 주로 '거무스름한 자줏빛' 황야로 걸어 올라갔는데, 광활

한 들판을 활보하다 보면 간간이 채석장이 나왔다. 더 멀리까지 갈 체력과 시간이 있으면 계곡까지도 나아갔다. 계곡물이 바위들을 스치며 '저 아래'까지 떨어지는 곳이었다. 이들이 마을로 내려가는 경우는 거의 없었다. 아무리 낯익은 사람이라도 마주치기를 꺼렸고, 초대도 없이 극빈한 사람들의 집에 들어가는 것을 조심스럽게 여겼기 때문이다. 이들 자매는 주일학교 교사로 성실히 일했고, 샬럿은 혼자 남게 된 후까지도 이 관행을 아주 충실하게 지켰다. 하지만 세 사람은 결코 자발적으로 사교 활동을 하지 않았고, 황야에서의 고독과 자유를 즐겼다.

이처럼 고독을 즐기는 성향과 무언가에 열중하는 기질이 합쳐진 결과가 바로 '지어내기(making out)'였다. 메리 테일러는 이를 날카롭게 감지했다.

현실에서 아무것도 갖지 못한 아이들이 대부분 그러하듯 샬럿은 스스로 흥밋거리를 '지어내는' 습관이 아주 강했다. 가족 모두가 다양한 역사 이야기를 '지어내고' 등장인물과 사건을 창조했다. 나는 이따금 그녀에게 너희는 꼭 지하실에서 감자를 기르는 것 같다고 이야기하곤 했다. 그러면 그녀는 처량하게 '응! 나도 알아!'라고 대답했다.

🍂 에밀리 브론테가 1835년 3월 4일에 연필로 그린 성 시메온. 현재까지 남아 있는 그녀의 몇 점 안 되는 작품 중 하나다. 시메온은 초기 기독교 교회의 수도사로 신앙심이 깊었던 반면, 에밀리는 자매 중에 유일하게 주일학교 교사라는 의무를 지지 않았고 교회에도 정기적으로 출석하지 않았다. 그녀가 1846년에 쓴 시, 〈내 영혼은 겁쟁이가 아니네〉를 보면 정통적인 종교를 어떻게 생각했는지 엿볼 수 있다. '인간을 현혹하는 수많은 신조는 헛되니 / 말로 다 할 수 없을 만큼 헛되도다 / 말라죽은 잡초처럼 쓸모없고 / 망망한 바다에 떠다니는 포말처럼 쓸모없도다.'

🍂 샬럿이 스케치한 다양한 인물들. 이 스케치는 샬럿이 열세 살이었던 1829년 1월 24일에 그린 것이다.

그러나 샬럿이 1835년에 쓴 〈회상〉이라는 시를 보면, 상상의 세계를 '지어내는' 일은 브론테가 아이들에게 해방감을 안겨 주었다. 성인이 되어 삶이라는 현실에 방해받게 된 샬럿은 당시를 돌아보며 부러운 마음을 표출한다.

> 우리는 어릴 때 그물을 짰다네
> 햇살과 바람으로 엮은 그물을
> 우리는 아이였을 때 샘을 팠다네
> 맑고 깨끗한 물이 흐르는
> 우리는 앳된 시절에 겨자씨를 뿌리고
> 아몬드 가지를 잘랐네
> 이제 성숙한 어른이 된 지금
> 그것들은 잔디 아래 시들었을까?
>
> 말라서 스러지고 죽어 갔을까,
> 썩어서 흙으로 돌아갔을까?
> 무릇 삶에는 어두운 그늘이 내려앉고
> 그 환희는 순식간에 사라지노니!

샬럿은 자신들이 어떻게 이야기를 지어내기 시작했는지 상세하게 기록해 놓았다.

아빠가 리즈에서 브랜웰에게 줄 나무 병정들을 사 오셨다. 아빠가 집에 돌아오셨을 때는 밤이어서 우리는 자고 있었기 때문에, 다음 날 아침에 브랜웰이 병정들이 담긴 상자를 들고 우리 방으로 왔다. 에밀리와 나는 침대에서 펄떡 일어났다. 나는 그중 하나를 낚아채고는 '이건 웰링턴 공작이야! 이걸 공작이라고 부를 거야!'라고 외쳤다. 그러자 이번에는 에밀리가 나를 따라 병정 하나를 집어 들고 그건 자신의 인형이라고 선언했다. 그때 앤이 내려와서 자기도 하나를 갖겠다고 했다. 내 병정이 제일 멋있고, 키도 제일 크고, 모든 면에서 가장 완벽했다. 에밀리의 병정은 표정이 심각해서 우리는 '심각이'라는 이름을 붙여 주었다. 앤의 병정은 꼭 그 애처럼 조그맣고 신기하게 생겨서 우리는 '기다리는 소년'이라는 이름을 지어 주었다. 브랜웰도 병정을 고르고 '보우나파르트'라고 이름을 붙였다.

샬럿이 《섬사람들 이야기》의 서문에서 설명하듯, 브론테가 아이들이 스스로 엮어 낸 세상은 넓은 바깥세상에서 인물과 지명 등을 빌려 온 것이다. 책이나 정기 간행물, 정치 소식, 그리고 그들의 생활 범위인 목사관과 멀리 떨어진 곳에서 벌어진 사건들을 끌어와 만들었으며, 그들에게는 일상생활만큼이나 현실적인 세상이었다.

🐚 브론테가 아이들이 초기에 만든 책 중 하나로, 제작일은 1827년 3월 12일이다.
아홉 살이었던 브랜웰은 종이로 된 설탕 봉지로 표지를 삼고 낱장의 종이 네 장을 꿰매어
이와 같은 책의 형태를 만들었다. 아버지가 사다 준 열두 개의 장난감 병정 가운데 하나인
'스니키(부오나파르트)'의 이야기를 기록할 계획이었던 것으로 보인다. 사진 속 페이지에는
'워싱턴 전투(Washington의 두 번째 글자인 'a'가 빠져 있다 – 옮긴이)'의 장면과 아메리카 대륙의 지도가
그려져 있는데, 아마도 그해 〈블랙우드 매거진〉의 봄 호에서 영국군이 워싱턴과
올리언스에서 미국군을 상대한 1812년 전쟁의 삽화를 보고 영감을 받은 것으로 보인다.

'섬사람들'을 다룬 극본은 1827년 12월에 다음과 같은 방식으로 만들어졌다. 어느 날 밤, 11월의 차가운 진눈깨비와 사나운 안개가 눈보라와 맹렬히 몰아치는 밤바람으로 변해 어느새 겨울이 다가왔음을 확인시켜 주던 시기에, 우리는 따스하게 타오르는 부엌 불 앞에 둘러앉아 있었다. 촛불을 켜는 것이 과연 적절한지를 두고 태비와 벌였던 언쟁이 막 종결되어 그녀는 의기양양해 있고 촛불은 결국 켜지 못한 상태였다. 오랜 침묵이 이어지자 결국 브랜웰이 따분하다는 듯 제일 먼저 입을 열었다. '뭘 해야 좋을지 모르겠어.' 그러자 에밀리와 앤이 똑같은 말을 되풀이했다.

· 태비 ― '고만들 자러 가면 되겠구먼.'
· 브랜웰 ― '그것만 아니면 뭐든 하겠어.'
· 샬럿 ― '태비, 오늘 왜 이렇게 불퉁스러워요? 오! 우리가 각자 섬을 하나씩 갖는다고 생각해 봐.'
· 브랜웰 ― '그렇다면 난 맨섬(Island of Man)을 차지하겠어.'
· 샬럿 ― '그럼 나는 와이트섬(Isle of Wight)을 가질래.'
· 에밀리 ― '나는 애런섬(Isle of Arran)으로 할래.'
· 앤 ― '건지섬(Isle of Guernsey)은 내 거야.'

그러고 나서 우리는 누구를 이 섬들의 주요 거주민으로 삼을지 결정했다. 브랜웰은 존 불, 애스틀리 쿠퍼, 리 헌트를, 에밀리는 월터 스콧, 록하트, 조니 록하트를, 앤은 마이클 새들러, 벤팅크 경, 헨리

해퍼드 경을 선택했다. 나는 웰링턴 공작과 그의 두 아들인 크리스토퍼 노스와 애버네시 씨를 골랐다. 그때 시계가 7시를 알리는, 우리로서는 암울한 소리가 울려 퍼지는 바람에 대화는 여기서 중단되고 우리는 침대로 쫓겨났다. 다음 날 우리는 왕국의 주요 구성원이 거의 다 갖춰질 때까지 더 많은 인물을 명단에 올렸다. 그 후로 오랫동안 그다지 주목할 만한 일이 발생하지 않았다. 그러다가 1828년 6월에 우리는 상상의 섬 중 하나에 1천 명의 학생들을 수용할 학교를 세웠다. 이 건물의 형태는 다음과 같다. 섬은 둘레가 50마일인데, 현실적이라기보단 확실히 마법으로 만들어진 것처럼 보였다.

이러한 등장인물 대부분은 최근까지 유럽 전역을 휩쓴 나폴레옹의 전쟁에서 빌려 왔다. 이 '젊은이들(나중에는 '12명'이라고 부름)'은 샬럿이 '지하 세상'이라고 부른 브론테가 아이들의 세계를 가득 채우며 웅장한 모험, 전쟁, 정치, 사랑, 음모 이야기의 일부가 되었다. 아이들은 각자 자기만의 왕국을 갖고 있었다. 샬럿은 웰링턴 왕국(웰링턴 공작의 이름을 빌려 옴), 에밀리는 패리 왕국, 앤은 로스 왕국(에밀리와 앤은 극지방 탐험가의 이름을 빌려 옴), 브랜웰은 스니키 왕국을 다스렸다. 브랜웰은 이 왕국들을 지도로 그리고 하나로 합쳐 '그레이트 글라스 타운 연합국'을 만들었고, 나중에는 고전적이고 영화로운 느낌이 나도록 '베르도폴리스'라는 새 이름을 붙였다. 목사관의 조용하고 소박한 방에서 화려한 경관을 자랑하는 풍요로운 나라를 상상해 낸 것이다.

🍃 브랜웰이 1831년에 그린 자모나 공작. 가공의 인물로, 처음에는 아서 오거스터스 에이드리언 웰즐리였다가 도루 후작(웰링턴 공작의 아들 겸 후계자의 이름을 빌려 옴)이 되었고, 나중에는 글라스 타운의 동편에 있는 앵그리아 왕국의 왕이 되었다가 결국 황제로 등극했다. (왼쪽)

🍃 웰링턴 공작. 페닌술라 전투와 워털루 전투의 영웅인 토리당 출신의 영국 수상. 특히 샬럿 브론테가 그를 영웅으로 여겨 글라스 타운과 앵그리아 이야기 속에서 다양한 형상으로 변형하며 주인공으로 삼았다. (오른쪽)

🍃 샬럿이 그린 아서 오거스터스 에이드리언 웰즐리. 후에 자모나 공작으로 변하고 최종적으로는 에이드리언 황제가 되었다. 그림처럼 청년 시절에는 '온화하고 인간적인 성향'이었지만, 자모나 공작이 된 후로는 '가슴에서 뜨거운 피가 끓어오른다.' (왼쪽)

🍃 W. H. 핀던이 판화로 제작한 저지 백작 부인의 초상을 연필로 베낀 세밀화. 샬럿은 토머스 무어의 《바이런 평전(1840)》에서 이 그림을 본 것으로 추정된다. 그리고 의도적으로 세세한 부분을 수정하여 앵그리아 왕국의 여주인공을 묘사한 초상화로 변형시켰다. (오른쪽)

이곳에서는 위풍당당한 탑과 나지막한 첨탑들이 황금으로 된 건물처럼 빛났다. 저 멀리 항구는 선박들로 북적였다. 돛을 활짝 펼친 거대한 바지선과 요트들이 깊고 푸른 바다의 품속을 미끄러지듯 나아갔고, 노 젓는 뱃사공들의 노래와 그보다 더 우렁찬 장사꾼들의 목소리가 맑고 고요한 공기를 타고 멀리서부터 들려왔는데, 주의 깊은 사람에게는 그들이 무슨 말을 하는지까지 들릴 정도였다.

또한 이곳에는 실제 세상에 있는 모든 기관은 물론이고 영웅과 장군들, 화가와 악당들, 여관, 출판사, 작가, 잡지 등도 전부 존재했다. 모든 왕국은 네 명의 '지니(Genii)'—탈리(Tallii, 샬럿), 브래니(Branii), 에미미(Emmii), 애니(Annii) — 가 다스렸다. '지니'는 전능한 힘을 지녔고 죽은 자를 되살릴 수 있었는데, 이는 두 언니(누나)를 잃은 아이들의 소망이 만들어 낸 환상이라 할 수 있었다.

브론테가의 아이들은 이때부터 이미 작가였다. 네 사람은 문체와 형식을 실험하며 등장인물과 각 왕국의 연대기를 만들었다. 이들이 어린 시절에 함께 만들어 낸 꼬마 작가들의 습작에는 훗날 실제로 출판한 작품을 모두 합친 것보다 더 많은 글이 들어 있었다. 그중에서 〈젊은이의 잡지〉는 〈블랙우드 매거진〉을 본떠 만든 것으로, 장난감 병정만 한 크기(가로 1¼ 인치, 세로 2½ 인치 정도)이며, 태비를 졸라서 얻어 낸 설탕 봉지를 꿰매어 표지로 삼았다. 글씨는 아주 작고 구불구불하게 썼는데, 젊고 날카로운 안목의 소유자가 아니면 인쇄된 글자인 줄 알고 속아 넘어가게 하려는 의도였다. 개스켈은 이러한 소책자들을 '믿을 수 없을 만큼 작은 공간에 엄청난 양의 글을 욱여넣은 필사본'이라고 표현했다.

처음에는 브랜웰이 전투와 내전, 정복 전쟁에 관한 이야기로 잡지를 가득 채웠고, 곧바로 샬럿도 이러한 형식을 따라 했다.

> 모든 평온은 이미 사라졌다네
> 중력의 시대는 막을 내리고
> 경망의 시대가 도래했으니
> 얼굴마다 경박한 미소가 떠오르도다
> 모든 책장을 환히 비추던
> 웅장하고 찬란한 빛은 사라지고
> 희미하게 아른거리는 횃불이
> 사라진 금빛 태양을 대신하는구나.
>
> 이제 어리석은 낭만이
> 분별없는 소년 소녀를 이용하노니.
> 오, 법의 강력한 손길이
> 강한 발톱으로 이를 막아 주기를.

그리고 샬럿은 정복 전쟁을 통해 앵그리아 왕국을 손에 넣었는데, 앵그리아는 열대 식물과 팔라디오 양식의 궁전이 가득한 신비롭고 이국적인 아

🍃 존 마틴이 그린 〈벨사살의 잔치〉. 하워스 목사관에는 이 종말론적인 동판화가
걸려 있었다. 브론테가의 아이들은 이 작품의 극적이고 예언적인 힘을 내면화하여 그림처럼
웅장한 앵그리아와 곤달 왕국을 창조했고, 거대하고 기하학적인 바빌론의 건축물에서 영감을
받아 글라스 타운을 건설했다. 샬럿은 훗날 이 그림이 묘사하고 있는 구약성경의 이야기
(다니엘서 5장에서 다니엘이 벨사살 왕에게 불려 가 벽에 쓰인 예언을 해석하는 대목 – 옮긴이)를 바탕으로,
에밀리의 소설 《폭풍의 언덕》을 이해하는 이상적인 비평가라면, 아무도 알아보지 못하는
'벽에 나타난 글자'를 해독하고 '메네, 데겔, 우바르신'이라는 글자에 담긴 정신을
정확히 읽어 내야' 한다고 말했다.

프리카의 국가였다. 그녀는 이곳의 통치를 웰링턴 공작의 아들 중 한 명인 도루 후작 아서 웰즐리에게 맡기고, 그를 자모나 공작이자 앵그리아의 왕으로 임명했다. 자모나는 바이런 같은 스타일의 귀족이어서 곧바로 두 명의 부인을 얻었는데, 이 두 여인의 존재와 브랜웰이 창조한 '노생거랜드'와의 첨예한 대립 덕분에 샬럿은 음모와 속임수, 사랑과 열정에 관한 이야기를 풍부하게 지어낼 수 있었다.

추후에 에밀리와 앤은 앵그리아에서 떨어져 나와 둘이서 '곤달' 왕국을 구축했다. 곤달은 태평양에 있는 섬이지만 기후는 희한하게도 하워스와 비슷하며, 자유분방하고 고집 센 오거스타 제럴딘 알미다 여왕이 이곳의 정열적인 국민들을 다스리고 있었다. 곤달에서 펼쳐지는 극적인 사건들은 에밀리의 자아와 밀접하게 결속되어 그녀가 살아 있는 동안 평생 그녀와 함께했다. 그래서 에밀리가 창작한 시 중에는 곤달의 연대기에서 주제를 취한 것들이 꽤 많다. 1845년 7월 30일, 그녀는 앤과 둘이서 4년에 한 번씩 작성한 일기 소식지에 다음과 같이 기록했다.

내 생일. 비가 오락가락하고, 산들바람이 불고, 시원하다. 나는 오늘로 스물일곱 살이 되었다…… 앤과 나는 6월 30일에 집을 떠나 둘이서 처음으로 긴 여행을 했다. 월요일에는 요크에서 자고, 화요일 저녁에 키틀리로 돌아와 거기서 하룻밤 묵은 다음에 수요일 아침에 걸어서 집에 왔다. 날씨 기복이 심하긴 했지만 브래드퍼드에서의 몇 시간을 제외하면 굉장히 즐겁게 지냈다. 유람하는 동안 우리는 로널드 매커글린, 헨리 앙고라, 줄리엣 오거스티나, 로즈벨라 에

스몰든, 엘라와 줄리언 에그리먼트, 캐서린 나바르, 코델리아 피처 프놀드가 되었다. 모두 왕당파에 합류하려고 억압적인 궁전을 떠나, 기세등등한 공화당원들에게 쫓겨 다니는 곤달인들이다. 곤달의 국민들은 여전히 씩씩하게 살아 움직이고 있다. 나는 요즘 1차 대전에 관한 책을 쓰고 있다. 앤도 이에 관한 기사를 작성 중이며, 헨리 소포나가 집필하는 책도 한 권 만들고 있다. 이 장난꾸러기들이 우리를 기쁘게 해 주는 한 우리는 언제까지나 그들과 함께할 것이며, 다행히도 지금 그들은 그렇게 해 주고 있다.

샬럿은 열다섯 살이던 1831년 1월에 학교 생활로 복귀하며 유치한 놀이를 그만두고 앵그리아에 작별을 고했지만, 18개월 후에 집으로 돌아오면서 다시 앵그리아 이야기를 시작했다. 그녀는 스물셋이 되어서야 자모나와 노생거랜드, 로그, 사악한 해적, 그리고 요부 미나 로리를 완전히 손에서 놓았다. 하지만 그러고 나서도 형제자매들과 함께 직조하던 '햇살과 바람으로 엮은 그물'을 내버리고 싶지 않아 했다.

그러나 너무 서두르라고 재촉하지는 마시오, 독자여. 그토록 오랫동안 내 상상을 가득 채워 왔던 형상들을 추방해 버리는 건 쉬운 일이 아니라오. 그들은 나의 친구이자 각별한 지인들이었소. 낮이면 내 생각 속에 상주하고 밤에는 신기하게도 내 꿈속까지 잠입하는

일이 빈번했기에 나는 아무런 힘도 들이지 않고 그들의 얼굴과 목소리와 동작을 묘사할 수 있다오. 그들을 떠나올 때, 나는 마치 어느 집의 문턱에 서서 그 안에 사는 이들에게 작별을 고하는 기분이었소…… 그렇기는 해도 나는 우리가 너무 오래 머물렀던 그 뜨거운 나라에서 잠시 멀어지고 싶소. 그곳의 하늘은 활활 타오르며 언제나 석양이 빛나고 있기 때문이오. 격앙된 마음에 그만 종지부를 찍고, 희부옇고 차분한 동이 트며 최소한 얼마간은 구름에 잠기는 날을 기대할 수 있는, 더 서늘한 지역으로 고개를 돌리고 싶소.

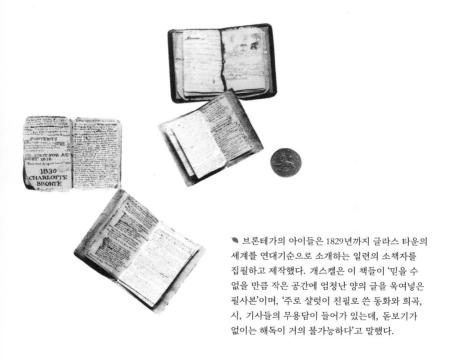

🍃 브론테가의 아이들은 1829년까지 글라스 타운의 세계를 연대기순으로 소개하는 일련의 소책자를 집필하고 제작했다. 개스켈은 이 책들이 '믿을 수 없을 만큼 작은 공간에 엄청난 양의 글을 욱여넣은 필사본'이며, '주로 샬럿이 친필로 쓴 동화와 희곡, 시, 기사들의 무용담이 들어가 있는데, 돋보기가 없이는 해독이 거의 불가능하다'고 말했다.

🐚 남자 형제 브랜웰이 1833년 3월 27에서 4월 26일 사이에 제작한 소형 모조 신문 〈월간 인텔리젠서〉. 패트릭은 〈리즈 인텔리젠서〉와 〈리즈 머큐리〉, 〈존 불〉을 정독했고, 아이들도 정치 기사를 빠짐없이 찾아보았다. 사진 속 가짜 신문은 장난감 병정인 '젊은이들'에게 알맞은 크기와 내용으로, 그레이트 글라스 타운 의회에서 회의가 열렸다는 소식이나 '젊은 술트'가 지은 시 등을 정식 신문과 같은 형식으로 배열해 놓았다.

Part. 3

직업을 찾는 시간

A suitable situation

🖋 리처드 레드그레이브가 1844년에 그린 〈가정 교사〉.
가정 교사가 모두에게 외면당한 채 외떨어져 있는 처지를 신랄하게 묘사했다.
그녀의 제자인 이 집안의 딸들이 환한 빛 속에서 즐거워할 때, 가정 교사는
홀로 어둠 속에 앉아 있다. 피아노에 놓인 악보는 '즐거운 우리 집'이다.
브론테 자매 역시 가정 교사로 일하며 힘든 시간을 보냈다.

'귀하는 분명 워즈워스가 **운문적 재능**이라 칭한 것을 결코 미흡하지 않은 수준으로 소유하고 있습니다.' 계관 시인 로버트 사우디는 샬럿에게 이러한 답장을 보냈다. 열네 살 때까지 스물두 '권'의 습작을 집필한 샬럿은 1836년 크리스마스에 여러 편의 시를 조심스럽게 묶어 사우디에게 송부했던 것이다. 그러나 편지의 후반부에서 사우디는 아래와 같이 타일렀다.

문학은 여성에게 필생의 사업일 수 없으며 그렇게 되어서도 안 됩니다. 여성은 자신에게 합당한 직분에 몰두할수록 그저 교양이나 기분 전환을 위해 문학에 시간을 쏟을 여유가 없어지니까요. 당신은 아직 그러한 직분으로 인도되지 못했지만, 장래에 그렇게 된다면 명성을 얻고 싶다는 열망도 줄어들 겁니다. 즐거움을 위해 상상력을 발휘하려 하지도 않겠죠······

이 존경받는 시인이 상정하고 있는 '직분'이란 아내가 되는 일이었다. 그러나 샬럿과 에밀리, 앤은 그러한 가능성에만 의존할 수 없었다. 그들은 스스로 생계를 꾸려야 하는 상황을 고려해야 했다.

자매의 아버지는 1831년 봄에 심하게 앓아누워 '영영 온전히 회복하지 못할' 것을 두려워했다. 그는 '이대로 최후를 맞이할 것 같다는 생각이 불쑥불쑥 든다'고 토로했다. 하지만 그건 기우였다. 비록 신경성 소화불량과 근시로 고생하고, 기관지염이 걱정되어 언제나 감기 예방 차원에서 목에 비단 천을 칭칭 감고 다녔지만, 그는 다른 가족들보다 훨씬 오랜 수명을 누리다가 1861년에 여든네 살의 나이로 세상을 떠났다.

하지만 그의 병환 때문에 브론테가의 자녀들은 언제든 극도로 가난해질 수 있다는 공포에 떨었다. 당시 제일 나이가 많았던 샬럿이 고작 열여섯이 었던 만큼, 네 명의 형제자매가 고아로 남겨진다면 눈앞이 깜깜할 수밖에 없었다. 성직자에게는 임대 사택과 같은 거주지가 주어졌다. 하지만 아버지가 사망하면 집을 빼앗길 터였다. 보잘것없는 급료를 받는 브론테 씨는 그동안 저축을 할 여유도 없었기 때문에 집안에는 돈이 전혀 없었다. 브랜웰이모가 받는 50파운드의 연금은 5인 가족의 생활비로 턱없이 부족했다.

브론테가의 아이들은 이제 스스로 세상에서 살아 나갈 방법을 고민해야 했다. 직업을 얻기 위한 교육도 받아야 했다. 외동아들인 브랜웰은 전망이 밝아 보였다. 집안에서도 그는 늘 재주가 많은 아이로 통했으며, 아버지는 그림 선생을 고용해 그의 미래에 투자했다. 그리고 브랜웰은 작가가 되는 꿈도 꾸고 있었다. 위대한 작가가 되거나 제임스 호그 등의 선각자를 본받아 〈블랙우드 매거진〉 같은 정기 간행물에 기고하고 싶어 했다. 반면 여자형제들은 선택의 폭이 심하게 제한적이었다.

세 자매는 모두 가정 교사(governess)라는 '직분'으로 인도되었다. 19세기 중반에는 학교에서 가르치는 사람도 'governess'라고 불렸지만, 그보다는 주로 고용주의 집에 거주하며 자녀들을 가르치고 그들의 시중을 드는 사람을 지칭했다. 1851년, 영국에는 약 25,000명의 가정 교사가 있었다. 이들은 대부분 좋은 가문에서 태어났고 학식도 있지만 가난했다. 성직자의 딸들에게 알맞은 직업이라 할 수 있었다. 하지만 그다지 만족스러운 일자리는 아니어서 엘리자베스 이스트레이크(19세기에 활동한 영국의 작가 겸 비평가 - 옮긴이)는 아래와 같이 비꼬았다.

'영국에서 가정 교사의 실질적 의미는 출생과 예절, 교육에 있어서는 우리와 동등하지만 세속적인 부에서는 열등한 존재이다.'

1831년 1월, 샬럿은 상상력이 난무하고 비교적 자유로운 '그들 안의 세상'에 형제자매들을 남겨 둔 채, 생애 두 번째로 학교 교육을 받기 위해 목사관을 떠났다. 정규적이고 체계적인 교육을 받아 구직에 필요한 자격을 갖추기 위해서였다.

이 학교는 요크셔주의 듀스베리 인근에 있던 로헤드 학교로, 하워스에서 20마일가량 떨어져 있었으며, 샬럿의 학비는 그녀의 대모인 프랜시스 앳킨스와 그의 남편이 대 주었다. 로헤드는 울러 자매들이 운영했는데, 그중 제일 연장자인 마거릿 울러가 교장으로서 학교에 기숙하는 10여 명의 학생을 관리했다. 울러 양은 '땅딸막해도 몸동작이 우아하고 언변이 뛰어나며 목소리가 감미로웠다.' 또한 늘 수녀 원장처럼 흰색 옷을 입고 땋은 머리를 둥그렇게 말아 고정했으며 대단히 지적이었다. 그녀는 나중에 샬럿의 든든한 벗이 되어 수많은 친절을 베풀었다.

🖌 앤 브론테가 연필로 그린 미르필드의 로헤드 학교. 1835년 10월, 앤은 로헤드에 입학하기 위해
생애 처음으로 목사관을 떠났다. 앤이 이듬해 가을에 쓴 시는 그녀가 새로운 삶을 살기로
결심했음을 보여 준다. '하지만 이제 세상이 내 앞에 펼쳐졌으니, / 내가 왜 절망해야 하는가? /
나는 매일을 헛되이 보내지 않을 것이며, / 이곳에 머무르지 않을 것이다! / 너를 떠나 어린 시절의
고향으로 갈 것이다 / 모든 기쁨이 사라졌기에 / 나는 너를 등지고 세상을 떠돌 것이다 /
널리 이름을 떨치기 위해.'

로헤드의 학생이었던 메리 테일러는 샬럿이 처음 등교하는 모습을 창밖으로 내다보았다.

처음에 지붕 씌운 마차를 타고 도착했을 때는 아주 구닥다리 같은 옷을 입고 있었는데, 무지무지 춥고 불쌍해 보였어요. 울러 양의 학교에 입학하러 온 거였죠. 교실에 나타났을 때는 복장이 바뀌어 있었지만 여전히 낡은 차림새였어요. 왜소하고 나이가 들어 보이는데다 근시가 심해서 계속 뭔가를 찾는 것 같았고, 사물을 자세히 보려고 고개를 좌우로 까닥거렸어요. 수줍음이 심하고 겁이 많았으며 말투는 아일랜드 억양이 강했어요. 책을 받자 코가 닿을 정도로 고개를 푹 숙였는데, 선생님이 머리를 들라고 하자 책까지 들어서 코앞에 바짝 갖다 대는 통에 도무지 웃음을 참을 수가 없었어요.

우리는 그녀가 무지하다고 생각했어요. 문법을 배운 적이 아예 없었고, 지리도 거의 몰랐거든요.

하지만 그녀는 우리의 지식을 모두 합한 것보다 더 많은 것을 알고 있어서 우리를 당황하게 했어요. 우리가 외워야 하는 짧은 시들은 거의 다 그녀에게 익숙한 것들이었죠. 그래서 그 시인은 어떤 사람이고 이 글은 어떤 시에서 발췌된 것인지 가르쳐 주었어요. 한두 쪽을 암송하거나 줄거리를 말해 줄 때도 있었죠. 그녀는 글씨를 이탤릭체로(인쇄된 활자처럼) 쓰는 버릇이 있었는데, 직접 잡지를 만들면서 그렇게 쓰는 법을 익혔다고 했어요. 그들은 한 달에 한 번씩 '잡지'를 발행했고, 가능한 한 진짜 인쇄물처럼 보이기를 바랐죠. 그녀는 잡지에 실렸던 내용을 들려주었어요. 잡지에 기고하는 건 샬럿과 그녀의 남동생, 그리고 여동생 둘뿐이었고, 그걸 읽어 본 사람도 그들 외에는 아무도 없었어요. 샬럿은 그중 몇 권을 보여 주겠다고 약속했지만 나중에 취소했고, 잡지를 보여 달라고 아무리 설득해도 말을 듣지 않았답니다. 놀이 시간에도 그녀는 가능한 한 앉거나 서서 책을 봤어요. 몇몇 아이들이 샬럿에게 공놀이에서 우리 편에 들어와 달라고 했죠. 그러자 그녀는 공놀이를 해 본 적이 없어서 못 하겠다고 했어요. 우리가 억지로 하게 했지만, 얼마 후에 그녀가 공을 못 본다는 걸 깨닫고 놀이에서 빼 주었어요. 그녀는 유연한 무관심으로 우리의 방식을 받아들였고, 어떤 일에든 이미 '싫어'라고 말할 준비가 돼 있는 것 같았어요. 주로 운동장의 나무 아래 서 있었고, 그러는 편이 더 즐겁다고 했죠. 그리고 그림자나 빼꼼히 드러난 하늘 같은 걸 가리키며 자신의 감정을 설명하려 애썼어요. 우리는 십중팔구 무슨 말인지 알아듣지 못했죠.

다른 자매들에게는 가족밖에 없었던 반면에 샬럿은 로헤드에서 처음으로 진정한 친구를 사귀게 되었다. 메리 테일러와 그녀의 여동생 마사는 때로 가혹한 비평도 서슴지 않았지만 샬럿과 절친한 사이가 되었다. 이들의 아버지는 정치적 급진주의자로, 한때 잘나가는 의류 제조업자였지만 나폴레옹 전쟁이 끝나고 군복 수요가 사라지면서 사업이 망했다. 샬럿은 메리를 모델로 하여 《셜리》의 로즈 요크를 창조했다. '할 수 있는 한 모든 노력을 다하고 전부 실패하는 편이 아무런 노력도 안 하고 인생을 무미건조하게 보내는 것보다 낫다고 생각하는 **소녀**'였다. 셜럿은 메리의 본가인 고머설의 독특한 빨간 집을 여러 번 방문했고, 훗날 '테일러 가족은 내가 만나 본 중에 가장 활기차고 유쾌한 사람들이었다'고 회상했다.

셜럿이 사귄 또 다른 친구는 엘런 너시였는데, '작은 왈짜들'이라는 별명이 붙은 메리 테일러나 그녀의 여동생 마사와는 달리 유순한 성격이었다. 엘런은 열두 명의 학생 중 제일 어렸고, 최근에 남편을 잃은 어머니와 함께 학교에서 10마일 거리인 라이딩에 살고 있었다. 첨탑이 솟아 있는 커다랗고 오래된 집이었는데, 훗날 이곳을 방문한 브랜웰은 '천국' 같은 곳이라며 감탄했다. 아버지가 돌아가신 지 얼마 안 돼 경제적으로 다소 곤란한 상황이긴 했지만 너시가에는 '물려받은 재산'이 있었다. 또한 제조업으로 신흥 부자가 된 요크셔의 다른 집안들과는 달리 대대로 존경받아 온 '명문가'여서 정치적으로 보수적인 성향을 갖고 있었다. 셜럿은 엘런에게 보낸 편지에서 두 친구가 자신에게 얼마나 중요한지 언급했다.

나에게는 두 가지 연구 대상이 있어. 너를 통해서는 조용하고 평온한 사람의 성공과 신용, 책임감을 연구하고 있어. 메리를 통해서는 고결함과 온화함, 관대함과 열정, 진중함 등의 감정이 성숙해 감에 따라 발생하는 오해에 관해 연구하고 있지. 그러한 감정을 너무 드러내거나 보유하고 있으면 진정한 가치만큼 평가받지 못해 회한을

🖋 샬럿은 처음 바깥세상으로 나가 교사로 일하던 시기에 어릴 때처럼 상상의 세계로 도피해 '지어내기'에서 위안을 얻었다. 하지만 이제 '그들 안의 세계'(위의 책도 그 세계의 일부)에서 벗어나야 한다는 것을 —상실감과 함께— 서서히 깨달았다. 1841년 1월에 그녀는 이런 기록을 남겼다. '예전에 나는 시적 감성이 매우 풍부했지…… 하지만 이제 스물다섯이 다 되었으니 상상력을 다듬고 가지치기해야 할 때야…… 어린 시절에 품었던 수많은 환상 중 일부만이라도 그만 지워 버려야 해.'

🖋 윌리엄 프랜시스 프리러브가 그린 〈여름날의 짐마차〉. 브론테가의 자녀들은 1831년에서 1845년 사이에 각자 여러 차례 마차에 짐을 싣고 새로운 학교와 일자리, 새 삶을 향해 떠나갔다. 그들은 바깥세상에서 시련을 겪고 상처받은 채로 목사관에 돌아와 위로를 받다가 또다시 세상에 나가 고통받기를 반복했다.

남기니까. 세상에 이보다 더 고귀한 인물은 없을 거야. 메리는 사랑하는 이를 위해 기꺼이 목숨을 내놓을 사람이야. 그 아이의 지성과 학식은 최상급에 속하지. 하지만 나는 메리가 결혼을 할 수 있을지 의심스러워.

메리는 정말로 결혼하지 않았다. 그녀는 뉴질랜드로 이주해 혼자서 상점을 운영하다가 1860년에 영국으로 돌아왔고, 여성의 독립을 주장하는 소설 《미스 마일스》 등을 발표해 샬럿의 안목을 증명해 주었다.

버스톨과 하워스 교구를 돌아다니며 남자 열 명을 데려온다 해도 메리가 지닌 선천적인 능력을 뛰어넘는 건 불가능해. 이런 인물을 평범한 경계 안에 가두는 건 헛된 짓이야. 메리는 그런 걸 가뿐히 넘어설 테니까. 나는 메리가 자기만의 이정표를 세울 거라고 확신하고 있어.

조용하고 평온한 엘런 너시는 어떠한 이정표도 세우지 않았지만, 졸업 후에도 평생 샬럿과 친밀하게 교류했다. 두 사람이 거의 25년에 걸쳐 주고받은 편지는 브론테가 자녀들의 삶에 대해 가장 믿을 만한 증언을 제공해 준다.

샬럿이 학교로 떠나고 없는 동안, 언제나 한 침대에서 같이 이야기를 만들던 그녀의 단짝 에밀리는 여동생과 더 가까워졌다. 얼마 안 가 앤과 에밀리는 실제 삶과 상상의 세계 모두에서 떼려야 뗄 수 없는 사이가 되었고, 둘이서 새로운 왕국인 곤달을 건설했다. 샬럿의 새로운 친구는 여동생과 멀어진 그녀의 상실감을 어느 정도 달래 주었지만, 온순하고 상식적이며 어떤 면에서는 평범한 엘런에게는 분명한 한계가 있었다.

엘런을 처음 봤을 때는 그 애를 별로 신경 쓰지 않았어. 그냥 같은 학교 아이였지…… 우리는 많이 달랐어…… 그런데도 잘 맞았지…… 엘런은 낭만적인 구석이 없어. 그 애가 시나 시적인 산문을 큰 소리로 읽으려고 하면 나는 짜증이 나서 책을 빼앗아 버려…… 그래도 엘런은 착해. 솔직하고 믿음직스러워서 난 그 애를 사랑해……

🖋 샬럿이 그린 학창 시절의 엘런 너시. 1834년에 보낸 편지에서는 엘런에게 받은 선물을 고마워하는 내용이 나온다. '보닛은 선물을 준 사람처럼 예쁘고 단정하고 소박해. 이걸 보니 엘런 너시의 하얗고 고요한 얼굴과 갈색 눈동자와 진갈색 머리카락이 눈앞에 그득히 떠올라.'

엘런은 상상력이 부족한 대신 포용성과 안정감이 있어서 샬럿이 두렵거나 우울할 때 그녀를 안심시켜 주었다. 샬럿은 그런 친구에게 자신이 만든 자유분방한 상상의 나라에 대해 숨겼다. 조용히 앵그리아의 세계를 키워나가면서 단 한 번도 엘런에게 '지어내기'에 대해 말하지 않았고, 《제인 에어》가 출간되었을 때도 자신이 작가라는 사실을 털어놓지 않았다.

로헤드에 입학한 샬럿은 비록 학력은 부족해도 금세 인기 있는 학생으로 부상했다. '로헤드에서 첫 학기를 보내는 아이는 샬럿을 포함해 세 명밖에 안 됐어요.' 엘런 너시는 이렇게 말했다. '하지만 샬럿은 그 학기 중에 우리 학교 교과목에 포함된 기초 수업을 전부 마쳤죠. 그녀는 긴 시들을 외워 버리는 습관이 있었고, 그런 일을 진심으로 즐거워하며 별다른 노력도 없이 해냈어요.'

🖎 엘런 너시는 이렇게 말했다. 'W(울러) 양은 학생 지도를 위해 두 종류의 배지를 이용했는데, 특별히 무심한 아이들을 제외하고는 아주 효과적이었어요. 가터 훈장처럼 옷에 다는 형식인 검은색 리본은 누군가 교칙을 위반하거나 숙녀답지 못한 행동을 했을 때, 혹은 문법을 틀렸을 때 이전에 달고 있던 사람에게서 다음 사람에게로 넘어갔죠. 은색 메달(위 사진)은 주어진 일을 완수했을 때 받는 것으로, 샬럿은 첫 학기에 이 배지를 달 권리를 얻었어요. 그 후로도 수여권을 박탈당하지 않았고, 학교를 졸업할 때 실물을 받았죠.'

샬럿은 1832년 초여름에 목사관으로 돌아왔고, 브론테가 아이들은 이후로도 3년간 더 직업인이 되기 전의 유예 기간을 가졌다. 샬럿은 이 시기에 대해 엘런에게 아래와 같이 설명했다.

내가 학교를 떠나온 후로 어떻게 지내고 있는지 가르쳐 달라고 했지? 그건 짧게 설명을 끝낼 수 있어. 하루하루가 똑같으니까. 매일 아침 9시부터 12시 반까지는 동생들을 가르치고 그림을 그려. 그런 다음 저녁때까지 산책을 하지. 저녁을 먹고 나면 차를 마시는 시간까지 바느질을 하고, 차를 마신 후에는 그날의 기분에 따라 책을 읽든지, 글을 쓰든지, 수를 조금 놓든지, 그림을 그려. 그러고 나면 즐겁지만 다소 단조로운 나의 하루가 지나가지.

1833년 여름. 엘런은 처음으로 목사관을 방문했고(샬럿은 그해 1월에 이미 라이딩에 있는 엘런의 본가에 다녀왔다), 그때의 인상을 아래와 같이 고백했다.

충성스럽고 믿음직한 늙은 하녀 '태비'는 상당히 묘하게 생겼어요. 무척이나 활동적이었고, 이 당시에는 허드렛일을 맡고 있었죠. 그녀가 보기에 우리는 모두 '아덜'이자 '얼라들'이었어요. 또한 아이들이 집에서 조금이라도 먼 곳에 가려 하면 아버지가 브랜웰을 보호자로 붙여 주지 않는 한, '아덜'의 산책에 따라나서는 것을 여전히 자신의 의무로 여겼죠.

에밀리 브론테는 이때 벌써 우아하고 나긋나긋한 자태가 두드러졌어요. 아버지를 제외하면 가족 중에 에밀리의 키가 제일 컸죠. 샬럿처럼 선천적으로 아름다운 머리카락을 갖고 있었지만 역시나 언니처럼 꼬불꼬불한 곱슬머리를 부스스하게 방치했어요. 피부색도 언니처럼 색소가 부족한 듯 창백했죠. 에밀리의 눈은 아름답기 그지없었어요. 부드럽고 초롱초롱하며 투명한 눈이었죠. 하지만 너무 내성적이어서 사람을 똑바로 보는 경우가 거의 없었답니다. 눈동자는 때로는 짙은 회색으로, 때로는 짙은 파란색으로 보였어요. 말수는 지극히 적었어요. 에밀리와 앤은 쌍둥이처럼 서로 분리될 수 없는 동반자이자 가장 가까운 공명의 대상이었어요. 다른 누구도 그들 사이에 끼어든 적이 없었던 것처럼요.

앤 ─사랑스럽고 온화한 앤─ 은 다른 형제들과 외모가 몹시 달랐어요. 그녀는 이모의 사랑을 가장 많이 받는 조카였죠. 머리카락이 정말로 아름다웠어요. 연갈색 머리칼이 목 언저리에서 우아하게 물결쳤죠. 예쁜 보랏빛이 감도는 푸른 눈동자에, 그린 것처럼 세련된 눈썹을 갖고 있었고, 피부는 투명할 정도로 맑았어요. 앤은 계속 공부를 하고 있었고, 특히 이모의 감독 아래 바느질을 게을리하지 않았어요. 언니인 에밀리는 이제 슬슬 자유 시간을 누리고 있었죠.

🖋 샬럿 브론테가 그린 제목 없는 수채화. 부친인 패트릭 브론테가 이 그림의 출처를 밝혀 주었다. 브랜웰의 친구이자 전기 작가인 F. A. 레일런드에 따르면, 샬럿은 어릴 때 '그림을 업으로 삼을 생각도' 했으며, 화가가 되겠다는 의지가 강해서, 천직이 아니라는 설득을 받아들이지 않았다. 그녀는 종종 리즈에 사는 화가 윌리엄 로빈슨에게 미술 수업을 받기도 했다. 하지만 30대 초반이었던 1848년에 《제인 에어》의 삽화를 직접 그려 보지 않겠느냐는 출판사의 제안은 다음과 같이 거절했다. '저는 생각하시는 것과 같은 기량을 갖추고 있지 않거든요…… 소질을 실전으로 옮기려면 화가의 안목을 가진 것만으로는 부족해요. 화가의 손재주까지 지니고 있어야 하죠.'

브랜웰은 정기적으로 아버지에게 수업을 들었어요. 그리고 유화를 그리곤 했는데, 장래에 미술을 업으로 삼기 위한 훈련이었죠. 브론테가 사람들은 모두 브랜웰이 화가가 되리라 생각했고 이왕이면 거장이 되기를 바랐어요.

산책하기 좋은 화창한 날에 즐겁게 황야를 거닐다 보면 간간이 황무지의 단조로움을 깨뜨리는 계곡과 골짜기가 나타났어요. 울퉁불퉁한 기슭과 졸졸 흐르는 시냇물은 반가운 보물이었죠. 에밀리와 앤, 브랜웰은 개울을 건너다녔고, 간혹 다른 두 사람을 위해 징검다리를 놓기도 했어요. 이런 장소에는 언제나 기쁨이 감돌았어요. 이들은 이끼 하나 꽃 하나도 그냥 지나치는 법 없이 모든 색깔과 형태에 주목하며 마음껏 즐겼죠. 특히 에밀리는 구석구석에서 아름다움을 발견하고 매우 기뻐했는데, 그럴 때면 평소의 조용한 모습이 온데간데없이 사라졌답니다.

그러나 목사관의 일상은 미묘하게 변했다. 샬럿은 로헤드에서 친구가 생겼을 뿐 아니라 사람을 사귀는 데 있어서 약간의 자신감이 생겼다. 그리고 그로 인해 더 넓은 세상으로 나아갈 가능성을 깨닫게 되었다. 이때부터 샬럿은 비록 두려움이 클지언정 '그들이 없는 세상'을 탐험해 보고 싶은 열망에 사로잡혔다.

언니와 달리 에밀리는 평범한 일상과 공상 및 환상의 세계가 결합된 목사관을 완전무결한 세상으로 여겼기 때문에 그녀를 이 세상에서 떼어 놓으려는 시도는 모조리 실패로 끝났다. 앤과 에밀리는 자신들의 조용한 삶을 기록으로 남기기 위해 4년에 한 번씩 공동으로 일기 소식지를 작성했다. 그중 '1834년 11월 24일, 월요일'의 기록은 에밀리의 선입관을 보여 주는 동시에 그녀의 철자와 문법이 엉망이었음을 증명해 준다.

나는 무지개와 다이아몬드와 눈송이와 제스퍼 꿩(별명)에게 먹이를 주었다. 오늘 아침에 브랜웰 오빠가 드라이버 씨 댁에 갔다가 로버트 필 경이 리즈에서 출마 제의를 받았다는 소식을 갖고 왔다. 앤과 나는 샬럿 언니가 사과 푸딩을 만들 수 있게, 그리고 이모를 위해 사과 껍질을 까고 있다…… 샬럿 언니는 자기가 사과 푸딩을 완벽하게 만들었다고 했다…… 재빠르지만 머리는 조치(원문은 limited에서 두 번째 i가 빠짐 -옮긴이) 않다. 태비가 지금 막 어서 와서 '감자 껍디기 까(감자 껍질을 까)'라고 앤에게 말했고 이모가 지금 막 부엌에 들어와서 앤한테 '네 발이 지금 어디 있느냐'고 하니까 앤이 '바닥에 있어요, 이모'라고 대답했다. 아빠가 응접실 문을 열고 브랜웰 오빠에게 편지를 건네주며 '이것을 읽고 이모와 샬럿에게도 보여 줘, 브랜웰'이라고 했다. 곤달인들은 갈딘의 내부를 탐사하고 있다. 샐리 모슬리는 뒤편 부엌방에서 빨래를 하고 있다.

12시가 넘었는데 앤하고 나는 몸당장(원문은 tidied에서 두 번째 i가 빠짐 -옮긴이)도 안 하고, 침대 정리도 안 하고, 바느질도 안 끝냈다. 우린 놀러 나가고 싶다. 저녁으로는 수육과 순무와 감자와 사과 푸딩을 먹을 거다. 부엌은 매우 지저분한 상태이고 앤하고 나는 B 장조로 구성된 음악 연습을 아직 안 했고 태비는 내가 자기 얼굴에 펜을 들이대자 '감자 껍질은 안 까고 뭘 서걱거리고 있느냐'고 했다. 나는 '아이고, 아이고, 아이고 할게' 하고는 곧바로(원문은 directly의 i를 e로 잘못 씀 -옮긴이) 일어나서 칼을 들고 껍질을 까기 시작했다. 감자를 다 깠고 아빠는 선덜랜드 씨와 산책을 나갈 것 같다.

앤과 나는 모든 일이 순조롭게 돌아간다면 1874년에 우리는 어떤 모습이고, 무엇을 하고 있고, 어디에 살고 있을까 이야기를 나누었다. 그때가 되면 나는 쉰일곱 살이 되어 있을 거다. 앤은 쉰다섯이고 브랜웰 오빠는 쉰여덟이고 샬럿 언니는 쉰아홉 살인 그해에 우리 모두 잘 지내고 있기를 바라며 이 기록을 마친다.

그러나 이제 모든 것이 큰 변화를 맞이하게 된다. 샬럿이 1835년 7월, 엘런에게 보낸 편지를 보자.

우리는 곧 뿔뿔이 흩어지고, 갈라지고, 헤어지게 될 거야. 에밀리는 학교에 입학하고, 브랜웰은 런던으로 가고, 나는 '교사'로 일하게 됐어. 언젠가는 발을 내디뎌야 한다는 걸 알기에 결국 마지막에 결심을 굳혔지. '서두르는 게 늦는 것보다 낫다'는 스코틀랜드 속담도 있

🖋 엘런 너시는 하워스를 처음 방문한 1833년의 경험을 이렇게 회상했다. '한번은 황야 넘어 에밀리와 앤이 **물들의 회합지**라고 부른 곳까지 멀리 나아갔어요…… 에밀리는 평평한 돌에 몸을 엎드린 채로 아이처럼 물속의 올챙이를 갖고 놀았죠. 올챙이 무리가 이리저리 헤엄치게 하다가 튼튼한 놈과 연약한 놈, 용감한 놈과 소심한 놈들을 훈화하듯 손으로 쫓았어요. 이때까지만 해도 심각한 걱정이나 슬픔이 싱싱하고 쾌활한 자연에 어두운 그늘을 드리우지 않았죠. 자연이 선물하는 가장 단순한 것들이 기쁨과 즐거움의 원천이었어요.'

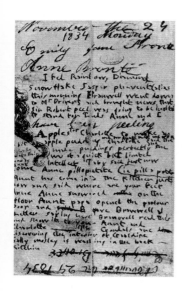

🖋 에밀리와 앤의 첫 번째 일기 소식지. 두 사람이 공동으로 작성한 유일한 일기 소식지로, 이후로는 각자 따로 글을 쓰고 4년 후에 서로 바꿔 읽어 보았다.

고, 아빠의 얼마 안 되는 수입으로 브랜웰을 왕립미술원에, 에밀리를 로헤드에 보내야 하니까. 그럼 어디서 근무하게 됐어? 너는 이렇게 물어보겠지. 사랑스러운 너의 집에서 4마일 이내이고 우리 둘 다 모른다고 할 수 없는 곳인데, 다름 아닌 로헤드야…… 맞아, 내가 수업을 듣던 바로 그 학교에서 가르치게 됐어. 울러 양이 먼저 제안을 해 주셨는데 그보다 먼저 부탁받은 한두 군데의 개인 가정 교사 자리보다 더 나은 것 같았거든. 의무와 필요 때문에 집을 떠나야 한다는 생각에 너무 울적해…… 그 둘은 감히 누구도 명령을 거역할 수 없는 가혹한 연인들이야. 내가 전에도 말했던 것 같은데 엘런 너는 자립할 수 있는 수입이 있다는 걸 감사해야 해.

이제 열여덟 살이 된 브랜웰도 세상으로 나아갈 시기였다. 샬럿은 그해 가을에 남동생을 희화화하여 〈나의 앵그리아와 앵그리아의 국민들〉이라는 애정 어린 초상화를 그리고, 그에게 '패트릭 벤저민 위긴스'라는 새로운 이름도 붙여 주었다.

그는 키가 작고 마른 체격으로, 검은색 코트에 갈까마귀 같은 회색 바지를 입었다. 모자는 거의 뒤통수까지 젖혀 써서 숱 많은 당근색 머리가 드러났는데, 어찌나 깔끔하게 빗어 놓으셨는지 옆머리가 활짝 핀 손을 양쪽으로 뻗고 있는 것만 같았다. 유난히 도드라진 매부리코 위에는 안경이 걸려 있고, 검은색 네커치프를 엉성하게 동여매 놓았으며, 화룡점정을 찍듯 작고 새까만 지팡이를 손에 들고 있었다. 걷는 자세는 제법 꼿꼿했고, 자신이 훌륭한 산책자라고 자부하는 사람들이 그러하듯 말로 표현할 수 없는 방식으로 몸을 건들건들 흔드는 게 인상적이었다.

🖋 브랜웰 브론테의 자화상. 회화 교습을 받았고 〈블랙우드 매거진〉의 편집장에게 자신의 그림을 써 달라고 애원하기도 했던('내 능력이면 당신네 기고자들보다 잡지에 훨씬 도움이 될 수 있어요') 그는 왕립미술원의 견습생이 되기로 마음먹었다.

샬럿이 울러 양의 제안을 받아들여 로헤드의 교사로 일하는 동안 브랜웰은 런던의 왕립미술원에 들어가 화가가 되기 위한 훈련을 받을 예정이었다. 에밀리는 언니의 수입으로 수업료를 내고 학교에 들어갈 수 있었는데 이는 그녀에게 아주 좋은 기회였다. 그동안 이모가 시키는 대로 부지런히 손을 놀려 견본작을 만들긴 했지만, 글을 쓸 때는 여전히 알파벳이 뒤죽박죽이었기 때문이다.

하지만 이와 같은 도전들은 단 하나도 성공하지 못했다. 브랜웰은 유혹을 받고 ―거기에 굴복한 탓에― 런던에서 채 2주도 버티지 못했다. 왕립미술원에는 얼굴 한번 못 내밀고 집에 돌아왔으며, 브랜웰 이모가 가장 아끼는 조카를 화가로 만들려고 모아 둔 돈을 런던의 여관에서 술과 유흥으로 전부 탕진한 것 같았다. 에밀리는 로헤드에서 3개월밖에 견디지 못했다. 샬럿 이외에는 누구하고도 대화를 나누지 않았으며, 먹지도 않아서 날이 갈수록 야위고 창백해졌다. 샬럿은 그 이유를 알고 있었다.

내 동생 에밀리는 황야를 사랑했다. 그 애의 눈에는 어두침침한 히스 들판에서 장미보다 화려한 꽃들이 피어나는 광경이 떠올랐고, 검푸른 산비탈의 음침한 골짜기도 그 아이의 마음속에서는 에덴동산이 되었다. 에밀리는 쓸쓸한 고독 속에서 소중한 기쁨을 무수히 찾아냈고, 자유를 적잖이, 그 무엇보다 사랑했다. 자유는 에밀리가 코로 들이쉬는 호흡과도 같아서 그것이 없이는 살아갈 수 없었다. 그래서 고향 집에서 학교로 옮겨 오며 생긴 변화, 자신만의 고요하

🖎 브랜웰은 계획과 달리 왕립미술원에 출석하지 않고 '한껏 의기소침한 꼴로' 런던 거리를
배회하다가 홀번에 있는 캐슬 여관에서 '알싸한 럼주를 홀짝홀짝' 들이키며 돈을 펑펑 써 버렸다.
그리고 하워스에 돌아와서는 사기로 돈을 날렸다고 엄살을 부렸다.

🖎 브랜웰이 그린 소위 〈총을 든 단체〉 초상의 일부.
그림 속 인물은 에밀리 브론테이다.

고 은둔적이지만 구속과 강요가 없는 삶의 방식에서 규칙을 따라야 하는 일상(비록 친절한 보호에 의한 것이라도)으로의 변화를 견디지 못했다. 이를 극복하기에는 그녀의 천성이 너무 강했다. 매일 아침 잠에서 깨면 집과 황야의 환영이 눈앞으로 몰려오는데, 정작 그녀의 앞에는 어두침침하고 우울한 하루가 기다리고 있었다. 에밀리가 무엇 때문에 괴로워하는지 나 말고는 아무도 몰랐다. 이런 사투를 벌이느라 그 애는 건강이 급속도로 나빠졌다. 얼굴이 창백해지고 몸은 수척해졌으며 체력도 약해져서 금세 위독한 상황이 되었다. 나는 에밀리가 집에 돌아가지 않으면 저대로 죽으리라 확신했기에 그 애의 학업을 중단시켰다. 에밀리는 학교에 온 지 겨우 3개월 만에 집으로 돌아갔고, 그 애를 다시 집 밖으로 내보내는 실험이 시도되기까지는 그 후로 몇 년이 걸렸다.

에밀리를 대신해 앤이 학교에 입학했고 샬럿은 새로운 직장에서 지독한 절망감에 빠져들었다. 한번은 메리 테일러가 그녀에게 방문했다.

샬럿이 울러 양의 학교에 교사로 들어갔다고 하더군요. 그 애를 보러 가서 어떻게 그렇게 적은 봉급을 받고 그렇게 많은 일을 할 수 있느냐고 물었죠. 그런 일을 하지 않아도 생활할 수 있을 텐데 말이에요. 그러자 샬럿은 조금이라도 돈이 모일 거라는 바람과 달리, 자

신과 앤의 옷을 사고 나면 아무것도 남지 않는다고 털어놓았어요. 전혀 만족스럽지 않지만 달리 무슨 수가 있겠느냐고 하더군요. 저는 아무 말도 해 줄 수 없었어요. 그 애는 의무감 외에는 어떠한 흥미나 기쁨도 느끼지 못하는 것 같았고, 짬이 날 때마다 홀로 앉아 '지어내기'를 하며 지냈죠……

글쓰기는 샬럿에게 강박적이고 필수적인 일이었다. 앵그리아 이야기부터 훗날 발표한 성숙한 소설들까지, 글쓰기는 평생 그녀를 따라다녔다. 그녀는 일기에 다음과 같이 고백했다.

내가 글을 쓰는 것은, 쓰지 않을 수 없기 때문이다. 나를 둘러싼 황소 무리(바산의 의심 많은 송아지들)는 내가 왜 눈을 감고 글을 쓰는지 몰라서 입을 떡 벌린 채 한참을 바라보고 있다. 한쪽에는 C(요리사)가, 다른 쪽에는 E L(리스터)이, W(울러) 양은 그 뒤편에 있고, 흐리멍덩한 분위기 속에서 교과서를 펴고 학생들의 수준을 평가하고 있다. 이 모든 것은 지금 내게 신성하고 고요하며 보이지 않는 상상의 땅, 꿈속의 꿈처럼, 그늘 속의 그림자처럼 희미하고 어렴풋한 그곳을 떠올리게 한다.

그녀는 가정 형편 탓에 취할 수밖에 없었던 사회적, 경제적 대책이 자신의 욕구 및 능력과 일치하지 않는 데서 좌절감을 느꼈다. 그리고 그 좌절감은 '문학은 여성에게 필생의 사업일 수 없다' 는 사우디의 조언에 대한 그녀의 모순적인 반응에서 가장 잘 드러난다. 샬럿에게―그리고 에밀리와 앤에게도―문학은 삶의 중심이었다.

 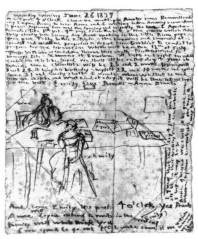

🍃 앤 브론테를 그린 몇 안 되는 작품 중 하나. 앤이 열세 살이던 1833년 4월 17일, 샬럿이 그려 준 정교한 연필화. (왼쪽)

🍃 에밀리와 앤이 1837년 6월 26일에 작성한 일기 소식지. 종이를 접어 양철 상자에 넣으며 생긴 주름이 남아 있다. 그림 속의 두 사람이 글을 쓰고 있는 탁자에도 양철 상자가 보이고, 그 주위로 일기 소식지들이 흩어져 있다. 이 소식지에는 희망적인 전망이 적혀 있다. '내 생각에 4년 후 오늘 우리는 이 거실에 편안히 앉아 있을 것 같다. ―그렇게 되기를 바란다― 앤은 우리가 어딘가 좋은 곳에 가 있을 거라고 한다― 우리 둘 다 정말로 그렇게 되기를 바란다.'(오른쪽)

학교를 졸업하고 가정 교사가 되는 것이 내 직분이라고…… 생각했다. 그래서 단 한 순간도 상상 같은 것을 하지 않도록 온종일 내 생각을, 그리고 머리와 손을 지배할 수 있는 것들을 찾아다녔다. 솔직히 매일 저녁이면 상상의 나래를 펴곤 했다. 하지만 내 상상 때문에 누군가에게 폐를 끼친 적은 결코 없었다. 나는 어디에 몰두해 있거나 정도를 벗어난 모습이 드러나서 함께 생활하는 사람들이 내가 무엇을 즐기고 있는지 눈치채는 일이 없도록 신중을 기했다…… 나는 여성이 해야만 하는 모든 의무를 엄숙하게 수행하는 동시에 그런 일들에 깊은 관심을 기울이려 노력했다. 하지만 늘 성공하는 건 아니라 차라리 책을 읽거나 글을 쓰고 싶을 때가 많았는데도 나 자신을 부정하려 노력했다…… 내 이름이 인쇄되는 걸 보고 싶은 욕망이 그 어느 때보다 강력해졌다. 이런 소망이 끓어오르면 사우디 씨의 편지를 보며 억누를 것이다.

1838년 2월, 샬럿은 고립감과 고독감으로 신경쇠약에 걸리기 직전이었다. 당시 엘런 너시에게 보낸 편지를 보자.

너도 알다시피 나는 듀스베리 무어(로헤드 학교가 이전한 지역)에

있어야 하잖아. 최대한 오래 머무르려 했지만 어느 순간 더는 버틸
수도, 그럴 엄두를 낼 수도 없었어. 육신과 정신이 극도로 쇠약해진
거야. 나를 상담한 의사는 내게 목숨을 소중히 여긴다면 집으로 돌
아가라고 명령했지. 그래서 난 집에 왔어. 그러니까 단숨에 기운이
나고 안정이 되더라. 그리고 이제 다시 진정한 나 자신이 되어 가는
것 같아. 엘런 너처럼 차분하고 평온한 아이는 네게 편지를 쓰고 있
는, 이렇게 산산이 부서져 엉망이 돼 버린 인간의 기분을 짐작도 할
수 없을 거야……

그 후로 몇 년간 브론테가의 자녀들은 서로에게 의존할 수 있고 영적 평
화와 자유가 있는 안전하고 사려 깊은 안식처를 떠나, 직업의 세계를 향해
더욱더 절망적으로 돌진했다. 이들은 하나같이 세상을 헤쳐 나갈 능력이
한참 부족했기에 그곳에서 망가지고 실패를 맛볼 수밖에 없었다. 샬럿은
'나는 허깨비와 다름없는 사람이 되었어…… 내게는 기쁨을 **나눠 주는 것**
뿐 아니라 그것을 받을 능력도 없음을 통감하고 있어'라고 한탄하며 다시
집으로 돌아왔다. 그리고 상처를 회복하고 두려움을 삼키면서 다음은 어디
로 일을 찾아 나가야 할지 고민했다.

샬럿이 로헤드에 있는 동안 에밀리는 다시 한번 목사관을 떠났다. 이번
에는 로힐 학교에 교사로 들어갔는데, 황량하고 어두침침한 이 학교는 하
워스에서 8마일 떨어진 핼리팩스 동부 산맥에 우뚝 서 있었다. 샬럿은 엘런
에게 아래와 같이 소식을 전했다.

🍃 비컨힐에서 내려다본 핼리팩스의 풍경. 에밀리는 서더럼 마을에 자리한 패칫 자매의 로힐 학교에서 1837년 9월에서 1838년 3월까지 약 6개월간 교사로 근무했다. 공업도시인 핼리팩스는 골짜기보다 지대가 1,000피트가량 낮아 검은 연기로 자욱하게 뒤덮이는 대신 석양이 찬란하게 빛났다. 에밀리는 이곳에서 지내는 동안 승마를 즐겼다.

에밀리는 핼리팩스 인근에 학생 수가 40명 가까이 되는 큰 학교에서 교사로 일하게 되었어. 집을 떠난 후로 편지를 딱 한 통 보내와 얼마나 가혹한 업무를 맡고 있는지 가르쳐 주었지. 아침 6시부터 밤 11시까지 힘들게 일하는데, 그사이에 운동할 시간은 30분밖에 없대. 이건 노예잖아. 에밀리가 절대 버티지 못할 것 같아 두려워.

에밀리는 패칫 자매가 운영하는 이 학교에서 교사 일에 넌더리를 내고 고립감에 비틀거리며, 목사관을 떠나 있을 때면 늘 그랬듯이 집을 그리워하면서도 6개월가량을 '버텼다'. 학생들이 잠든 시간 빈 교실에서 혼자 지었던 그녀의 시에는 이러한 고투가 반영돼 있다.

당분간, 당분간
시끄러운 군중은 멀리 물러갔으니
나는 노래하고 웃을 수 있네.
당분간 내게 축일이 찾아왔도다!

어디로 가려느냐, 나의 괴로운 가슴아?
이제 수많은 나라가 너를 초대하노니
멀고 가까운 땅들이
내 지친 이마에서 휴식을 취하는도다.

황폐한 언덕의 한가운데서

겨울이 울부짖고 비가 쏟아지지만,

지루한 폭풍우가 가라앉으면

햇볕이 다시 따사롭게 빛나리니,

집은 낡았고 나무들은 헐벗었고

달 없이 뿌연 하늘이 지붕을 내리눌러도

정다운 내 집의 품속만큼 소중하고

그리운 것이 세상에 또 어디 있느뇨?

1839년 3월, 에밀리는 목사관으로 돌아왔다. 이번에는 앤의 차례였다. 앤도 이제 열아홉 살이었다. 샬럿은 막냇동생의 출발을 엘런에게 알렸다.

네가 부탁한 주에 편지를 제대로 쓸 수가 없었어. 그즈음에 앤을 떠나보낼 준비를 하느라 굉장히 바빴거든. 불쌍한 아가! 그 애는 지난 월요일에 떠났어. 다른 식구는 아무도 배웅을 가지 않았어. 혼자 가게 해 달라고 앤이 부탁했거든. 전적으로 자기 자신에게만 의지해야 더 잘 이겨 내고 용기를 낼 수 있을 것 같다면서 말이야. 앤이 떠난 후로 편지가 한 통 왔는데, 자기는 아주 만족스럽고 잉엄 부인이 무척 친절하게 대해 준다고 하더라. 첫째와 둘째 애만 돌보고 나머지 애들은 요람에 누워 있어서 앤이 신경 쓸 필요가 없대. 학생인

두 아이는 한심할 정도로 멍청해서 둘 다 글도 못 읽고, 때로는 알파벳을 순 엉터리로 써 놓고도 당당하게 군다나 봐. 제일 힘든 건 이 개구쟁이들이 워낙 응석받이여서 어떠한 처벌도 가할 수 없다는 건데 ─애들이 버릇없이 굴면 그냥 엄마한테 말해 달라고 했대 ─ 앤이 보기에 이건 말도 안 되는 요구라는 거야. 그랬다가는 아침부터 밤까지 불평만 하고 있어야 하니까. ─'그래서 꾸짖고 달래고 협박하기를 번갈아 하면서 늘 처음 한 말을 지키고 최대한 원만하게 지낼 수 있도록' 하고 있대. 앤이 계속 잘해 나갔으면 좋겠어. 그 애가 얼마나 분별 있고 영리하게 편지를 쓰는지 너도 보면 깜짝 놀랄 거야……

앤은 다른 형제자매들과 달리 하워스를 떠나서도 잘 지내는 것처럼 보였다. 금욕적인 성격인 데다 아이들을 진심으로 좋아했기 때문이다. 그러나 앤도 많은 것을 참고 견뎌야 했다. 1845년에 쓴 편지에서는 '인간의 본성에 관한 매우 불쾌하고 꿈에도 상상 못한 경험을 했다'고 밝혔다. 가정 교사로서 겪은 이때의 경험은 훗날 그녀의 소설에서 중요한 토대가 되었고, 《아그네스 그레이》에 자신의 경험을 투영하기도 했다. '가르치는 일은 정신뿐만 아니라 육체적으로도 힘들었다. 학생들을 쫓아가 붙잡아서는 탁자로 들거나 끌고 와야 했고, 때로는 수업이 끝날 때까지 억지로 붙들고 있어야 했다.'

한편 런던에서 낭패를 본 후 리즈에서 회화 수업을 받던 브랜웰은 초상

🖾 〈기독교인 어머니가 환영하는 가정 교사: 입에서 지혜로운 말이 나오고 혀에는 친절함이 배어 있는 여인.〉 빅토리아 시대에는 이처럼 행실이 바르고 아이들을 기쁘게 하겠다는 열망이 넘치는 사람을 이상적인 가정 교사로 여겼다. 샬럿과 에밀리, 앤은 셋 다 가정 교사 자리를 전전했지만, 그 일에 따르는 고립감과 부당한 처우를 온전히 극복하지 못했다. 가정 교사는 다른 사람의 집에 살며 그들의 심술궂은 아이들을 가르치지만, 대개는 부모로부터 적절한 권위를 부여받지도, 필요한 지원을 받지도 못했다.

🍂 브랜웰이 그린 아이작 커비 부인.
초상 화가가 되기로 마음먹은 브랜웰은 1838년에
브래드퍼드로 옮겨 가 파운틴 거리 3번지에 있는
커비 가족의 집에 묵었다. 이들 가족은 그의
첫 의뢰인 중 하나였다. 커비 가족은 ―아마도
방세 대신 그렸을― 이 초상화가 자신들을 충분히
미화하지 않았다고 브랜웰에게 항의했다.

화가로서의 운을 시험해 보기 위해 브래드퍼드에서 '수위 겸 맥주 도매상'
인 아이작 커비의 집에 머물며 주말에만 집으로 돌아왔다. 그해 6월에 작성
된 에밀리와 앤의 일기 소식지에서 볼 수 있듯이 브론테 가족은 그의 새로
운 모험을 낙관적으로 전망했다.

4시가 조금 넘은 시각, 샬럿 언니는 이모 방에서 바느질 중이고 브랜
웰 오빠는 언니에게 유진 아람의 책을 읽어 주고 있고 ―앤과 나는
응접실에서 글을 쓰고 있다― 모든 것이 흠 없이 완벽해서 4년 후
오늘도 우리 모두 이런 상태이길 소망한다. 샬럿 언니가 스물다섯
살 2개월 ―브랜웰 오빠는 오늘이 생일이니까 딱 스물네 살― 나
는 스물두 살 10개월 그리고 우리 앤은 스물한 살 반 정도가 되는
그날 우리는 어디에 있고 어떤 하루를 보내게 될지, 행운을 빌며―

1839년 5월, 맏이로서 책임감을 느낀 샬럿은 벤슨 시지윅 부부의 아이들을 가르치는 임시 가정 교사가 되어 스킵턴 인근의 스톤개프로 떠났다. 하지만 당시 에밀리에게 보낸 편지를 보면 가정 교사 일이 요구하는 바와 그에 따른 제약을 쉽사리 받아들이지 못하고 있음을 알 수 있다.

나는 새로운 일자리에 만족해 보려고 무던히 애를 썼단다. 이 지역, 저택, 대지까지 내가 전에 말한 대로 정말 근사해. 하지만 어쩌면 좋을까! 아름다운 것들 ─기분 좋은 숲, 구불구불한 하얀 길, 푸른 잔디밭, 햇살이 반짝이는 파란 하늘─ 에 둘러싸여 있으면서도 막상 그걸 즐길 만한 시간적, 정신적 여유가 조금도 없으니…… 지난번 편지에서 시지윅 부인이 나를 이해 못 한다고 했었지. 그런데 이제 그녀에게는 나를 이해해 보려는 의사가 일절 없다는 걸 알게 됐어. 내게 관심을 두는 건 어떻게 하면 나의 노동력을 최대한으로 짜낼 수 있을까 궁리할 때뿐이야. 그 목적을 달성하기 위해 바느질감과 테두리를 감칠 케임브릭 천, 나이트캡을 만들 모슬린 천, 그리고 무엇보다 옷을 지어 입힐 인형들을 내게 끝없이 던져 주지. 부인은 나를 전혀 좋아하지 않는 것 같아. 이렇게 낯설고, 다른 얼굴들에 계속해서 둘러싸이는 더없이 희한한 상황을 내가 영 내켜 하지 않으니까. 예전에 나는 시끄러운 노인들 사이에 있으면 좋겠다고 생각했는데 그건 이미 여기서 충분히 겪었어. 멍하니 바라보며 듣기만 하는 건 따분한 일이야. 가정 교사는 존재감이 없는 데다, 교사로서 수행해야 하는 힘겨운 임무와 관련된 일이 아니면 살아 있고

이성적인 존재로 여겨지지 않는다는 사실을 나는 그 어느 때보다 확실히 알게 되었어. 아이들을 가르치고 그들을 위해 일하고 그들을 기쁘게 해 주는 동안은 괜찮아. 하지만 잠시라도 자신을 위해 무엇을 하려고 들면 바로 쓸모없는 인간이 돼 버리지.

샬럿은 7월에 다시 에밀리에게 편지를 보냈다.

사랑스러운 내 동생아, 네 편지를 받고 이루 말할 수 없을 만큼 기뻤단다. 집에서 보내오는 소식을 들으면 정말이지 진심으로 행복해. 잠들기 전까지 편지를 간직했다가 고요한 시간에 느긋한 마음으로 속속들이 만끽하지. 시간 날 때마다 편지를 보내 줘. 나는 집에 가고 싶어. 공장에서 일하고 싶어. 정신적 자유를 느끼고 싶어. 이 무거운 속박을 벗어 버리고 싶어. 그래도 명절이 곧 다가올 테니까. 코라지오('용기'라는 뜻의 이탈리아어 -옮긴이).

그리고 7월 말에 샬럿은 다시 집으로 돌아왔다. 집을 떠난 지 고작 2개월 만이었다. 그러나 스톤개프에서 또 한 번 맛본 교사로서의 굴욕은 훗날 소설을 쓰는 데 도움이 되었다. 《제인 에어》의 밉살맞은 존 리드 캐릭터는 벤

✒ '얼마나 아름다운 연기인가 / 브래드퍼드의 연기는 / 무수한 굴뚝에서 뿜어내는 / 검댕이
응축되어 비처럼 쏟아지도다 / 사방으로 / 지면 위로.' 빅토리아 시대에 영국 최대의 모직 생산지
중 하나였던 브래드퍼드를 풍자한 시다. 이 지역은 맨체스터처럼 정치색이 급진적이어서
'폭동을 일으킬 경향'이 높은 것으로 유명했다. 이 진보주의의 성지는 —그 이면에 빈곤이라는
어두운 문제를 내포하고 있었지만— 하워스에서 가장 가까운 도시여서 브론테가 사람들이 페나인
산맥 주위에 모여 사는 소수의 친척이나 친구들을 방문할 때 잠시 머무는 기항지 역할을 했다.

슨 시지윅의 행동을 바탕으로 창조했을 것이다. 또한 인근의 '노턴 코니어스' 저택은 집주인이 '미친 여자'라고 알려진 곳으로 샬럿도 당시에 방문한 적이 있어서 로체스터의 저택인 '손필드 홀'과 동일한 공간으로 보는 견해가 많다.

그 후 18개월간 샬럿은 에밀리와 앤과 함께 목사관에 머물렀고 이따금 브랜웰도 여기에 합류했다. 미르필드에 있는 잉엄 가족의 저택 '블레이크 홀'에서 지내던 앤은 이때 이미 가정 교사 생활을 마치고 집에 돌아와 있었다. 1839년 12월 21일, 샬럿이 엘런 너시에게 보낸 아래의 편지에서 볼 수 있듯이 귀향한 자매들은 엄청난 양의 집안일에 파묻혀 지냈다.

우리는 지난 한 달 동안 엄청나게 바빴고 지금도 여전히 바빠. 지난 달부터 심부름하는 여자애 말고는 하인 한 명 없이 지냈거든. 불쌍한 태비. 다리에 커다란 궤양이 생겨서 당분간 우리 곁을 떠나 자신의 작은 집에서 여동생과 함께 머물고 있어…… 그러는 동안 에밀리랑 나는 너도 짐작하듯이 자못 분주하게 지내고 있지. 나는 다림질과 방 청소를 하고, 에밀리는 빵을 굽고 부엌일을 해. 우리는 썩 이상한 동물들이라 새로운 사람이 끼어드는 것보다 이런 식으로 임시변통을 꾸려 나가는 게 편해. 게다가 우린 태비의 귀환을 포기하지 않으니까 그녀가 없다고 새로운 하녀를 들이진 않을 거야. 나는 처음 다림질을 할 때 옷을 태워 먹어서 이모의 분노를 샀지만, 지금은 실력이 훨씬 늘었어. 인간이란 희한한 존재야. 나는 다른 데서 고상한 숙녀인 척하며 살아가는 것보다 집에서 흑연으로 화덕을 닦거나 침구를 정리하거나 바닥을 쓰는 편이 훨씬 행복해.

🖋 아서 벨 니콜스는 1895년에 일기 소식지를 찾았다며 브론테 자매의 전기 작가에게 편지를 보냈다. '작은 상자에서 에밀리와 앤이 만든 네 장의 쪽지 문서를 찾았기에 보내 드립니다. 읽어 보니 마음이 아프군요, 가엾은 아이들!' 이 삽화는 1841년 7월 30일자 일기에 들어가 있었다.

🖋 앤이 '소프 그린 홀'에서 스카버러를 방문했을 당시 작성한 일기 소식지. '앞으로 4년간은 어떤 일이 벌어질까? 오직 신만이 알고 계시겠지. 하지만 우리는 거의 변한 게 없다…… 나는 여전히 똑같은 결점을 갖고 있다…… 내가 조금 더 지혜롭고 경험이 많다면, 그리고 조금만 더 침착하다면, 아마도 즐겁게……'

🍂 앤 브론테가 연필로 그린 리틀 오스번 교회. 소프 그린 홀에서 가장 가까운 동네 교회로,
앤은 로빈슨 가에서 아이들(메리, 리디아, 엘리자베스, 에드먼드, 그리고 아기인 조지아나)을 돌보는 동안
이곳에 출석했다. 1841년에 작성한 일기를 보면 '이 일자리가 싫어서 바꾸고 싶다'고 기록되어
있지만 앤은 이 집에서 5년이나 근무했다.

하지만 샬럿은 '다시 도전'해야 한다는 생각에 1841년 3월 2일, 리즈의 로던으로 떠났다. '어퍼우드 하우스'에서 화이트 부부의 자녀를 가르치기 위해서였다. 그리고 앤은 그달 말에 하워스에서 70마일이나 떨어진 요크 주 외곽 리틀 오스번으로 향했다. '소프 그린 홀'에 사는 로빈슨 가족의 가정 교사가 된 것이다.

그러나 평생 남의 집에서 존중받지 못하고 저임금에 시달리며 집을 그리워하는 것도 모자라 '정신적 자유'까지 심각하게 침해당하는 가정 교사 일의 장래는 암담하기 그지없었다. 바로 그해인 1841년, 샬럿과 에밀리, 앤은 다른 대책을 강구하기 시작했다.

Part. 4

절망의 시기

The world without

🍂 제임스 테일러가 그린 〈정기선〉. 배의 이름은 '라 말 앙글레즈(프랑스어로 영국 여객선이라는 뜻 –옮긴이)'다. 샬럿과 에밀리는 1842년 2월 8일 화요일, 런던으로 가서 그 주 토요일에 배를 타고 14시간 동안 바다를 건너 벨기에에 도착했다.

1841년 7월 19일, 샬럿은 엘런에게 이런 편지를 보냈다. '우린 집에서 새로운 계획을 구상 중이야. 너랑 의논하고 싶어서 에밀리랑 둘이 얼마나 입이 근질거렸는지 몰라. 계획은 아직 초기 단계라 껍데기를 깨고 나오지도 못했어. 과연 이게 커다란 닭으로 자라날지 달걀인 채로 썩어서 삐악삐악 울기도 전에 죽어 버릴지는 미래를 내다보는 예언자의 눈에만 어렴풋이 보이겠지. 아무튼 요점으로 들어가서, 아빠랑 이모는 가끔가다 우리 ─**다시 말해** 에밀리와 앤과 나─ 가 학교를 열면 어떻겠냐는 이야기를 하셨거든. 너도 알다시피 나도 예전부터 그런 걸 간절히 바랐지만 그만한 투자 자금의 출처를 떠올릴 수가 없었지. 물론 이모에게 돈이 있다는 건 알았지만 절대로 그런 목적을 위해 돈을 빌려주시진 않으리라 생각했거든. 그런데 학생들을 모집하고 권한을 획득하는 등의 조건이 갖춰지면 돈을 **빌려주시겠다고** 제안, 아니 **빌려주실 수도** 있다고 은근한 뜻을 내비치신 거야.'

그에 앞서 샬럿은 로헤드의 전임 교장인 울러 양에게 그럴듯한 제안을 받아 놓은 상태였다.

울러 양이 친절하게도 듀스베리 무어에 와서 자기 여동생이 손을 뗀 학교를 다시 일으켜 달라고 제안해 주셨어. 그리고 내가 학교에 기숙하는 조건으로 그분의 가구를 써도 좋다고 하셨지. 처음에는 나도 이 제안을 정중히 받아들여 최선을 다해 일을 성공시키려 했어. 그런데 한번 가슴에 불이 붙으니 도저히 단념이 안 되는 거야. 나는 역량을 키워서 나 자신보다 큰 사람이 되고 싶어. 내가 어떤 마음을 살포시 품게 됐는지 지난번에 보낸 편지에도 언급했지. 그저 살포시 품었을 뿐인데 메리 테일러가 불꽃에 기름을 부었어. 그리고 나를 부채질하며 그 애 특유의 강인하고 열정적인 언어로 용기를 북돋아 주었지. 나는 브뤼셀에 가고 싶어졌어. 하지만 어떻게 하면 갈 수 있을까? 최소한 동생들 중 한 명은 이러한 혜택을 나와 함께 누렸으면 했고, 나는 결국 에밀리를 택했어……

샬럿은 여느 때와 달리 사업가의 분위기를 물씬 풍기는 편지로 브랜웰 이모에게 자신의 계획이 변경되었음을 알렸다.

제 친구들이 조언하길, 장기적인 성공을 보장하려면 학교를 여는 일을 6개월 더 미루고 그사이에 수단과 방법을 가리지 말고 대륙에

🦢 마차가 오스탕드에서 40마일가량을 달려 브뤼셀에 근접했을 때, 364피트 높이의 우뚝 솟은 탑이 샬럿과 에밀리의 눈에 들어왔을 것이다. 그랑 플라스에 있는 이 중세풍 고층 건물은 '호텔 드빌'로, 꼭대기에는 구리로 된 17인치 높이의 성 미카엘 동상이 서 있는데, 바람이 부는 방향에 따라 몸체가 돌아갔다. '브뤼셀은 아름다운 도시야.' 샬럿은 엘런 너시에게 보내는 편지에서 이렇게 감탄했다.

있는 학교에서 지내 봐야 한대요. 영국에는 학교가 너무 많고 경쟁이 치열해서 이렇게 남들에게 없는 강점을 확보해 두지 않으면 아마도 아등바등 고생만 하다가 결국에는 폐업할 수도 있다는 거예요. 게다가 울러 양이 가구를 빌려주신다니 친절하게도 이모가 우리에게 변통해 주신다고 한 100파운드가 전부 필요하지도 않을 거래요. 이 투자가 원만하고 성공적으로 이루어지면 제가 말씀드린 대로 최소한 그 금액의 절반만 사용하면 되니까 원금과 이자를 더 빨리 돌려드릴 수 있어요.

저는 프랑스나 파리에는 가지 않을 거예요. 벨기에의 브뤼셀에 가겠어요. 거기까지 가는 데 드는 비용은 여비를 최대한으로 잡아도 5파운드면 될 거예요. 그곳은 생활비가 많이 들지 않아서 영국의 절반이 조금 넘는 수준인데 교육 시설은 유럽의 다른 지역들과 동등하거나 더 훌륭해요. 반년이면 프랑스어를 완벽하게 습득할 수 있어요. 이탈리아어도 크게 향상시킬 수 있고 내친김에 독일어까지도 다소 배울 수 있겠죠. 지금과 같은 건강 상태를 유지한다면요. 마사 테일러가 지금 브뤼셀에 있는 일류 학교에 들어가 있어요. 그 애가 기숙하는 샤토 드쿠겔베르흐는 학비가 너무 비싸서 저는 엄두도 못 내요……

실제로 우리 학교를 열게 되면 이러한 강점들이 중요하게 작용할 거예요. 그리고 에밀리가 반년만이라도 저와 학업을 함께할 수 있다면, 우린 바깥세상으로 나갈 발판을 마련할 수 있을 거예요. 지금 상태로는 우리 둘 다 도저히 불가능한 일이지만요…… 제가 이런 일을 부탁할 사람은 세상에 이모밖에 없어요. 우리가 이러한 강점을 갖기만 하면 평생 이걸 이용해 살아갈 수 있다고 절대적으로 확신해요. 아빠는 무모하고 야망에 찬 계획이라고 하시겠죠. 하지만 세상에 야망 없이 출세한 사람이 어디 있겠어요? 아빠가 아일랜드를 떠나 케임브리지대학에 들어갔을 때도 저만큼 야망이 컸겠죠. 저는 우리가 모두 잘됐으면 좋겠어요. 우리에게 재능이 있다는 걸 알기에 각자가 그걸 잘 활용했으면 좋겠어요. 부탁이니 이모가 우릴 도와주세요. 거절하진 않으시리라 믿어요. 설령 제게 친절을 베푼 걸 후회하게 되신다고 해도 그건 제 탓이 아니에요.

'어딜 가나 사람들로 북적여 속도를 낼 수가 없는' 크리스마스 즈음이 되자 브뤼셀로 가는 계획이 현실로 다가왔다. 샬럿은 화이트가에서 하던 일을 그만두고 1842년 2월 8일, 에밀리와 함께 아버지와 메리 테일러, 메리의 오빠인 조의 배웅을 받으며 하워스를 떠났다. 두 사람은 정기선을 타고 오스탕드로 간 후 브뤼셀까지 이동했다.

샬럿의 소설 《빌레트》에서 루시 스노우는 배를 탄 순간을 이렇게 이야기한다. '마게이트를 벗어나 한참이 지나도록 멀미를 하지 않았고, 바닷바람을 맞으며 깊은 환희를 들이마셨다. 나는 해협의 출렁이는 파도에서도, 산등성이에 앉아 있는 바닷새에게서도, 까마득히 멀리 보이는 하얀 돛에서도, 이 모든 것 위에 펼쳐진 고요하지만 구름 덮인 하늘에서도 천상의 기쁨을 빨아들였다.'

하워스를 떠난 샬럿과 에밀리의 최종 목적지는 디자벨 거리로, '13세기에는…… 개 사육장이 빼곡히 들어선 곳이었지만 지금은 에제 부인의 기숙학교가 서 있었다.' 이들 자매가 생활할 학교가 바로 여기였다. 샬럿은 엘런

🖋 1843년 샬럿은 에밀리에게 편지를 보냈다. '빅토리아 여왕이 벨기에를 방문했을 때 어땠느냐고
물었지? 말 여섯 마리가 끄는 여왕의 마차가 병사들에게 둘러싸인 채 루아얄 거리를 순식간에
지나가는 걸 봤어(그림 속 행렬). 여왕은 아주 즐겁게 웃으며 무슨 말을 하고 있었어. 약간 뚱뚱하고
쾌활한 데다 옷차림도 아주 소박해서 근엄함이나 허세 같은 것과는 거리가 멀어 보이더라.
벨기에 사람들은 대체로 여왕을 아주 좋아했어. 평소에 늘 비밀 집회소처럼 음울했던 레오폴드
왕의 칙칙한 궁전이 여왕 덕분에 활기차졌다면서 말이야.'

FONTAINE DU MANNEKEN-PIS, A BRUXELLES

🍃 어제 기숙 학교의 학생과 교사들이 시골로 떠난 여름방학 동안 샬럿은 낯선 이국의
텅 빈 학교에 홀로 남았다. 1843년 9월 2일, 에밀리에게 보낸 편지에는 이렇게 쓰여 있다.
'나는 여기저기 마구 돌아다니며 브뤼셀의 거리들을 조금 더 확실히 파악하려 했어……
대화를 나눌 상대도 없이 늘 혼자 지내다 보면 어쩔 수 없이 의기소침해지니까 밖으로 나가
브뤼셀의 대로와 작은 길들을 때로는 몇 시간씩 누비고 다녔지.' 샬럿은 인기 관광지인
오줌싸개 동상(그림 속 장소) 앞을 지나가기도 했을 것이다.

에게 보내는 편지에 에제 기숙 학교에서의 생활을 다음과 같이 설명했다.

나는 스물여섯의 나이에 여기로 건너왔고 이제 일이 주쯤 지나 생이 한창 농익은 시기에 학생으로 지내고 있어. 완전한 학생이야. 그런 면에서 보자면 대체로 매우 행복해. 권위를 행사하는 게 아니라 거기에 복종하는 게, 명령을 내리는 게 아니라 받는 게 처음에는 너무 어색했어. 하지만 그런 상황이 마음에 들어. 오랫동안 마른 건초만 먹던 소가 신선한 풀밭으로 돌아온 것처럼 탐욕스럽게 즐기고 있어. 이런 직유를 비웃지 말아 줘. 나는 복종하는 게 편해. 명령을 내리는 건 좀처럼 성격에 맞지 않아.

여긴 40명의 **엑스테르느**, 즉 통학생과 12명의 **팡시오네르**, 즉 기숙생을 보유한 큰 학교야. 교장인 에제 부인은 확실히 캐서린 울러 양 같은 마음씨와 교양, 그리고 지적 능력을 갖춘 여성이야. 아마도 낙심해 본 적이 없어서 엄격한 면이 조금 느슨하고 결과적으로는 사라진 것 같아. 한마디로 처녀가 아닌 기혼자라는 소리야. 이 학교의 여선생은 세 명 ―마드모아젤 블랑쉬, 마드모아젤 소피, 마드모아젤 마리― 이야. 앞의 두 명은 별다른 특징이랄 게 없어. 한 명은 나이 든 노처녀고 다른 한 명도 앞으로 그렇게 되겠지. 마드모아젤 마리는 실력이 있고 창의적이지만 쌀쌀맞고 제멋대로라 나와 에밀리를 제외한 학생 모두와 원수로 지내고 있어. 일곱 명의 교사가 각 과목 ―프랑스어, 미술, 음악, 성악, 작문, 산수, 독일어― 을 가르쳐. 기숙사에 사는 사람들은 우리만 빼고 전부 가톨릭 신자야. 또 한 명 가톨릭교가 아닌 사람은 부인의 아이들을 가르치는 '구베르낭트(가정 교사라는 뜻의 프랑스어 -옮긴이)'인 영국 여자인데, 하녀와 보육 교사의 중간쯤 되는 신분이지. 국적과 종교의 차이는 우리와 나머지 사람들 사이에 굵은 선을 그어 놓았어. 우리는 이 무리 안에서 완전히 소외되어 있어. 하지만 난 전혀 불만스럽지 않아. 가정 교사로 일할 때에 비하면 현재의 삶은 매우 즐겁고 내 본성에도 어울리거든. 쉴 새 없이 바빠서 시간이 너무 빨리 지나가. 지금까지는 나도 에밀리도 건강한 상태라 열심히 공부하고 있어.

몇 년 후, 엘리자베스 개스켈은 에제 씨에게서 당시의 샬럿과 에밀리에 대해 사뭇 다른 이야기를 전해 들었다.

두 자매가 찰싹 붙어 다니면서 생기발랄하고 떠들썩하고 사교적인 벨기에 소녀들의 무리를 멀리했다. 반대로 벨기에 아이들은 새로 온 영국 학생들이 거칠고 무서워 보이는 데다 특이하고 괴상한 영국식 옷을 입고 다닌다고 생각했다. 특히 에밀리는 지고 슬리브(양의 다리 모양처럼 팔 윗부분은 부풀려져 있고 손목 부분은 꼭 맞는 긴 소매 -옮긴이)에 푹 빠져서 그런 양식이 유행할 때조차도 흉하고 우스꽝스러워 보였을 옷을 유행이 '사라진' 지 한참이 지난 후까지도 고집했다. 페티코트는 좁아지거나 넓어지는 부분 없이 길게 툭 떨어져 깡마른 몸에 딱 달라붙는 것만 입었다. 두 사람 다 불가피한 경우가 아니면 누구에게도 말을 걸지 않았다. 그들은 과도할 만큼 진지했고 고향을 그리는 마음이 강해서 경망스러운 대화나 즐거운 놀이에 마음을 열지 않았다. 에제 씨는…… 특이한 성격과 비범한 재능을 지닌 이들 자매에게 평소 영국 학생들에게 프랑스어를 가르쳤던 것과는 다른 방식을 적용해야겠다고 생각했다(샬럿과 에밀리는 각각 스물여섯, 스물네 살이어서 다른 학생들보다 나이가 한참 많았고, 잠자리도 그런 점을 감안해 배정되어 기다란 기숙사 방의 맨 끝에 두 사람만 따로 커튼을 치고 잤다). 그는 에밀리가 샬럿보다 더 비범하다고 본 것 같다…… 에밀리는 논리적이고 토론 능력이 강했는데, 에제 씨의 의견에 따르면 이는 여자들에게 드물고 남자들에게서도 쉽게 찾아볼 수 없는 자질이었다. 그러나 그녀의 완고한 고집이 이 재능을 갉아먹어서 자신이 바라는 바나 옳다고 믿는 것과 관련된 일이라면 모든 이성이 마비되었다. '그 애는 남자로 태어났으면 위대한 모험가가 됐을 겁니다.' 에제 씨는 에밀리를 이렇게 평가했다. '강력한 이성으로 선인들의 지혜로도 아직 발견하지 못한 새로운 영역을 추론해 냈을 거예요. 강인하고 고고한 의지로 어떠한 반대나 어려움에도 위축되지 않으며, 목숨을 걸고 절대 물러서지 않았을 겁니다.'

샬럿은 사랑하는 고향에서 멀리 떨어져 또다시 사회에 종속된 것이 에밀

🖎 E. M. 윔페리스가 그린 《빌레트(1853)》의 삽화. 브뤼셀에 도착한 루시 스노우는 거의
무일푼 상태로 여관을 찾아다닌다. '지극히 조용하고 깨끗하며 가지런히 포장된 거리에서
꽤 커다란 집의 문 앞에 불빛이 비치는 게 보였다⋯⋯ 드디어 여관을 찾은 것 같았다.
나는 황급히 달려갔다. 두 무릎이 바들바들 떨렸다. 상당히 지쳐 있었던 것이다.
하지만 여관이 아니었다. 거대한 포르트 코셰르(아치형 대문 - 옮긴이)의 놋쇠 명패에 '여자 기숙
학교'라고 새겨져 있고, 그 아래 '베크 부인'이라는 이름이 쓰여 있었다⋯⋯ 나는 초인종을 울렸다.'
샬럿은 에밀리와 함께 공부했던 디자벨 거리에 있는 에제 부인의 기숙 학교를 바탕으로
베크 부인의 '여자 기숙 학교'를 창조했다. 샬럿은 그림 속 장소도 분명 지나쳤을 것이다.

🖊 에제 기숙 학교의 안내서.
브뤼셀에서도 안전한 구역에 자리 잡고 있으며
이 학교에 등록된 어린 숙녀들은 다양한
과목을 통해 교양을 쌓는다고 강조하고 있다.
《빌레트》의 베크 부인은 이 학교의 설립자인
조에 에제 부인을 모델로 하고 있다.

리에게 힘든 시련이라는 걸 깨달았다.

———————————

그 애는 또다시 무너지는 듯했지만 이번에는 순전히 의지의 힘으로 다시 일어섰다. 이전의 실패를 돌아보며 내심 후회와 수치를 느꼈기에 두 번째 시련은 극복해 보기로 결심한 것이다. 에밀리는 결국 극복했지만 승리의 대가는 가혹했다. 힘들게 얻은 지식을 갖고 외딴 영국 마을로, 낡은 목사관으로, 황량한 요크셔 언덕배기로 돌아간 후에야 그 애는 다시 행복을 되찾을 수 있었다.

———————————

샬럿과 에밀리는 실제로 '무리 가운데 완전히 고립되었다.' 영국인 목사와 그의 아내를 방문할 때조차 두 사람은 '신이 나기보다 괴로웠다…… 에밀리는 거의 단답형으로만 말했다.' 그런가 하면 샬럿은 '대화를 나누는 중에도 상대방에게 얼굴을 보이지 않으려는 듯 의자를 점점 옆으로 돌리는 버릇이 있었다.' 그럼에도 이들은 당초 계획했던 6개월이 끝나 갈 무렵 체류를 연장하려 했다. 샬럿은 엘런 너시에게 이렇게 설명했다.

9월에 집으로 돌아갈지 말지 고민 중이야. 에제 부인이 나와 에밀리에게 반년 더 머물러 달라고 했거든. 현재 있는 영어 교사를 해고하고 나를 영어 선생으로 고용하고, 에밀리는 매일 소규모의 학생들에게 조금씩 음악을 가르쳐 주면 좋겠다면서 말이야. 그런 대가로 우리는 계속해서 프랑스어와 독일어를 공부하면서 기숙사 비용을 면제받을 수 있어. 대신 봉급은 없다는 조건이야. 브뤼셀처럼 오만한 도시에서, 그것도 학생 수가 90명(기숙생과 통학생을 합쳐서)에 육박하는 거대하고 오만한 학교에서 그런 친절한 제안을 했다는 건 우리를 그만큼 중요하게 생각했다는 거니까 마땅히 감사해야겠지. 나는 이걸 받아들이고 싶어. 넌 어떻게 생각해?

그러나 고향 집에 변고가 생기며 이들의 행로는 급선회했다. 두 사람이 브뤼셀에 도착한 지 9개월이 지난 1842년 11월 10일, 샬럿은 엘런에게 편지를 썼다.

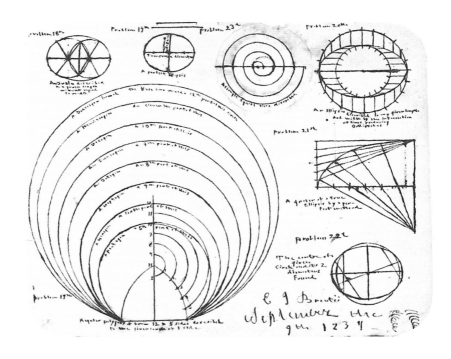

🖋 에밀리 브론테가 1837년 9월 9일에 그린 기하학적 그림. 에제 씨는 에밀리가 '남자로 태어났다면 위대한 모험가가 됐으리라'고 생각했다. 그녀는 매우 논리적이어서 브론테 자매들의 철도 주식을 도맡아 관리했다. 이들은 브랜웰 이모의 유산을 모조리 철도에 투자했다. 샬럿은 1845년 울러 양에게 보내는 편지에서 이렇게 설명했다. '에밀리는 신문에 철로에 관한 기사나 광고가 나오면 빠뜨리지 않고 꼼꼼히 읽으며 그 일을 수행하는 데 필요한 지식을 습득해 왔어요. 게다가 우리는 도박성 투자를 하지 않고 단순한 추측성 매입이나 매도도 삼가고 있어서 수익을 꽤 올렸답니다.'

📧 에밀리가 즐겨 입었던 유행에 뒤떨어지고 슬리브 스타일의 복장. '나는 재물을 얼마간 존중한다 / 사랑은 조롱하며 비웃는다 / 명예욕은 한낱 꿈에 지나지 않아 / 동이 트면 사라져 버린다.' 이런 시를 지은 에밀리가 타인이 자기 옷을 어떻게 보는지 크게 신경 쓸 리 없었다.

11월 2일 수요일에 이모가 편찮으시다는 소식을 처음 받았어. 우린 곧바로 집에 가기로 결정했지. 다음 날 아침에 두 번째 편지가 도착해서는 이모가 돌아가셨다는 거야. 우리는 일요일에 앤트워프에서 배를 타고 밤낮으로 달려 화요일 아침에 집에 당도했어. 당연히 장례식이고 뭐고 전부 끝나 있었지. 이제 다시는 이모를 볼 수 없는 거야.

브랜웰 이모는 그해 가을 브론테가를 침울하게 만든 세 번째 사망자였다. 샬럿과 에밀리는 이미 9월에 윌리엄 웨이트먼 목사가 콜레라에 걸려 스물여덟의 나이로 사망했다는 소식을 들은 바 있었다. 위생 조건이 열악한 하워스에선 콜레라가 빈번히 발생했다. 공동묘지에서 언덕 아래로 바이러스가 퍼져 내려가면 폐쇄적인 마을 안에서 병자와 사망자가 속출했다. 웨이트먼은 1839년부터 하워스의 부목사로 사역했다. 그는 분홍

빛이 감도는 흰 피부에 다갈색 곱슬머리를 지닌 '똑똑한 친구'로, 쾌활하고 시시덕거리기를 좋아하는 데다 다소 여성스러운 면이 있었다. 샬럿은 그를 '실리아 어밀리아 양'이라 부르며 그의 호색적인 성향을 탐탁지 않게 여겼다. '젊은 여성들 사이에서 손쉽게 한 무더기의 희생자를 만들어 낼…… 철저한 호색한'이라는 거였다. 하지만 그와 친하게 지냈던 브랜웰은 장례식에서 서럽게 눈물을 흘렸다. 게다가 앤은 웨이트먼을 사랑했을 가능성이 있고, 그 또한 앤을 좋아한 것으로 보인다. 샬럿이 엘런에게 보낸 편지에는 이렇게 기록되어 있다.

그 남자가 교회에서 앤의 맞은편에 앉더니 그 애의 관심을 끌려고 가볍게 한숨을 쉬며 곁눈질을 하는 거야. 앤은 아주 조용히 눈을 내리깔고 있었지. 둘이서 한 폭의 그림 같았어.

웨이트먼이 이 땅에서의 '짧지만 눈부신 사명을 마쳤을 때', 멀리 소프그린에 있던 앤은 아래와 같은 시를 헌정했다.

난 애도하지 않겠어요, 사랑하는 이여.
비록 당신은 멀리 떠나갔지만.
아침 해가 뜨면
찬란한 빛과 함께 일어날 거예요……

당신의 삶은 덧없이 끝났지만
그것은 빛으로 가득했어요.
그대는 희망차고 사랑스러우며,
그대의 영혼은 병마를 몰랐으니까요.

'실리아 어밀리아 양'은 생전에 수많은 소문과 친절, 연애시 등으로 목사관에 전에 없던 생기와 젊음의 활력을 불어넣어 주었다. 그가 떠나간 후 한참은 그처럼 들뜬 분위기를 다시 맛볼 수 없었다.

샬럿과 에밀리의 삶에 또 다른 불똥이 튄 것은 그해 10월이었다. 쿠겔베르흐 기숙 학교에서 언니인 메리와 함께 유학 중이던 '작은 왈짜' 마사 테일러가 갑작스럽게 사망한 것이다. 그녀는 브뤼셀 외곽에 있는 개신교 공동묘지에 묻혔는데, 샬럿은 이곳에서 깊은 인상을 받아 《교수》에서 이 장소를 묘사했고, 《셜리》에서도 제시 요크의 장례식 장면에서 벨기에의 비국교도 무덤에서 느낀 묘한 기분을 세밀하게 서술했다.

《셜리》 중에서

비바람이 몰아치는 가을 저녁…… 이교도 공동묘지의 외국인 매장 구역에는 그날 누군가가 새로 생긴 무덤으로 생의 마지막 걸음을 했다는 것을 확인해 주듯 노상에 장작불이 피워져 있다…… 그들은 사랑하는 망자를 덮은 젖은 흙 위로 사나운 폭우가 스며들고 있음을 알았다. 강풍이 서글프게 탄식하며 그녀의 머리 위에서 애도하고 있다는 것도……

브랜웰 이모의 유언은 1842년 12월에 공개되었다. 브론테 자매들은 각각 30파운드를 물려받았다. 세 사람이 독립적인 생활을 영위하기에는 부족한 금액이었지만, 학교 건립 계획을 본격적으로 추진하기에는 충분했다.

한편 에밀리는 자신이 없는 동안 이모가 자신의 동물 중 일부를 처분했다는 것을 깨닫고 한층 더 슬픔에 젖어 들었다.

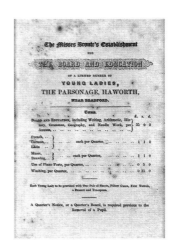

🖋 1844년, 샬럿은 브론테 자매들이 추진 중인 학교의 안내서를 인쇄했다. 그리고 주변 사람들의 반응을 검토했다. '버스필드 부인은 높이 평가할 만한 사업이라고 하면서도 현 상황에서 이를 성공시키는 건 어지간히 힘들 거라며 걱정해 주었다. 거의 모든 이들이 이와 같은 반응을 보였다.'

🖋 메리 테일러의 여동생인 마사가 1842년 10월, 브뤼셀에서 콜레라로 사망했다. 테일러 가문은 비국교도라 마사는 도시 외곽에 있는 개신교 공동묘지에 묻혔다. 이 무덤을 찾은 샬럿은 강한 상실감('이모, 마사 테일러, 웨이트먼 씨가 모두 떠나갔다. 모든 것이 쓸쓸하고 공허하게 느껴진다')과 소외감을 느꼈다. 화려한 가톨릭교도의 무덤도 샬럿의 눈에 들어왔다. 이때의 감정은 소설《셜리(1849)》와《교수(1857)》(위의 삽화)에 강렬하게 표현되어 있다.

플로시는 집에 있다. 타이거는 있다가 없어졌다. 송골매인 히어로
도 안 보인다. 거위들이랑 같이 다른 데 줘 버렸다는데 틀림없이 죽
었을 거다. 브뤼셀에서 돌아왔을 때 사방에 물어보고 다녔지만 어
디서도 소식을 들을 수 없었다…… 키퍼와 플로시는 잘 지내고 있으
며, 4년 전에 얻은 카나리아도 잘 있다.

그래도 에밀리는 하워스로 돌아와 깊은 안도감을 느꼈다. 그리고 그때부
터 집안일을 책임졌다.

🐾 에밀리 브론테가 자신의 반려견
(품종은 불 마스티프)을 그린 수채화.
'튼튼한 다리를 지닌 황갈색 키퍼는 에밀리가
제일 좋아한 동물이었다. 에밀리는 이 개를
완벽하게 길들여서 간단한 명령만으로도
껑충 뛰거나 사자처럼 포효하게 했다.'
에밀리가 생에 마지막으로 한 일은 죽기
나흘 전에 키퍼에게 먹이를 준 것이었으며,
이 개는 '조문객들과 함께 걸어서' 그녀의
장례식에 참석했다.

🐾 날짜 표시가 없는 샬럿 브론테의 수채화.
흰색과 검은색이 어우러진 스패니얼이 황야에서 새를 쫓는 모습을 묘사했다.
이 개는 '플로시'인 것으로 추정되는데, 앤이 소프 그린에서 가르쳤던 로빈슨가의
아이들에게 받아 온 것이다. 이 개는 앤보다 훨씬 오래 살다가 1854년에 세상을 떠났다.

요리는 대부분을 직접 도맡아 했고, 다림질은 모조리 혼자서 담당했다. 태비가 늙고 쇠약해지자 가족들이 먹는 빵은 전부 에밀리가 만들었는데, 부엌문 앞을 지나다 보면 그녀가 책을 펼쳐 눈앞에 세워 놓고 반죽을 치대며 독일어를 공부하는 모습을 볼 수 있었다. 하지만 공부에 아무리 빠져들어도 빵의 품질에는 지장이 없어서 언제나 부드럽고 맛있는 빵을 만들었다.

그 후로 에밀리는 목사관을 떠나는 일이 없었다. 자족적이고 조용했던 그녀는 언제나 고독과 드넓은 황야를 갈망했다. 하워스에서 아버지와 단둘이 생활하던 에밀리는 자기 안에 창조한 세상에 만족하며 1844년 9월, 〈상상력에 대하여〉라는 시를 지었다.

그들이 없는 세상은 절망적이네,
이 안의 세상이 내게는 두 배로 소중하지.
여기선 간계나 증오나 의심이나
차가운 의혹이 결코 떠오르지 않네.
너와 나와 자유가
명백한 주권을 가진 이곳에서는.

반면에 샬럿은 브뤼셀로 돌아가기로 마음먹었다. 그처럼 수줍음 많은 성격에 혼자서 벨기에로 떠난 것은 대단히 용감한 결정이었다. 오스탕드행 정기선이 닻을 올리고 나아가자 막중한 사업을 가슴에 품은 샬럿은 밤바다를 바라보며 이러한 생각을 했다.

스틱스강, 혹은 배를 저어 고독한 영혼을 저승으로 데려다주는 카론. 낯선 풍경 속에서 찬 바람이 얼굴을 때리고 한밤의 구름이 머리 위로 빗방울을 떨어뜨린다. 두 명의 무례한 뱃사공이 미치광이 같은 악담으로 내 귀를 괴롭히는 가운데, 나는 지금 비참한지 겁이 나는지 나 자신에게 물어보았다. 둘 다 아니었다…… 내가 어떤 상태인지 나도 몰랐다.

1842년 3월 6일, 엘런 너시에게 보낸 편지에는 이렇게 적혀 있다.

물론 이제 안정이 됐지. 업무량이 지나치게 많지는 않아. 영어를 가르치는 것 말고 독일어를 갈고닦을 시간도 있어. 이 정도면 풍요롭다고 생각하고 내게 주어진 행운에 감사해야지.

뒤따른 편지에서는 이전과 같은 차분함이 많이 사라졌다.

부자유와 굴욕을, 단조롭고 획일적인 삶을, 그리고 무엇보다 무리 속에서 끊임없이 느끼는 고독을 감수해야 해. 개신교도 겸 외국인은 선생일 때나 학생일 때나 고독한 존재거든.

그 후에 브랜웰에게 보낸 편지를 보면 샬럿의 불만이 점점 더 커졌다는 걸 알 수 있다.

조금이라도 존경할 만한 사람은 기껏해야 한두 명의 학생과 동료 교사밖에 없어…… 저들은 지성도 예의도 선량함도 선의도 없어. 저들은 아무것도 아니야…… 어떤 것에도 감동하지 못하고 남을 고무시키지도 못해. 아무것도 신경 쓰지 않고, 아무것도 두려워하지 않고, 아무것도 좋아하지 않고, 아무것도 싫어하지 않고, 아무것도 아닌 채로, 아무것도 안 하면서 하루하루를 지루하게 보낼 뿐이야. 맞아, 나는 수업을 하면서 때로 저들의 우둔함을 견디지 못하고 얼굴을 붉히곤 해. 하지만 야단을 치거나 화를 벌컥 낸 적은 한 번도 없는 것 같아. 내가 부드럽게 말한다면, 로헤드 학교에서 가끔 그랬던

것처럼 따뜻하게 군다면, 저들은 내가 미쳤다고 생각할 거야. 여기
선 아무도 화를 내지 않아. 그런 감정을 아예 몰라. 저들의 피는 나
태함으로 끈적해져 있어서 끓어오를 줄을 모르거든.

그러나 샬럿이 괴로워한 건 단순히 학생과 동료들의 우둔함이나 벨기에
인들의 무기력함 때문도, 혹은 가톨릭교회를 경멸하면서도 이상하게 마음
이 가는 혼란스러운 상황 때문만도 아니었다. 그녀는 일기에 다음과 같이
기록했다.

1843년 10월 14일 토요일 아침, 브뤼셀. 1교시 수업. 너무 춥다. 불
도 없다. 아빠와 브랜웰과 에밀리와 앤과 태비가 있는 집에 가고 싶
다. 외국인들 사이에서 지내는 데 지쳤다. 삶이 음울하다. 이 학교
에는 호감을 품을 만큼 괜찮은 사람이 단 한 명뿐이다. 또 한 명은
장밋빛 설탕 과자 같지만 실상은 색분필일 뿐이라는 걸 나는 안다.

여기서 '설탕 과자'는 에제 부인으로, 훗날 샬럿은 그녀를 《교수》의 조례
이드 로이터와 《빌레트》의 베크 부인으로 둔갑시켰다. 에제 부인은 샬럿을
차갑고 형식적으로 대했고, 샬럿이 '이 학교'에서 '호감을 품을 만큼 괜찮

은 단 한 사람'인 그녀의 남편을 사랑한다는 것을 알아채고 예전처럼 친절하게 대하지 않았다. 샬럿은 콩스탕탱 에제를 '흑조'라고 부르며 그를 모델로 《빌레트》의 폴 에마뉘엘을 창조했다. 교사인 그와 처음 만났을 때 샬럿은 다음과 같은 인상을 받았다.

그는 수사학 교수로 권위가 있는 사람인데도 화를 잘 내고 성미가 급하다. 조금 까무잡잡하고 못생겼으며 표정이 다양하다. 때로는 날뛰는 하이에나 같다. 가끔은, 그러나 매우 드물게, 이러한 위험한 힘을 내려놓고, 온화하고 신사답지는 않아도 100도 이상 끓어오르지는 않는 태도를 보여 준다.

하지만 샬럿은 곧 에제의 지성에 고무되고 거기서 힘을 얻었으며, 그의 매력에 끌리게 되었다. 그녀는 학생으로서 그를 기쁘게 하려고 애썼다. 교사직을 맡아 브뤼셀에 돌아온 후—비록 독일어 수업을 계속 듣고, 에제 씨에게 영어 수업을 미리 선보여야 했지만—스승이었던 그와의 관계가 변하자 샬럿은 당황하고 혼란스러워했다. 어쩌면 그를 향한 강한 집착의 이유를 그녀 자신조차 몰랐기에 더욱 그러했을 것이다.

🦪 샬럿 브론테는 항상 자신이 평범하다고 생각했다. 앵그리아 이야기에서 자신의 분신인
샬럿 위긴스를 '머리가 브랜웰의 팔꿈치까지밖에 안 오는 땅딸막한 인간'이라고 묘사하기도 했다.
또한 《제인 에어》에서는 여주인공을 '나처럼 작고 평범한' 사람으로 표현했다. 1843년 3월 6일,
브뤼셀에서 엘런 너시에게 쓴 편지의 끝자락에 샬럿은 작고 못생긴 사람을 그려 놓고
'C. 브론테'라고 썼다. 한편 그가 작별 인사를 건넨 엘런은 전형적인 미인이며, 키가 크고
안경을 쓴 '선택받은 자'가 그녀에게 사랑을 표하고 있다. 이 남자는 당시 엘런의 구혼자였을
것으로 추정된다.

난 이제 '무슈'와 거의 말도 안 해. 제자가 아니니까 함께 시간을 보낼 일이 거의 아니면 전혀 없거든. 이따금 그가 책을 잔뜩 안겨 주며 친절함을 보이기도 해서 내가 느끼는 기쁨과 즐거움은 여전히 온통 그에게 빚지고 있어.

에제 씨의 무심한 태도와 에제 부인의 냉랭함, 가족들의 간청에도 불구하고 샬럿은 계속 불행한 채로 기숙 학교에 머물렀다. 두 번째로 브뤼셀에 도착해 거의 일 년간 외롭고 고통스러운 나날을 보낸 그녀는 1843년 12월 19일이 되어서야 에밀리에게 이러한 편지를 보냈다. '마음의 결정을 내렸어. 새해의 둘째 날까지는 집에 돌아가고 싶어. 에제 부인에게는 말해 뒀어……' 하워스로 돌아온 샬럿은 수시로 에제 씨에게 편지를 보냈다. 그는 곧바로 샬럿에게 앞으로 편지는 일상에 관해서만 쓰고 샬럿의 감정에 자신을 끌어들이지 말라며, 편지는 일 년에 두 번만 보내라고 권고했다. 하지만 그를 향한 샬럿의 뜨거운 열정은 그칠 줄 몰랐다. 그러한 감정은 아래의 편지들에 고통스럽게 표현되어 있다.

6개월이라는 침묵의 시간이 다 지나갔습니다. 오늘은 11월 18일이고, 지난번 편지는 (제 기억으로는) 5월 18일에 보냈지요. 그러니 약속을 어기지 않은 채 새로운 편지를 보내게 되었네요.

여름과 가을이 제게는 너무나 길게 느껴집니다. 솔직히 말하자면, 지금껏 자신에게 부과한 자기 부정을 견디느라 저는 고통스러운 노력을 기울여 왔습니다. 무슈, 당신은 그게 무슨 의미인지 상상도 못 하실 겁니다.

그동안 당신을 잊으려 노력했다고 숨김없이 말씀드리겠습니다. 아마도 다시는 보지 못할, 그런데도 너무나 존경하는 사람을 추억하는 건 가슴이 무너지는 일이고, 그러한 근심으로 한두 해를 앓다 보면 마음의 평화를 되찾기 위해 무슨 일이라도 기꺼이 하겠다는 태도를 취하게 되니까요. 저는 온갖 방법을 다 써 봤습니다. 일자리를 찾아봤고, 당신에 대해 이야기하는 기쁨을 스스로 금하기도 했습니다. 심지어 에밀리에게도요. 하지만 후회와 초조함을 억누를 수

🍃 하워스로 돌아온 샬럿 브론테가 1844년 1월부터 1845년 11월까지 에제 씨에게 보낸 편지 중 하나의 봉투. 샬럿은 한때 스승이었던 그에게 답신을 간청했지만 한 번도 받아 보지 못했다.

는 없었습니다. 자기 안의 생각을 통제하지 못하고 후회와 기억의 노예가 된다는 것은, 제 마음 위에 군림하는 확고하고 지배적인 생각의 노예가 된다는 것은 부끄러운 일입니다……

무슈, 한 가지 부탁이 있습니다. 이 편지에 답신을 주실 때 제가 아닌 당신에 관해 조금이라도 말씀해 주세요. 저에 대해 말씀하시면 저를 꾸짖는 말이 나올 텐데, 이번에는 당신의 다정한 면을 보고 싶습니다. 그러니 당신의 아이들에 대해 말해 주세요…… 학교와 학생들과 가정 교사들에 대해 말해 주세요…… 휴가 때 어디로 여행을 다녀오셨는지 말해 주세요. 라인에 다녀오셨나요? 쾰른이나 코블렌츠에는 안 가셨나요? 무엇을 하실 계획인지 짧게라도 말씀해 주세요, 선생님. 예전 가정 교사 보조에게 편지를 쓰는 것이(안 돼요! 제 직업이 가정 교사 보조였다고 기억하고 싶지 않아요. 그건 거부하겠어요), 어쨌든 예전 제자에게 편지를 쓰는 것이 당신께는 그다지 흥미로운 일이 아니라는 걸 저도 알고 있어요. 하지만 제게는 생명과도 같은 일이에요. 제게 마지막으로 주셨던 편지가 저에게는 버팀목이자 지지대였어요. 지난 반년 동안 저를 지탱해 준 자양분이었죠. 이제 새로운 편지가 필요해요…… 당신께 편지를 보내지 말라고 막는 것은, 제게 답신을 해 주시지 않는 것은, 이 지구상의 유일한 기쁨을 갈기갈기 찢어 버리는 일이며, 제게 남은 마지막 특권을 앗아 가는 일이에요. 저는 절대 이 특권을 스스로 포기하지 않을 거예요…… 하루하루 편지를 기다리고, 하루하루 실망하며 어마어마한 슬픔 속으로 내던져지면서, 당신이 손수 적은 글을 보고 당신의 조언을 읽어 내려가는 달콤한 기쁨이 공허한 꿈처럼 사라지는 걸 보

🍂 앙주 프랑수아가 그린 에제 가족의 초상화. 샬럿이 그들을 만나고 5년이 지난 1847년에
제작되었다. 콩스탕탱 에제는 가족과 멀리 떨어져 서 있다(가장 왼쪽). 그의 아내 조에 파렝
에제는 아이를 무릎 위에 올려 둔 채로 그림 중앙에 앉아 있다. 혼자 브뤼셀에 돌아온 샬럿은
에제 가족 사이에서 소외감을 느꼈다. '에제 씨와 부인은 이 집에서 나를 존중해 준 유일한
사람들이야. 물론 그들과 항상 같이 있진 못하지, 자주도 못 그러고. 그들이 말하길 자신들의
거실을 내 거실로 생각하고 학교 일이 없을 때는 언제든 와 있으라는 거야. 하지만 난 그러지
못해. 그곳은 낮이면 공공 라운지가 되고…… 저녁에는 에제 씨와 부인, 그 집 아이들을
방해할 수 없고, 그래서도 안 되니까.'

면서, 저는 신열에 들뜬 채로, 입맛을 잃고 잠도 자지 못하며, 점점 야위어 갑니다.

내년 5월에 다시 편지를 보내도 될까요? 일 년을 참아 보고 싶지만 그건 불가능합니다. 너무 긴 시간이니까요.

　그러나 답장은 오지 않았고, 에제 씨는 샬럿에게 받은 이 편지의 여백에 지인에게 추천받은 구둣방의 이름과 주소를 대충 휘갈겨 놓았다.
　막내인 앤 역시 불확실한 미래로 불안해하고 있었음을 4년 주기로 이어진 일기 소식지에서 엿볼 수 있다.

　음산하고 잔뜩 찌푸리고 비가 오는 저녁이다. 우리는 지독히도 쌀쌀하고 눅눅한 여름을 보내고 있다. 샬럿 언니는 최근에 더비셔주의 헤더세이지에 있는 엘런 너시의 집에서 3주간 머물다 왔다. 그리고 지금은 식당에서 바느질을 하고 있다. 에밀리 언니는 위층에서 다림질을 하고 있다. 나는 식당 벽난로 앞의 흔들의자에 앉아 난로망 위에 발을 올려놓고 있다. 아빠는 거실에 있다. 태비와 마사는 아마 부엌에 있는 것 같다. 키퍼와 플로시는 어디 갔는지 모르겠다. 리틀 딕은 우리 안에서 껑충거리고 있다. 지난 소식지를 쓸 때 우리는 학교를 세우려고 구상 중이었다. 그 계획은 철회되었다가 한

참 뒤에 다시 진행되었고, 학생이 모이지 않아 또 한 번 철회되었다. 샬럿 언니는 또 다른 계획을 생각 중이다. 파리에 가겠다는 거다. 정말로 가게 될까? 1848년 7월 13일에, 우리 모두 살아 있다는 전제하에, 에밀리 언니는 서른, 나는 스물여덟, 샬럿 언니는 서른둘, 브랜웰 오빠는 서른하나가 되는 그해에 우리는 모두 어떻게 지내고 있을지, 어디서 무엇을 하고 있을지 궁금하다. 그사이에 우리는 어떤 변화를 보고 듣게 될까? 그때쯤이면 우리는 많이 변해 있을까? 적어도 나쁜 쪽으로 변하지는 않았으면 좋겠다. 내 경우에는 지금보다 더 단조롭거나 기가 쇠해질 리는 없을 것 같다. 행운을 빌며 이만 마친다.

그해 말, 샬럿과 에밀리, 브랜웰, 앤은 다 같이 목사관에서 아버지 곁에 머물렀다. 그러나 만족스러운 시간은 아니었다. 브뤼셀에서의 일로 마음에 상처를 입은 샬럿은 근시가 심해진 아버지를 모시고 맨체스터에 있는 안과 의사를 찾아가 검사를 받았다. 게다가 어린 시절 함께 앵그리아를 건설한 동반자를 영영 잃어버렸음을 깨닫자 그녀의 고립감과 절망감은 한층 더 커졌다. '가문의 신동'이었던 브랜웰이 언젠가 성공하리라는 모두의 희망이 물거품이 된 것이다.

화가의 길로 들어선 브랜웰은 몇 점의 초상화를 의뢰받은 것 외에 아무런 성과를 내지 못했다. 한때 〈호라티우스의 송가〉를 영어로 번역해 하틀리 콜리지(시인 콜리지의 아들)에게 칭찬을 받기도 했지만, 〈블랙우드 매거진〉의 편집자와 시인 윌리엄 워즈워스에게 보낸 편지는 문학을 계속해 나가기 위한 도움과 조언을 적극적으로 구했음에도 그만한 관심을 받지 못했다. 그 후 신생 철도 회사에 사무원으로 채용되어 처음에는 소워비, 그다음엔 러덴던풋에서 근무했지만, 1842년에 '부정행위'를 이유로(실제로 부정을 행했다기보다 심각한 근무 태만으로) 갑작스럽게 해고되었다. 마지막 굴욕은 앤의 소개로 그녀가 5년간 가정 교사로 일했던 커비 인근의 소프 그린에서 로빈슨가의 자녀 중 한 명을 가르치다가 쫓겨난 일이었다. 브랜웰이 러덴던풋에서 사귄 친구 프랜시스 그런디에게 보낸 1845년 10월의 편지를 보면 당시의 정황을 파악할 수 있다.

🖋 브랜웰은 리즈–맨체스터 철도의 러덴던풋 역에서 사무원으로 일하며 역을 지나는 모든 열차와 거기에 실린 화물을 자세히 기록하는 일을 맡았다. 그러나 보고서에서 오차가 발각되어 1842년 3월에 해고되었다. 브랜웰이 돈을 횡령했을 가능성은 낮다. 그의 수첩을 보면 부주의로 인한 파면의 원인을 짐작할 수 있다.

부유한 신사 소프 그린 홀의 에드먼드 로빈슨 씨의 아들을 가르쳤는데, 그 신사의 아내는 ___카운티의 의원인 ___의 부인과 자매지간이라네…… 이 숙녀분(비록 남편은 나를 혐오했지만)은 내게 얼마간 친절을 베풀었고, 어느 날 내가 남편의 행동으로 인해 깊은 상심에 빠져 있을 때 평범한 감정 이상으로 무르익은 친절을 내게 보여 주었다네. 나는 그녀의 감성적이고 인간적인 매력에 감탄했고, 그녀의 이타적인 본성과 다정한 성품, 한없이 타인을 보살피는 마음씨를 알게 됐으며…… 비록 나보다 열일곱 살 연상이지만, 그 모든 것으로 인해 나는 그녀에게 심취하게 되었고, 결국에는 기대도 못 했던 응답을 받게 되었네. 나는 3년 가까이 날마다 '불안한 기쁨을 누리다가 금세 공포심으로 고통받았지.' 그리고 3개월 전에 나는 고용주로부터 분노에 찬 편지를 받았다네. 그때는 방학이라 나는 고향에 와 있었는데, 방학이 끝나고 다시 돌아오면 총으로 쏴 버리겠다고 협박하더군…… 나는 몸이 완전히 망가지고 마음은 산산이 부서져 9주 동안이나 누워 있었지. 그녀가 자유의 몸이 되어 자기 자신과 재산을 내게 넘겨줄 희망은 그녀가 지금과 같은 슬픔 속에서 쓰러져 갈 거라는 전망을 이겨 내지 못했네. 그뿐 아니라 나는 하나님이 아시듯이 짧은 인생에서 가혹한 시련을 겪은 내 육체와 정신이 영영 망가져 버릴까 두렵네…… 자네는 '이런 맹추야!' 하며 꾸짖겠지만 내가 이 편지에 암시조차 할 수 없는 수많은 슬픔의 이유를 알게 된다면 나를 비난하는 동시에 불쌍히 여기게 될 걸세.

🖋 브랜웰이 그린 존 브라운의 초상화. 존은 하워스의 교회지기 겸 교회 묘지에 비문을 새기는 석공이었다. '사어(死語)에 관한 한 브론테 씨에' 비견될 만큼 학식이 높았으며, 브랜웰의 절친한 벗이자 술친구였다.

브랜웰은 오직 술친구들 앞에서만 의심의 여지가 없는 재능을 펼쳐 보였다. 그런 친구 중 하나가 교회지기의 아들인 존 브라운으로, 브랜웰과 같은 프리메이슨 지부에 속해 있었다. 존은 브랜웰의 무용담을 전하며 그를 '트럼프 카드 중 잭(제일 등급이 낮은 하인 카드. 부정직한 사람이라는 뜻도 있음 - 옮긴이)'이라고 표현했다.

로열 호텔에서 신사들이 모이는 파티가 있다기에 나도 참석했어. 우리는 저녁 식사랑 '지옥처럼 뜨거운!' 위스키 토디를 주문했지. 그들은 내가 의사인 줄 알고 자리에 앉았어. 나는 방 안이 빙글빙글 돌고 촛불이 눈앞에서 춤을 출 때까지 몇 번이나 건배 후 바로 술을 털어 넣었지.

또 다른 친구는 하워스에 있는 블랙불 여관의 주인이었는데, 자주 브랜웰을 불러 새로운 손님들을 즐겁게 해 주었다. 이 목사의 아들이 유난히 달변가에다 양손잡이여서 왼손으로 라틴어를 쓰는 동안 오른손으로는 그리스어를 쓸 수 있었기 때문이다. 하지만 브론테가의 자매들은 브랜웰의 또 다른 면을 목격했다. 그는 불쑥불쑥 분노와 좌절감을 표출했고, 자책감 때문에 우울한 자기연민에 빠졌으며, 진과 아편 팅크를 과다 복용하며 응석을 받아 주는 상대에게 돈을 구걸했다. 소프 그린에서 돌아온 후로는 상태가 점점 심각해져서, 술에 취해 한참을 목사관에 널브러져 있거나 불쌍한 자매들에게 고함을 지르기 일쑤였다.

브론테가에서 가장 사교적이었던 샬럿은 당황스러워했다. 이런 상태로는 집에 손님을 초대할 수 없었다. 엘런이나 울러 양은 물론이고 좋은 집안에서 자란 어린 숙녀들, 즉 자매들끼리 시작하려 했던 학교의 예비 학생들을 불러 모으는 건 어림도 없는 일이었다.

미래를 위한 계획들에 전부 제동이 걸렸다. 세 자매는 가정 교사로서 적잖은 실패를 맛보았고, 세상을 향해 모험을 떠났다가 큰 불행을 경험했다. 그들을 구원해 줄 자구책 —직접 설립한 학교— 은 여러 가지를 준비하고 안내서까지 만들었음에도 별다른 성과를 올리지 못했다. 게다가 이제 브랜웰이 경제적으로 —혹은 다른 어떠한 방법으로라도— 가족을 책임져 줄 거라는 기대까지 완전히 물 건너갔다. 1845년의 암울했던 몇 개월간의 상황을 샬럿은 엘런에게 이렇게 전했다.

하워스에서 시간이 어떻게 흐르는지 도통 설명할 도리가 없구나.

시간의 흐름을 구분해 줄 어떤 사건도 일어나지 않거든. 하루하루가 똑같아. 매일이 죽어 있는 듯한 인상이지. 빵을 굽는 일요일, 그리고 토요일 정도가 그나마 희미한 흔적을 남기고 다른 날들은 스르르 사라져 버려. 나는 곧 서른이 되는데 아무것도 이루어 놓은 게 없어. 앞으로의 전망과 과거의 일을 생각하면 가끔은 우울해져. 한때는 하워스가 굉장히 즐거운 곳이었는데 이제는 그렇지 않아. 우리 모두 여기에 매장돼 있는 것 같은 기분이 들어. 여행을 떠나고 일을 하고 싶어. 활기찬 삶을 살고 싶어.

그러나 이듬해인 1846년, 세 자매 중 누구도 상상하지 못한 '새로운 전망'이 이들 앞에 펼쳐진다.

🦢 상의를 벗은 두 명의 권투 선수.
1841년 9월 3일, 브랜웰이
러덴딘풋 역에서 수첩에 그린 스케치.
인물들 아래는 그의 시 〈넬슨 경〉의
초안 중 한 구절이 적혀 있다.
이 시는 〈육체를 이긴 정신의 승리〉
라는 이름으로 발표되었다.

🖋 '내가 기거했던 저택의 뒤편을 펜과 잉크로 대강 그려 본 유일한 스케치'라고 브랜웰은 기록했다. 앤 브론테는 자신이 가정 교사로 일했던 소프 그린 홀의 로빈슨 가족에게 오빠를 소개해 열한 살짜리 아들 에드먼드를 가르치도록 주선했다. 그러나 브랜웰은 여기서도 일을 망쳐 버린다. 1846년 7월, 로빈슨 씨는 편지를 통해 브랜웰을 단호하게 해고하면서 그가 행한 일(아내와의 관계)을 알게 됐으며 그것이 입에 담을 수도 없이 부도덕한 행위라고 비난했다. 또한 자신의 가족들과 영원히 연락을 끊으라며, 그러지 않는다면 이 일을 폭로하겠다고 위협했다.

Part.5

커러, 엘리스, 액턴 벨

Currer, Ellis and Acton Bell

🍃 오거스터스 에그가 그린 〈여행길의 길동무〉. 1840년대 영국에서는
'철도 투자 붐'이 일어났다. 1844년부터 1847년까지 442개의 철도법이
의회에서 통과되었기 때문이다. 철도는 브론테가 자녀들의 삶에도
여러 방식으로 영향을 미쳤다. 브론테 자매는 1846년에 첫 시집을 출판했고
1848년에 기차를 타고 런던에 갔다.

'내 동생 에밀리의 운문을 엮은 시집 필사본을 우연히 보게 되었다.' 샬럿은 1845년 가을의 어느 날 이렇게 기록하고 있다. '물론 그 애가 시를 쓸 수 있고, 또 쓰고 있다는 걸 알았기 때문에 놀랍지는 않았다. 그 시집을 훑어보는데 놀라움을 넘어선 무언가가 나를 사로잡았다. 이건 보통 여자들이 쓰는 시처럼 평범한 감정 분출의 통로가 아니라는 강한 확신이 들었다…… 내 귀에는 아주 독특한 음악으로 들렸다. 거칠고 우울하며 정신을 고양시키는…… 짧은 운문들이었지만 지극히 진솔했다. 혼자서 몰래 그 시들을 읽고 있자니 트럼펫 연주를 듣는 것처럼 가슴이 뭉클해졌다.' 앞으로 나아가야 할 길이 분명해지는 순간이었다.

우린 아주 어렸을 때 언젠가 작가가 되겠다는 꿈을 꾸었다. 서로 멀리 떨어져 지내고 일 때문에 정신없이 바쁠 때도 이 꿈을 포기한 적은 없었다. 그것은 이제 갑작스럽게 추진력과 단결성을 얻어 결심의 성격을 띠게 되었다. 우리는 각자의 시를 몇 편씩 모아서 가능하다면 출판해 보기로 했다.

하지만 결코 간단한 일이 아니었다. 샬럿은 그 이유를 아래와 같이 밝혔다.

내 동생 에밀리는 자신을 드러내는 성격이 아니었고, 아무리 가깝고 친한 사람들이라도 자신의 마음과 감정의 깊숙한 곳에 함부로 침입하도록 허락하지 않았다. 내가 발견한 점을 이해시키는 데 몇 시간이 걸렸고, 그런 시들은 출간될 자격이 있다고 설득하는 데 또 며칠이 걸렸다……

내 간청 덕분인지 이성적 판단 때문인지는 모르겠지만 자기 비하적으로 그냥 '운문들'라고 이름 붙인 그 시들을 출간하겠다는 동의를 마침내 얻어 냈다…… 역사상 어떤 여성도 그런 시를 쓴 적은 없다고 나는 확신했다. 응축된 힘, 명료성, 여운, 기이하고 강렬한 비애감이 그 시들의 특징이다. 연약하고 산만하며 공은 들였지만 장황하기만 한 스타일과는 달랐는데, 가장 유명한 여류 시인들의 작품조차 그런 문체로 빛이 바래는 경우가 많다.

후대의 평론가들은 입을 모아 에밀리 브론테를 19세기의 가장 위대하고 영향력 있는 시인으로 꼽는다. 하지만 샬럿이 염두에 둔 것은 에밀리의 글만이 아니었다. 세 자매의 시를 각각 스무 편 정도 모아 한 권으로 출간하는 것이 그녀의 계획이었다.

한편 막냇동생도 에밀리의 시가 마음에 들었다면 자신의 글도 봐달라고 은근히 보채면서 조용히 집필에 들어갔다. 나는 편파적인 심사 위원이 될 수밖에 없지만, 어쨌든 그 애의 시에도 감미롭고 진실한 비애감이 담겨 있다고 생각했다.

그해 가을, 세 자매는 책에 수록할 시를 선정하고, 자신과 서로의 작품을 붙들고 토론하고 편집하며 완성본을 만들어 가기 시작했다. 샬럿은 다음과 같은 기록을 남겼다.

우리의 작은 책을 세상에 내놓는 것은 험난한 일이었다. 예상했던 대로 우리도, 우리의 시도 전혀 환영받지 못했다. 하지만 우리는 처음부터 준비가 되어 있었다. 비록 경험은 없지만 다른 사람들의 경험담을 읽어 두었기 때문이다. 어떤 출판사도 한마디 답변을 해 주

지 않는다는 게 가장 큰 난관이었다.

목사관 자매들의 일상도 늘 화목하지만은 않았다. 앤이 1846년 5월 11일 월요일 밤에 지은 아래의 시를 보면 알 수 있다. 이 시는 훗날 〈가정의 평화〉라는 제목으로 발표되었다.

왜 우울한 침묵에 지배당해야 하나
온 집안이 왜 이리 스산한가,
위험도 질병도 고통도 없으며
죽음도 빈곤도 쳐들어오지 않았는데.

우리는 그날 밤처럼
모여 있다, 우리 모두 명랑했고,
희망차고, 아무 걱정 없던 때처럼.
그러나 무언가 사라졌으니……

저마다 파멸의 기쁨을 느끼며
변화를 애도한다—제각기 떨어져.

벽난로에서 불이 타오른다
예전처럼 벌겋게 타오른다,
그런데도 집안은 쓸쓸하다

웃음과 사랑과 평화가 돌아오지 않기에……

그러다 마침내 '아일럿 앤 존스'라는 출판사가 작가들이 비용을 부담하는 조건으로 시집을 출간하겠다고 연락해 왔다. 샬럿이 협상에 나서 종이와 활자의 크기를 정했다. 그리고 작가들의 신원도 어느 정도 밝혔다.

이 시집은 혈연관계인 세 사람이 각자 집필하였으며, 각 작품이 작가의 개성에 따라 뚜렷이 구분되는 걸 감지하실 수 있을 겁니다.

시집은 1846년 5월 말에 출간되었고, 가격은 '5실링, 하지만 분량에 비해 과하다고 생각하면 4실링으로' 책정되었다. 표지에는 《커러, 엘리스, 액턴 벨의 시집》이라는 제목이 찍혔다. 샬럿은 다음과 같이 설명한다.

실체가 알려지는 게 싫어서 진짜 이름 대신 커러(샬럿), 엘리스(에밀리), 액턴(앤) 벨이라는 필명을 사용했다. 이처럼 모호한 이름을 선택한 것은 우리가 여성이라는 사실을 분명하게 드러내고 싶지는 않지만, 그렇다고 남성적 색채가 강한 기독교식 가명을 쓰는 건 양

🍂 에밀리 브론테의 장미목 집필 책상 안에서는 출판업자인 T. C. 뉴비가 보낸
편지의 봉투가 발견되었다. 이를 통해 에밀리가 사망할 당시 두 번째 소설을
집필하고 있었다고 짐작해 볼 수 있다.

🍂 에밀리 브론테가 쓴 〈곤달 시집〉 필사본의
첫 페이지. 곤달은 에밀리와 앤이 1832년에
'그레이트 글라스 타운 연합'에서 탈퇴해 만든
상상의 나라. 곤달 산문들은 유실되었지만
시는 상당수가 살아남았다. 에밀리는 죽기 직전까지
곤달 시를 썼는데, 시에 묘사된 곤달인들의 삶은
하워스에서의 실제 삶만큼이나 생생하다.

심상 망설여졌기 때문이다. 당시에는 딱히 우리가 글을 쓰고 사고하는 방식이 흔히 말하는 '여성적'인 것과 거리가 멀다고 생각했던 건 아니다. 다만 여성 작가들은 편견에 좌우되기 쉽다는 막연한 인상이 있었고, 비평가들이 때때로 비판을 위해 인신공격을 하며, 보상을 위해 진정한 칭찬이 아닌 아첨을 한다는 걸 알았기 때문이다.

《커러, 엘리스, 액턴 벨의 시집》은 상업적 성공을 거두지 못했고 —초판 인쇄본으로 추정되는 1,000부 중 달랑 2권이 팔렸다— 샬럿이 그토록 바랐던 '정기 간행물의 도서 소개란'에도 세 군데밖에 실리지 않았다. 그중 적어도 〈크리틱〉에서는 극찬하는 평을 써 주었다.

이토록 진실한 시들을 감상하는 건 참으로 오랜만이었다. 문예부 기자의 책상을 짓누르고 있는 운문의 꼴만 갖춘 쓰레기와 잡동사니 더미 속에서 170여 쪽에 불과한 이 작은 책은 한 줄기 햇살처럼 다가와 현재의 영광으로 필자의 눈을, 밝은 미래에 대한 준비된 약속으로 필자의 마음을 기쁘게 해 주었다.

〈애서니엄〉 지는 '핏속에 시적 재능이 흐르는 듯한 가족'이라고 통찰력 있게 언급하며 엘리스(에밀리)를 콕 집어 혜성 같다고 평했다.

아직 바깥세상에서 시를 들어줄 사람을 찾지 못한, 영감의 원천이
다. 그 순수하고 진기한 영혼은…… 사람들이 기꺼이 듣고자 하는
무언가와 그동안 시도되지 않은 높이까지 도달할 수 있는 강력한
날개를 갖고 있다.

반면에 액턴(앤)의 시들은 '감정을 발산'할 필요가 있었고, 커러(샬럿)의
경우는 '액턴의 수준과 엘리스 같은 고차원 사이의 어중간한' 위치에 있었
다. 그래도 커러와 액턴, 엘리스는 낙심하지 않았다. 샬럿은 훗날 이렇게 회
상했다. '실패는 우리를 깨부수지 못했다…… 성공하려는 노력만으로도 훌
륭한 자극이 되었고, 이는 계속되어야만 했다……'

잡지에 시의 비평이 실리기도 전에 브론테 자매들은 이미 또 다른ㅡ그
리고 가장 중요한ㅡ문학적 모험에 착수했다. 샬럿은 4월에 아일럿 앤 존스
출판사에 편지를 보내 다음과 같은 사실을 알렸다.

저희는 서로 다른 세 편의 독립적인 이야기로 구성된 소설 작품집
을 출간하고자 준비하고 있습니다. 한 권으로 묶어도 되고 3부작

소설로 내놓아도 되며…… 아마도 가장 바람직한 방법일, 각기 다른
단행본으로 출판하는 것도 가능합니다. 세 명 모두 이 소설을 자기
부담으로 출간할 의도는 없습니다……

이 '소설 작품집'은 샬럿이 집필한 《교수》, 에밀리가 쓴 《폭풍의 언덕》,
그리고 앤의 소설 《아그네스 그레이》였다. 아일럿 앤 존스는 이런 종류의
소설을 출판하지 않았기 때문에, 아일럿 씨와 존스 씨는 영문학에서 가장
빛나는 걸작들을 출간할 기회를 놓친 수많은 출판업자 중 최초의 2인이 되
었다. 샬럿은 다음과 같이 토로했다.

무명작가들은 대중 앞에 작품을 내놓기 전까지 크나큰 어려움과
맞서 싸워야만 합니다……

일 년 반의 시간 동안 여러 출판사에 끊임없이 이 원고들을 들이
밀었지만 대개 수치스럽고 퉁명스러운 퇴짜를 맞는 운명에 부딪
혔다.
그래도 《폭풍의 언덕》과 《아그네스 그레이》는 두 작가에게 다소

🖋 에밀리 오즈번의 〈가정 교사〉. 샬럿은 1848년에 출판사의 원고 검토자인 윌리엄 스미스 윌리엄스에게 편지를 보내 그의 딸의 직업 선택에 대해 조언했다. '따님은 가정 교사가 버는 알량한 봉급 정도는, 아니 그 두 배는 벌 수 있어요. 학교 교사가 되면 성공할 가능성이 있지만, 상주 가정 교사는 절대(아주 특별하고 예외적인 경우를 제외하면) 행복해질 수 없어요······ 가정 교사처럼 학대당하며 쓸쓸하고 불안해하느니 차라리 하녀나 요리사가 될 걸 그랬다고 후회할걸요.' 자신의 쓰라린 경험을 바탕으로 한 조언이었다. 하지만 그녀는 이제 가정 교사가 자신이 택할 수 있는 유일한 직업이라고 여길 필요가 없었다. 문학을 '필생의 업'으로 삼을 수 있게 되었으니까.

불리한 조건으로라도 받아들여졌다. 커러 벨의 책은 어디서도 받아 주지 않고 어떠한 칭찬도 받지 못해 차가운 절망이 그녀의 심장을 파고들기 시작했다. 그녀는 아무런 희망도 없이 또 한 군데 출판사의 문을 두드렸다. 스미스 앤 엘더 사였다.

스미스 앤 엘더 출판사는 《교수》의 원고를 채택하지 않았지만, '3부작 소설(19세기 영국에서는 소설을 3부작으로 발표하는 것이 유행이었다 - 옮긴이)'이라면 더욱 사려 깊은 관심을 받을 수 있을 것이라는 고무적인 거절 편지를 보내 주었다. 때마침 샬럿은 '바로 그때 《제인 에어》를 마무리 짓고 있었다. 1부작짜리 원고가 런던에서 따분한 행보를 계속하고 있을 때 집필에 들어간 소설이었다……'

샬럿은 1846년 여름에 《제인 에어》를 창작하기 시작했다. 그녀는 이제 앞이 거의 보이지 않는 예순아홉의 아버지를 8월 19일에 다시 한번 맨체스터로 모시고 가서 안과 의사인 윌리엄 제임스 윌슨을 만났다. 당시 엘런에게 보낸 편지를 보자.

의사는 아빠의 눈이 수술받을 준비가 얼추 됐다며 다음 주 월요일로 수술 날짜를 잡았어. 그날이 되면 우리를 생각해 줘.

우리는 어제 숙소에 도착했어. 앞으로 편히 지낼 수 있을 것 같아. 최소한 우리 방은 상태가 아주 좋아…… 방은 우리끼리만 써. 나는 내가 너무 무지하다는 걸 깨달았어. 고기를 도대체 어떻게 주문해야 할지 모르겠는 거야. 다른 것들도 마찬가지고…… 우리끼리만 있으면 나 혼자서도 어떻게든 꾸려 갈 수 있어. 아빠의 식단은 아주 간단하거든. 하지만 하루 이틀 후면 간병인이 올 거야. 그 여자한테 괜찮은 식사를 마련해 주지 못할까 봐 걱정이야. 너도 알다시피 우리 아빠는 평범한 소고기와 양고기, 차와 빵, 버터 외에는 달리 요구하는 게 없어. 그렇지만 간병인은 훨씬 더 높은 수준을 기대할 것 같아. 내게 귀띔해 줄 게 있으면 좀 가르쳐 줘.

윌슨 선생님이 우리한테 최소한 한 달은 여기에 머물러야 할 거래. 따분할 것 같아. 불쌍한 에밀리와 앤은 집에서 브랜웰과 어떻게 지내고 있나 몰라. 그 애들도 힘들 거야. 너를 여기 데려올 수만 있다면 뭐든 하겠어.

샬럿에게는 힘겨운 시기였다. 그녀는 '이가 여러 군데 계속 심하게 아파서 밤낮으로 고통받는 탓에 요즘의 나는 아주 바보가 되었다'고 토로했다. 또한 아버지가 염려되는 동시에 브랜웰―그리고 그가 온 집안에 끼치는 악영향― 때문에 골머리를 앓았다.

이런 말을 전해서 미안하지만 우린 최근 들어 평소보다 더 끔찍하게 시달리고 있어. 3주인지 한 달인지 전에 로빈슨 씨가 사망했거든. 브랜웰은 그것을 핑계로 길길이 날뛰고 기분이 오락가락하는 등 온갖 난동을 부리고 있어. 그러고 나서 얼마 후에 여기저기서 들려온 소식에 의하면 로빈슨 씨가 죽기 전에 유언장을 변경해서 홀로 남을 아내가 브랜웰과 결혼할 가능성을 모조리 차단했다는 거야. 브랜웰과 교제를 재개하면 단 1실링도 가져갈 수 없다는 조항을 넣었다나 봐. 당연히 브랜웰은 난리가 났지. 밤낮으로 쉬지 않고 아빠를 괴롭히고 계속 돈을 뜯어내면서, 돈을 내놓지 않으면 자살하겠다는 위협까지 하고 있어⋯⋯ 브랜웰은 자기 몸을 건사하기 위해 자신은 아무것도 할 수 없고 하지도 않을 거라고 떠들고 있어. 보름 정도만 일하면 되고 브랜웰에게 적합해 보이는 좋은 제안이 한 번 이상 들어왔는데도 손 놓고 술만 마시면서 우리 모두를 비참하게 만들고 있어.

🖌 브랜웰 브론테의 초상화가 새겨진 메달. 1845년에 핼리팩스의 조각가 J. B. 레일런드가 제작했다. 레일런드의 동생이자 브랜웰의 전기 작가 겸 저명한 골동품 연구가인 프랜시스는 '굉장히 높게 도드라진 부조이며 모델과 완벽하게 닮은 실물 크기의 메달'이라고 설명했다.

그러나 패트릭이 백내장을 성공적으로 제거하고 회복하는 동안, 샬럿은 숙소의 어두운 방에 조용히 앉아 작고 기울어진 글씨체로 3부작 소설을 빠른 속도로 써 내려갔다. 《제인 에어》는 고아인 제인의 교육과 윤리적 성장에 관한 이야기로, 그녀는 한 집에서 다른 집, 인생의 다음 단계로 옮겨 갈 때마다 비열한 잔혹성, 속물근성, 위선 등을 마주하고 끊임없이 맞서 싸운다. 거만하고 수수께끼 같은 로체스터 씨와의 사랑 이야기도 들어 있는데, 그가 불구가 되어 두 사람이 동등한 위치가 되고 나서야 제인은 마침내 그와 결혼하게 된다. 제인은 로체스터 씨를 다음과 같이 추궁한다.

🖋 샬럿 브론테가 쓴《제인 에어》 육필 원고의 첫 페이지. 1846년 8월, 맨체스터에서 처음 쓰인 이 소설은 이듬해인 1847년 10월, 스미스 앤 엘더 출판사에서 출간되었다.

《제인 에어》 중에서

제가 가난하고, 보잘것없고, 평범하고, 몸집이 작다고 가슴도 영혼도 없는 줄 아세요? 잘못 아신 거예요! 저도 당신과 같은 영혼이 있고, 뜨거운 가슴이 있어요! 하나님이 제게 미모와 부를 주셨더라면 당신은 나를 쉽게 떠나지 못할 거예요. 내가 지금 당신에게 그러는 것처럼요. 나는 관습이나 인습, 인간의 육체를 통해 말하고 있는 게 아니에요. 내 영혼이 당신의 영혼에게 부르짖고 있는 거예요. 우리 둘 다 무덤을 지나와 하나님의 발아래서 있는 것처럼 동등한 입장에서 말이에요!

🍂 《제인 에어》에 들어간 손필드 홀의 삽화. E. M. 윔페리스의 작품.
샬럿은 엘런 너시의 저택인 '라이딩스'를 모델로 하여 손필드 홀을 창조한 것으로 보인다.
브랜웰은 버스톨에 있는 그 성곽 모양의 독채 건물에 처음 방문했을 때
'천국'이라며 감탄한 바 있다.

샬럿은 여주인공이 아름답지 않아도 얼마든지 흥미로울 수 있다는 걸 자매들에게 증명해 보이려고 제인 에어를 '작고 평범한' 사람으로 묘사했다. 하지만 '그런 점 외에는 나와 닮은 데가 없다'고 주장했다. 이 소설은 샬럿의 제한된 삶의 반경보다 훨씬 더 넓은 지역을 무대로 하지만 그녀가 경험하고 느낀 내용을 직접적으로 묘사하고 있으며, 그래서 더욱 의미가 깊다.

완성된 원고가 스미스 앤 엘더 출판사로 발송된 날은 1847년 8월 24일이었다. 사장인 조지 스미스는 그 주 일요일에 원고를 받아 읽어 보았다. 이 이야기에 깊이 빠져들던 그는 와인 한 잔과 샌드위치로 점심을 때우느라 잠시 멈춘 것 외에는 앉은 자리에서 계속 원고를 읽어 내려갔다. 그는 오후 승마 약속을 취소하고 저녁을 허겁지겁 먹은 다음, 다 읽을 때까지 잠자리에 들기를 거부했다. 6주 후인 1847년 10월 16일, 《제인 에어: 자서전》(커러 벨 엮음)이 발간되었다.

그보다 먼저 원고가 통과되었던 에밀리와 앤은 그다지 운이 좋지 않았다. 앤서니 트롤럽의 첫 소설을 출판하기도 했던 T. C. 뉴비는 《교수》를 거절하고 《아그네스 그레이》와 《폭풍의 언덕》만 받아들였다. 작가들에게 50파운드를 미리 지원받아 300부를 인쇄하고, 250부가 팔린 후에 돈을 돌려준다는 조건이었다. 세 자매가 시집을 발표했던 아일럿 앤 존스 출판사보다 그리 나을 것이 없었다. 게다가 12월 중순이 되어서야 《폭풍의 언덕》과 《아그네스 그레이》를 함께 묶은 붉은색 천 장정판이 발표되었다. 샬럿은 자신의 출판사에 보낸 편지에 이렇게 불평했다.

그 책들은 편집이 제대로 안 돼 있어요. 인쇄가 잘못된 글자도 너무

많고요…… 엘리스와 액턴이 뉴비의 출판사에서 제가 스미스 앤 엘더에서 받는 것과 같은 정당한 대우를 받지 못했다는 게 너무 가슴 아파요.

《제인 에어》는 출간 즉시 성공을 거두었고, 뉴비는 여기에 자극을 받아 에밀리와 앤의 소설을 곧바로 발표한 것이었다. 《허영의 시장》의 작가 윌리엄 메이크피스 새커리는 스미스 앤 엘더의 조지 스미스에게 아래와 같은 편지를 보냈다.

자네에게 《제인 에어》를 받아 본 걸 후회하고 있네. 너무 재미있어서 그걸 읽느라 하루를 통째로 잃어버렸거든(자네는 하루를 얻은 거라고 하겠지만). 아는 인쇄공들이 원고를 달라고 울부짖고 있는 가장 바쁜 시기에 말일세. 작가가 누구일지 짐작도 안 가네만, 만일 여성이라면 대부분의 숙녀들과 달리 자신이 하고픈 말을 정확히 알고 있거나 '고전 교육'을 받은 것 같군. 훌륭한 책이었네…… 사랑 이야기가 나오는 몇몇 구절에서는 눈물까지 흘려서 석탄을 들고 들어오던 존이 깜짝 놀라기도 했지…… 내가 왜 이런 말을 하는지 모르겠지만 나는 《제인 에어》 덕분에 매우 감동하고 행복했네. 여성이 쓴 것 같은데 누군가? 이렇게 몇 번이고 다시 읽을 수 있는 소설은 영국 소설 중에(요새 프랑스 소설은 죄다 로맨스뿐이니) 처음이었네. 작가에게 존경과 감사의 말을 전해 주게.

얼마 후 조지 엘리엇의 연인으로 악명을 떨치게 될 평론가 조지 헨리 루이스는 《제인 에어》가 '단연 이번 시즌 최고의 소설'이라고 선언하며 이 재능 있는 커러 벨의 연락처를 요구했다. 이때부터 두 사람은 수많은 서신을 주고받았고 직접 만나기도 했다. 〈아틀라스〉 지에는 다음과 같은 호평이 실렸다.

🖋 《허영의 시장(1847~1848)》의 작가 윌리엄 메이크피스 새커리. 그는 《제인 에어》를 크게 칭송했고 출판업자인 조지 스미스의 집에서 샬럿과 만남을 가졌다. 조지는 이렇게 회고했다. '사실대로 말하자면, 샬럿 브론테의 과장된 언행이 새커리에게 반감을 불러일으켰다. 브론테 양은 그가 '사명'을 지닌 훌륭한 사람이라고 그를 설득하려 했고, 새커리는 심술궂게 비웃으며 '사명'을 인정하려 들지 않았다. 그런데도 샬럿 브론테는 새커리의 위대함을 전혀 의심하지 않았고, 한번은 그를 '내 마음속의 거인'이라고 표현하기도 했다.

오랜만에 아주 강렬한 국내 로맨스 소설이 출간되었다…… 젊음의 활기와 신선함, 독창성, 아슬아슬한 언어, 응축된 재미를 만끽할 수 있다…… 이 책을 읽으면 맥박이 고동치고 가슴이 두근거리며 눈시울을 적시게 될 것이다.

칭찬 일색이 아닌 서평들조차 《제인 에어》의 탁월함과 심오함을 강조하며 이 소설이 앞으로 고전의 반열에 오를 것임을 암시했다. 〈더블린 리뷰〉는 이 책이 어린이들에게 적합하지 않다고 평하면서도 커러 벨이 '새로운 소설 쓰기의 양식을 창조했다'고 인정했다. 〈선데이 타임스〉는 로체스터 씨와 그의 아내가 나오는 구절은 지면에 인용하기도 혐오스럽다고 비난하면서 작가로서 그는 '절제심의 한계를 넘어'갈 때까지 만족하지 않았다며 의도치 않게 커러 벨을 치켜세웠다.

그러나 《아그네스 그레이》와 《폭풍의 언덕》은 그만큼 열광적인 반응을 일으키지 못했다. 초고의 제목이 '한 인간의 삶의 행로'였던 《아그네스 그레이》는 앤이 미르필드 홀의 블레이크 가문과 소프 그린의 로빈슨 가문에서 겪은 일을 바탕으로 한, 어느 가정 교사의 이야기다. 더글러스 제럴드의 〈위클리〉는 다음과 같은 평을 내놓았다.

🖋 조지 헨리 루이스. 평론가 겸 수필가.
〈프레이저 매거진〉에 《제인 에어》의 서평을 썼다.
샬럿은 '루이스의 얼굴 생김새'를 보는 순간
'에밀리와 놀랄 만큼 닮아서 가슴이 뭉클하며 눈물이
날 뻔했'다. 하지만 시인 스윈번은 샬럿의 '시력이
나빠서 여동생과 G. H. 루이스가 닮았다고 잘못
생각한 것이 틀림없다'고 말했다. 그리고 이렇게
덧붙였다. '그를 만난 건 딱 한 번뿐이지만…… 그의
동반자인 조지 엘리엇 정도를 제외하면 내가 본
사람 중 가장 못생긴 사람이었던 것으로 기억한다.'
루이스는 샬럿에게 별다른 감명을 받지 못해서
그녀를 '다소 평범하고 촌스럽고 허약해 보이는
노처녀'라고 묘사했다.

이 책의 저자는 여주인공이 겪는 시시한 고통과 끝없는 지루함을
묘사하고 있지만 우리는 그가 가정 교사로 일해 본 적이 없다고 단
언한다. 어떤 가정 교사를 애정이나 돈으로 완전히 매수하여 그녀
가 감옥 같은 집에서 겪는 비밀을 알아냈거나, 이 주제를 설명하기
위해 특별한 관찰력을 발휘했을 것이다.

비록 진위가 받아들여지긴 했지만 ―책이 발간된 지 일주일 후, 샬럿
이 '《아그네스 그레이》는 작가의 기억이 투영된 산물'이라고 밝힌 덕분에

— 앤은 '일상을 샅샅이 옮겨 놓은 부분들이 지나치게 자세하고 과장법은 철저히 피했다'는 비평을 언급하며 슬퍼했다. 하지만 전반적으로 볼 때 무관심이 팽배했다. 〈아틀라스〉지는 필자의 이름이 없는 서평에서 이렇게 비판했다.

아그네스는 뚜렷한 개성이 없어서…… 독자는 그녀의 운명에 그다지 관심이 가지 않는다…… 이 책은 그 어떤 애틋한 감명도 주지 않으며, 아무런 감동을 못 받는 사람도 있을 것이다.

액턴과 엘리스 벨의 작품은 같은 책으로 묶여 출간됐기 때문에 자연히 둘이 비교되었다. 《폭풍의 언덕》은 언론으로부터 당혹스럽고 때로는 적대적이기까지 한 평을 받았다.

등장인물들이 지극히 비천한 삶을 살고 있다. 고립되고 야만적인 지역에 살며 어떤 악마적인 힘의 지배를 받고 있다.

〈브리타니아〉 지가 위와 같이 평가했다면, 〈위클리〉 지는 아래와 같은 평을 실었다.

잔인하고 비인간적인 세부 묘사, 너무나도 사악한 증오와 복수에 충격과 혐오를 느끼고 구역질이 날 지경이다. 그러고는 곧바로 인간의 형상을 한 악마에게도 사랑은 가장 위대한 힘이라는 것을 강렬하게 증명하는 내용이 뒤따른다.

거의 모든 서평이 강렬한 서사와 '야만적인 위엄'을 강조했고, 그중 하나는 '작가가 주인공들을 탄생시키기 위해 대담하게 황야나 황량한 지역에 들어가 본 것이 틀림없다'고 감지했다. 그러나 언니인 샬럿이 훗날 다른 판본의 서문에 썼듯이 황야는 단순히 책의 무대나 배경이 아닌 극의 행위자 자체였다.

샬럿이 쓴 《폭풍의 언덕》 서문

《폭풍의 언덕》이 시골풍이라는 소리가 있는데, 나는 그것이 훌륭하다고 생각하기에 그 비난을 인정한다. 이 책은 시종일관 시골스럽다. 황야투성이고, 야생적이고, 히스 뿌리처럼 울퉁불퉁하다. 그

🖋 브랜웰 브론테가 1833년 7월 1일에 그린 오두막집. 그는 가족의 지원을 받아 예술적 재능을 키워 나갔다. 그의 그림 선생이었던 윌리엄 로빈슨은 한 시간에 2기니(1814년까지 주조된 동전. 이후 파운드로 대체되었으며 1기니는 대략 1파운드에 상응 - 옮긴이)를 받았는데, 패트릭의 연봉이 200파운드였던 것을 고려하면 큰 부담이었을 것이다. 브론테가의 하녀인 마사는 일 년에 10파운드를 받았다. 황야의 오두막을 그린 이 그림은 여자 형제들의 소설에 삽입될 수도 있었겠지만 그런 일은 일어나지 않았다. 그는 여자 형제들이 소설을 창작했다는 사실을 몰랐던 것으로 보인다. 샬럿에 따르면 '나의 불쌍한 남동생은 우리들이 어떤 문학적 성과를 올렸는지 알지 못했다. 우리의 글이 출판됐다는 것도 까맣게 몰랐다.'

🖋 조지 스미스는 1872년, 엘런 너시에게 다음과 같은 편지를 보냈다. '친구분······ 그리고 그 자매분들의 소설에 묘사된 풍경과 장소의 모습을 삽화로 넣고 싶어서 재능 있는 화가 (E. M. 윔페리스)에게 하워스와 그 일대를 방문해 그림을 그려 달라고 의뢰했습니다······《제인 에어》와《셜리》, 《폭풍의 언덕》에 생생히 묘사된 장소들의 실제 지명을 귀하는 알고 계시겠지요.'

렇지 않았다면 오히려 부자연스러웠을 것이다. 작가 자신이 황야에서 태어나 자랐기 때문이다…… 엘리스 벨은 그저 눈으로 보고 감상하며 그런 경관에서 기쁨을 찾아 묘사한 게 아니다. 그녀에게 고향 언덕은 단순한 자연경관 그 이상이다. 그녀는 들새처럼, 그곳의 동물들처럼, 아니면 야생화처럼, 농작물처럼 그 안에서, 옆에서 살아왔다. 따라서 그녀는 그 풍경을 묘사해야만 하고 그것만을 묘사할 수밖에 없다.

그러나 인물의 성격 묘사에 관해서라면 이야기가 또 다르다. 장담컨대 그녀는 주변에 살았던 소작농들에 대해 실질적으로 아는 게 거의 없다. 수녀들이 이따금 수도원 문 앞을 지나는 시골 사람들에 대해 아는 지식과 비슷한 정도다. 내 여동생은 원래 남과 어울리는 걸 좋아하는 성격이 아니다. 가정 환경이 그러한 은둔적 성향을 부추기고 조장했다. 교회에 가거나 언덕을 산책할 때가 아니면 그녀는 집 문턱을 넘는 일이 거의 없었다. 이웃 사람들에게 호의적인 감정을 품고 있기는 해도 그들과의 교제를 일절 시도하지 않았고 아주 예외적인 경우를 제외하면 접촉한 적도 없었다. 그런데도 그녀는 그들을 알고 있었다. 그들의 생활 방식, 언어, 가족사를 알았고, 그들의 이야기를 흥미롭게 전해 들었으며 그들에 관해 상세하고 면밀하고 정확하게 설명했다. 직접 말 한 마디도 나눠 보지 않았는데 말이다. 그런 연유로 마을 사람들에 관해 그녀가 수집했던 정보는 비극적이고 무서운 특징에 국한돼 있었다. 교양 없는 주변인들의 비밀스러운 연대기를 듣다 보면 기억은 때때로 어쩔 수 없이 각인처럼 남게 된다. 그녀의 상상력은 유쾌하기보단 음침했고, 명랑하기보단 강렬했기 때문에 그러한 특성을 재료로 히스클리프와 언 쇼 씨, 캐서린 같은 인물들을 창조해 냈다.

샬럿은 잡지의 서평이 에밀리에게 미칠 영향을 크게 염려했다. 하녀인 태비는 훗날 개스켈에게 다음과 같이 털어놓았다.

하지만 에밀리는 —가엾은 에밀리— 《폭풍의 언덕》에 대한 서평 이 나올 때마다 실망감에 괴로워했어요. B 양(샬럿 -옮긴이)은 그런 에밀리를 보자 《제인 에어》 덕분에 느꼈던 기쁨과 즐거움이 온데 간데없이 사라져 버렸다고 하더군요. 그 애가 단호하게 견디고 있 지만 실은 어떤 심정일지 아니까 말이에요.

에밀리는 아무 말 없이 가장 긴 서평 다섯 개를 오려서 조심스럽게 챙겼 다. 이 글들은 그녀가 사망한 후 집필 책상의 서랍 안에서 발견되었다.

평론가들은 커러와 엘리스, 액턴 벨의 소설ー그리고 그들의 정체ー에 대 해 시끄럽게 떠들어 댔지만, 가족과 친구들은 이 중성적 이름을 지닌 세 명 의 작가가 그들 가운데 있다는 사실을 전혀 알지 못했다. 샬럿은 한참이 지 난 후에야 엘런 너시에게 자신이 소설을 썼고 《제인 에어》를 출판했다고 털어놓았으며, 그 전에 엘런이 아무것도 모르고 이 책을 칭찬했을 때는 그에 대한 언급을 피했다. 또한 남동생 브랜웰은, 샬럿이 출판업자에게 밝힌 바에 따르면 '자매들의 글이 출판됐다는 것을 모른 채' 사망했다. 그리고 1848년 1월, 샬럿은 늙은 목사인 아버지가 하워스에서 《제인 에어》를 읽는 것을 보고 그에게 사실을 알리기로 결심했다. 개스켈은 당시 상황을 이렇게 기술했다.

그녀(샬럿)는 아버지와 아래와 같은 대화를 나누었다고 내게 알려 주었다(그녀에게 이야기를 들은 다음 날 옮겨 적었기 때문에 꽤 정확하다고 확신한다).

'아빠, 제가 책을 쓰고 있어요.'
'그러니, 아가?'
'네, 아빠가 읽어 주셨으면 좋겠어요.'
'눈이 너무 피곤하지 않을지 모르겠구나.'
'필사본이 아니에요. 인쇄된 책이에요.'
'맙소사! 돈이 얼마나 들지는 생각 안 해 봤니? 손해를 볼 게 뻔하잖아. 그 책을 어떻게 팔겠어? 네 이름을 아는 사람이 어디 있다고.'
'하지만 아빠, 손해를 보진 않을 것 같아요. 말씀 그만하시고 제가 서평을 한두 개 읽어 드릴게요. 제가 하는 말을 좀 들어 보세요.'

그렇게 그녀는 자리에 앉아 아버지에게 서평을 몇 개 읽어 주었다.

그리고 아버지를 위해 준비했던 《제인 에어》를 한 부 건네주고 읽어 보시라며 자리를 떴다. 차를 마시러 나온 패트릭은 이렇게 말했다. '얘들아, 샬럿이 책을 쓰는 걸 너희는 알았니? 게다가 썩 훌륭하더구나.'

샬럿의 출판사는 커러, 엘리스, 액턴 벨에게 런던에 와서 그들의 저서에 흥미를 보이는 대도시의 문인들과 인사를 나눠 달라고 부탁했다. 하지만 샬럿은 1848년 2월에 이를 거절했다.

🖋 윌리엄 스미스 윌리엄스는 '창백하고 온화하며 몸이 구부정한 50대' 남성으로, 스미스 앤 엘더 출판사의 원고 검토자였다. 샬럿은 그가 '매우 조용하지만 자신의 관심 분야에 진심을 다하며…… 지극히 신사적이고 박식하다'고 생각했다.

당신이 언급하신 그 '거대한 세상'의 차분한 풍경을 저도 무척이나 ─정말 무척이나─ 감상하고 싶지만 아직은 저 자신에게 그러한 상을 줄 때가 아닌 것 같습니다. 미래의 언젠가로 미뤄 두겠습니다. 그게 언제가 될지는 저도 모르겠지만요. 엘리스는…… 그런 광경을 보면 진저리를 치며 바로 피해 버릴 거예요. '인류의 바람직한 연구 대상은 인간'이라는 자신의 신조를 적어도 도시의 인위적인 인간들에게는 적용하지 않을 테니까요.

'미래의 언젠가'는 이른 시일 내에 찾아왔다. 1848년 6월 22일, 샬럿은 다시 한번 윌리엄스에게 편지를 썼다.

뉴비 씨가 액턴 벨의 신작을 발표하는 걸 아마도 지켜보셨겠죠. 그 광고는 늘 그렇듯 제가 바라지 않는 방식으로 언어를 교묘히 비틀었더군요.

앤은 에밀리와 함께 첫 소설을 발표한 불만족스러운 출판사를 떠나 스미스 앤 엘더로 옮겨 오라는 샬럿의 제안을 거절하고, 두 번째 소설인 《와일드펠 홀의 소유주》을 뉴비에게 넘겨 그해 7월에 출간했다. 《제인 에어》가 성공을 거둔 이후로 뉴비는 벨이라는 성을 쓰는 세 명의 작가가 실은 가장 큰 판매고를 올린 커러 벨 한 사람이라며 대중을 속여 왔다. 이에 샬럿은 1848년 4월에 출간된 《제인 에어》의 세 번째 판본에 다음과 같은 반론을 실었다.

《제인 에어》 속 샬럿의 반론

내가 소설가라는 칭호를 주장할 수 있는 작품은 이것 하나뿐이다. 그러므로 다른 소설들까지 내 작품이라고 여긴다면 내 공로가 아닌 것을 내게 주는 일이고, 따라서 마땅히 인정받아야 할 사람이 인정받지 못하는 것이다. 이 해명으로 지금까지 저질러진 오류를 바로잡고 더 이상의 과실을 예방하고자 한다.

뉴비는 《와일드펠 홀의 소유주》을 커러 벨의 새 작품이라며 미국의 하퍼 브러더스 출판사에 팔아넘김으로써 '그 이상의 과실'을 범했다. 스미스 앤 엘더 출판사가 샬럿에게 이를 정정해 달라고 부탁하자 그녀는 이 문제를 해결하기로 결심했다. 작가가 한 명이 아니라는 구체적인 증거를 제시해 이 '얼렁뚱땅하는 사기꾼' 뉴비의 '거짓말'을 밝히기로 한 것이다. 샬럿은 당시 뉴질랜드의 웰링턴에 있던 친구 메리 테일러에게 편지를 보내 영국에

갔던 일을 털어놓았다. 메리에게는 일찍부터 소설에 대해 말했고 《제인 에어》도 한 권 보내 준 바 있었다.

스미스 앤 엘더 출판사의 편지를 받은 바로 그날, 앤과 나는 작은 짐을 꾸려서 키틀리로 보냈어. 그리고 차를 마신 다음 집을 나와 폭풍우를 뚫고 역까지 걸어갔고, 리즈에 도착해서는 다시 런던행 밤 기차로 갈아탔어. 스미스 앤 엘더 출판사에 우리가 서로 다른 인물이라는 걸 직접 보여 증명하고 뉴비의 거짓말에 맞서기 위해서였지.

🖎 리즈–맨체스터 철도 노선. 1848년 7월 7일 샬럿과 앤은 T. C. 뉴비의 '거짓말'을 정정하기 위해 바로 이곳에서 극적인 여행길에 올랐다.

아침 8시경, 챕터 커피 하우스에 도착했어. —우리 가족의 추억의 장소야, 폴리(메리의 별명 -옮긴이). 다른 갈 만한 곳을 알지도 못했고. — 우리는 씻고 아침을 조금 먹은 다음, 잠시 앉아 있다가 이상야릇한 흥분감을 느끼며 콘힐 65번가로 향했지. 스미스 씨도 윌리엄스 씨도 우리가 가는 걸 알지 못했고, 우리를 직접 본 적도 없었어. 우리가 남자인지 여자인지도 몰랐고, 편지에서는 항상 우리를 남자처럼 대했거든.

우린 65번가를 찾아갔어. '스트랜드'만큼이나 번화한 거리에 있는 커다란 책 판매상이었지. 우린 안으로 들어가 카운터 앞으로 다가갔어. 엄청나게 많은 청년과 소년들이 여기저기 흩어져 있었어. 나는 처음 가까이 다가온 사람에게 말했지. '스미스 씨를 만나 뵐 수 있을까요?' 그 남자는 조금 놀란 표정으로 우물쭈물하다가 그를 부르러 갔지. 우리는 자리에 앉아 잠시 기다리며 카운터에 있는 책들을 훑어봤어. 이 회사에서 출판된, 우리도 잘 아는 도서들이었어. 대부분은 우리에게도 선물로 보내 주었거든. 한참 후에 누군가가 다가오더니 의심스러운 듯이 물었어. '저를 보러 오셨다고요, 부인?', '스미스 씨 되시나요?' 내가 안경 너머로 젊고 훤칠하고 신사적인 그 남자를 올려다보며 묻자 '그렇습니다'라는 대답이 돌아왔어.

이날의 첫 만남은 조지 스미스에게도 깊은 인상을 남겼다.

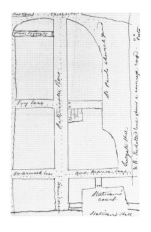

🖋 패트릭 브론테는 1806년에 안수식을 위해
런던에 상경해 세인트폴 대성당 인근
패터노스터 길에 있는 '챕터 커피 하우스'에 묵었다.
그로부터 40년 후, 그의 딸인 샬럿과 앤이 단둘이
런던을 찾았을 때, 그는 상세한 지도를 그려
이곳의 위치를 알려 주었다.

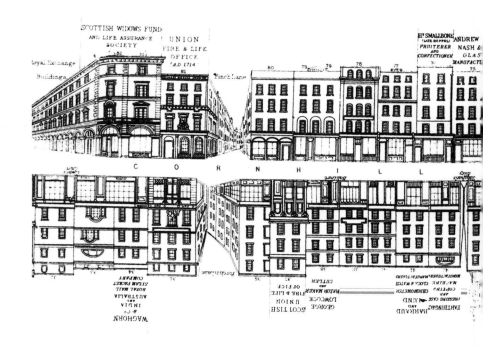

🍃 콘힐가 양편에 늘어선 주택과 상점. 대도시를 찾는
관광객들에게 복잡한 거리를 안내하기 위해 존 탤리스 사에서
발행한 〈런던 거리 지도(1838~1840)〉에서 발췌. 스미스 앤 엘더
출판사를 방문하러 나선 샬럿과 앤은 출판사 건물이 있는
65번가를 찾아갔다.

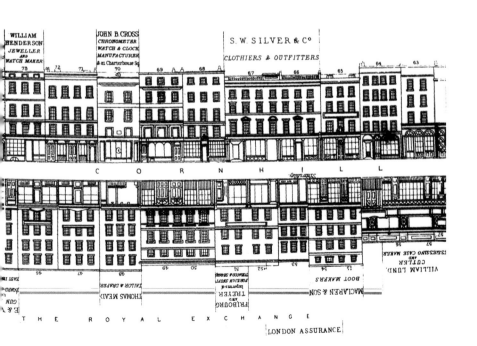

그 토요일 아침에 사무실에서 일하고 있었는데 직원이 들어와서는 숙녀 두 분이 저를 찾아왔다는 겁니다. 바쁘게 일하던 중이라 이름을 물어보라고 내보냈죠. 직원이 돌아와서 숙녀분들이 이름은 가르쳐 주지 않고 개인적인 일로 만나고 싶어 한다는 거예요…… 저는 들여보내라고 했고…… 다소 특이한 옷차림의 아가씨 두 명이 파리한 얼굴로 불안한 표정을 지으며 제 방으로 들어왔죠. 둘 중 한 명이 앞으로 나서며 제 필체로 '커러 벨 귀하'라고 쓰인 편지를 내밀더군요. 편지를 열어 본 흔적이 있길래 제가 조금 날카롭게 물었어요. '그건 어디서 나셨죠?' '우체국에서요'라는 답이 돌아왔어요. '제가 수신인이니까요. 우리가 적어도 두 명 이상이라는 목격 증거를 보여 드리려고 왔어요.'

샬럿은 메리에게 그 후에 일어난 일도 들려주었다.

그리고 **스미스 씨가** 우리에게 자기 집에서 지내라고 했지만 우린 오래 머물 준비가 안 돼 있어서 그것도 거절했어. 우리가 회사를 나설 때, 그는 저녁에 자기 여자 형제들을 우리에게 보내겠다고 했어. 우린 여관으로 돌아왔어. 그 방문으로 흥분했던 탓에 심한 두통과

욕지기가 밀려왔어. 스미스 가문 사람들이 오기로 돼 있는데 저녁이 돼도 나아지질 않아서 강력한 탄산 암모늄의 향을 맡았어. 그러니까 조금 정신이 들긴 했지만 그들이 도착했을 때도 여전히 몸이 괴로웠어. 단아한 젊은 여성 두 명이 야회복을 차려입고 왔더구나. 오페라를 보러 가려고 말이야. 스미스 씨도 예복에 흰 장갑을 끼니까 아주 품위 있고 잘생겨 보이더라. 우리는 오페라 관람이 안배돼 있는 줄은 까맣게 몰랐고, 준비도 안 돼 있었어. 게다가 세련되고 우아한 드레스 같은 건 지금 당장은 물론이고 세상 어디에도 없었어. 하지만 잠시 곰곰이 생각해 보니 거절하지 않는 게 현명할 것 같았어. 그래서 두통은 일단 제쳐 두고 우리가 갖고 있던 평범하지만 고급스러운 시골 옷으로 갈아입었어. 그리고 그들의 마차에 올라타 보니 윌리엄스 씨도 정장을 갖춰 입고 앉아 있더라고. 그 사람들 눈에는 아마 우리가 이상하고 우스꽝스러워 보였을 거야. 나는 거기에 안경까지 쓰고 있었으니까. 스미스 씨와 함께 붉은 카펫이 깔린 오페라 하우스 계단을 오르며 우리 둘이 얼마나 다른 족속으로 보일까 싶어서 속으로 웃음을 지었어. 그리고 눈부신 사람들 속에 섞여 아직 열리지 않은 특별석 문 앞에서 입장을 기다렸지. 그런 상황에선 누구나 그렇겠지만 세련된 신사와 숙녀들이 우리를 무시하듯 고상하고 거만한 시선으로 힐끗거렸어. 하지만 난 머리가 아픈 데다 스스로 광대가 된 걸 의식하면서도 기분 좋게 고양돼 있었어. 앤을 돌아보니 그 애는 언제나처럼 침착하고 온화해 보였어.

공연은 로시니의 오페라 〈세비야의 이발사〉였어. 아주 훌륭했지만 내가 좋아할 만한 다른 작품이 아닌 게 아쉬웠어. 우리는 1시가 넘어서 집에 들어왔단다. 지난밤부터 한 번도 침대에 눕지 않았으니까 24시간 내내 흥분 상태로 있었던 거야. 우리가 얼마나 피곤했을지 상상이 가지?

런던 방문은 즐거웠지만 샬럿은 기진맥진해 있었다.

우린 화요일 아침에 런던을 떠났어. 스미스 씨가 안겨 준 책들을 잔뜩 짊어지고 무사히 집으로 돌아왔지. 집에 와 보니 몰골이 영 말이 아니었어. 집을 떠날 때도 깡말랐지만 돌아와 보니 말라비틀어져 있더라고. 얼굴은 잿빛에다 폭삭 늙었고, 처음 보는 주름들이 깊게 패어 있었어. 눈빛도 어딘가 이상하고 말이야. 나는 기가 쇠했으면

🖋 샬럿(커러)과 에밀리(엘리스), 앤(액턴)이 작가로서 신분을 감추기 위해 사용한 서명. 그들은 — 특히 에밀리는 — 비록 헛된 노력이긴 해도 익명성을 철저히 지키려 했다.

🍂 프레더릭 월터가 그린 로체스터와 제인 에어.
제인 에어(그녀가 돌보던 로체스터 씨의 어린 딸 아델도 함께 그려져 있다)는
그를 처음 만난 후 이렇게 묘사한다. '중간 키에 가슴이 상당히 넓다.
얼굴은 까무잡잡하고 이목구비가 매서우며 눈썹이 짙다.
두 눈과 주름 잡힌 미간은 막 화를 내다가 그친 것처럼 보인다.
청년기는 지났어도 아직 중년은 아니다. 서른다섯쯤 됐을 것 같다.
나는 그가 두렵지는 않지만 조금 수줍었다.'

서도 왠지 모르게 가만히 있지를 못했어. 하지만 시간이 지나자 흥분으로 인한 부작용은 사라지고 다시 정상적인 상태로 되돌아오더구나.

그 후 샬럿은 에밀리의 분노를 마주해야 했다. 샬럿이 하워스에 돌아온 후 윌리엄스에게 보낸 편지에서 정황을 유추해 볼 수 있다.

실례되는 말씀이지만 제게 편지를 주실 땐 여동생들에 대한 말씀은 삼가 주세요. 그러니까 복수형으로 언급하지 않으셨으면 해요. 엘리스 벨은 자신이 필명 이외의 호칭으로 불리는 걸 허락하지 않을 거예요. 제가 귀하와 스미스 씨에게 그의 정체를 밝힌 건 크나큰 실수였어요. 무심결에 나온 말이었어요. '우리는 세 자매예요'라고 생각 없이 내뱉고 말았죠. 그때 실토해 버린 걸 후회하고 있어요. 정말 뼈아프게 후회한답니다. 엘리스 벨의 감정과 의도에 완벽히 반하는 일이었으니까요.

그러나 세 명이 각기 다른 작가라는 것과 이들의 성별은 이미 기정사실화되었다. 브론테 자매들은 이제 널리 인정받는 작가가 되어 가정 교사 일

을 알아보거나 학교를 세울 필요가 없어졌다. 1848년 1월 4일, 샬럿은 윌리엄스의 연하장에 이러한 답신을 보냈다. '윌리엄스 씨도 새해 복 많이 받으시고, 귀하와 가족분들 모두 하시는 일이 번영하고 성공하시길 빌겠습니다.' 그해 한여름 무렵이 되자 샬럿과 에밀리, 앤 브론테의 눈앞에도 번영과 성공, 행복의 길이 펼쳐지는 것만 같았다.

🍃 런던 코번트 가든에 자리한 왕립 오페라 하우스. 샬럿과 앤은 1848년 7월에 스미스 씨에게 초대받아 그의 가족들과 함께 이곳에서 〈세비야의 이발사〉를 감상했다. 엘리자베스 개스켈에 따르면 커러와 액턴 벨(샬럿과 앤 브론테)은 이때 임시로 브라운 양이라는 이름을 썼는데, '이 두 브라운 양과 눈이 마주친 사람들은 그들이 수줍음 많고 내성적인 시골 여자들이라 대화를 나눌 필요도 없다고 여기는 것 같았다.' 그리 놀라울 일도 아닌 것이, 윌리엄스 씨의 회상에 의하면 샬럿은 건축물의 웅장한 장식에 너무나 감명받아서 무의식적으로 그의 팔을 가볍게 잡으며 이렇게 속삭였다. '아시다시피 저는 이런 일에 익숙지 않아서요.'

Part. 6

홀로 남은 샬럿

Charlotte alone

🖋 마커스 스톤이 그린 〈난롯가의 여인〉. 한 예언가는 샬럿에게 그녀가
가족을 떠나보내게 될 것이며, 병마와 고통을 극복해야 한다고 경고했다.
결국 그 예언은 사실이 되고 말았다.

'우리는 죽은 형제를 보이지 않는 곳에 묻었습니다.' 샬럿이 1848년 10월 2일, 출판사에 보낸 편지 내용이다. '지난주의 우울한 소란이 잠잠히 가라앉기 시작했습니다. 우리는 다른 이들이 망자를 애도하듯 그를 추모할 수가 없습니다. 우리의 유일한 남자 형제가 떠나간 것은 우리에게 징벌보다는 자비의 빛에 가깝기 때문입니다. 브랜웰은 어린 시절에 아버지와 누이들의 자랑이자 희망이었지만, 성인이 된 후로는 상황이 달라졌습니다. 우리는 그가 잘못된 길로 가는 것을 지켜봐야만 했죠. 옳은 길로 돌아오길 희망하고 기대하고 기다렸지만…… 결국에는 절망을 맛보아야 했습니다. 그리고 이제, 대단한 성공을 거둘 수도 있었던 생명이 이른 나이에 갑작스레 빛을 잃고 종결되는 걸 보게 되었습니다.

제가 눈물짓는 것은 가족을 여읜 슬픔 때문이 아닙니다. 버팀목이 부러졌다든지 위로를 주던 이가 사라졌다든지 사랑스러운 동반자를 잃어버려서가 아닙니다. 재능의 파멸과 장래성의 붕괴, 밝은 빛으로 타오를 수 있었던 무언가의 쓸쓸하고 때 이른 소멸 때문입니다.'

📎 조지 리치먼드가 그린 샬럿의 초상화.
샬럿의 출판사에서 그녀의 아버지에게 선물한
그림이다. 패트릭은 스미스 씨에게 이렇게 감사
인사를 전했다. '제 눈이 편파적일지 모르겠지만……
《셜리》와 《제인 에어》를 쓴 작가의 천재성이
강하게 드러나는 것 같습니다.' 하지만 사적인
자리에서는 샬럿을 늙어 보이게 그렸다고
불평했다.

오랫동안 '참을 수 없는 정신적 불행과 육체의 병'으로 고통받던 브랜웰은 1842년 5월, 〈핼리팩스 가디언〉에 〈평화로운 죽음과 괴로운 삶에 대하여〉라는 시를 발표했다. 스스로 작성한 슬픈 비문이었다.

왜 행복한 죽음을 슬퍼하는가?
목숨을 잃으면 더는 수고롭지 않고
비탄과 욕망으로 힘겨워할 리 없거늘……
그러니 푹 숙인 고개를 돌려
살아 있는 망자들을 애도하라, 영혼이 부서지고
죽음을 맞기도 전에 생명을 잃은 이들을,
인생의 우울한 하늘 아래 천국을 모르고
어둠을 밝혀 줄 희망이 보이지 않는 이들을,
그들이야말로 영원히 구더기에 먹히며
무덤에서 생생한 죽음과 어둠을 느끼고 있나니.

목사관에는 '대리석같이 차가운 침묵'이 내려앉았다. 샬럿은 스미스 앤 엘더 출판사가 자신들의 시집과 앤의 두 번째 소설을 재출간할 수 있도록 주선했다. 6월에 출간된 앤의 《와일드펠 홀의 소유주》는 엇갈린 평을 받았다. 미국의 한 평론가는 이 책을 '열렬히 환영'한다며 다음과 같이 호평했다.

인간의 마음에 숨어 있는 갖가지 변덕스러운 열정을 대담하고 감동적으로 전개해 나간 소설로, 환상의 대가인 디킨스가 대중의 마음에 심어 주었던 복잡한 거리와 어두운 골목을 더듬어 가는 것보다 훨씬 더 흥미로운 탐험을 선사해 준다.

하지만 또 다른 평론가는 이렇게 비난했다.

벨이라는 성을 쓰는 무리는 전부 다 인간의 본성을 타락한 것으로 보는 듯하다…… 액턴 벨의 경우가 제일 심하다……

이 소설은 두 가지 세계를 다루고 있다. 헬렌 그레이엄이라는 신앙심 강한 소녀가 방탕한 아서 헌팅던과 결혼하는 불편한 이야기가 그중 하나로, 통제되지 않은 욕구와 부유층의 목적 없는 교육 ─ 앤이 가정 교사로 일하던 시절에 익히 보고 들었던 주제 ─ 에 대해 다루고 있다. 소설 속에서 여성은 사회적으로 취약한 위치에 있으며, 사회 전반의 도덕성을 높이려는 그들의 시도는 대체로 실패한다. 앤은 이 책에서 빅토리아 시대의 윤리관이 '타락한 여성'이라고 비난하는 이들에 대한 전통적 관점을 재검토해야 한다고 주장하며, 여성의 성적 ─ 그리고 법적 ─ 평등을 요구했다. '저속하다', '폭력적이다', '방탕한 장면이 병적으로 난무한다'는 평단의 비판에도 이 소설은 문제작으로 알려지며 대여 도서관에서 어마어마한 인기를 끌었고,《제인 에어》다음으로 높은 판매고를 올렸다.

하지만 10월 말이 되자 샬럿은 두 여동생의 건강을 심각하게 걱정해야 했다. 훗날 그녀는 이런 기록을 남겼다.

먼저 내 동생 에밀리의 병세가 악화되었다…… 그 애는 급속도로 무너져 내렸다. 그리고 서둘러 우리 곁을 떠나갔다. 하지만 육체가 쇠하는 가운데서도 정신은 이전에 우리가 알던 것보다 더욱 강해졌다. 에밀리가 하루하루 고통과 마주하는 걸 지켜보면서 나는 그 애를 향한 사랑과 경이감으로 괴로웠다. 그런 모습은 일찍이 본 적이 없었다. 물론 나는 그 애에게 필적할 만한 사람은 어디서도 보지 못했다. 에밀리는 남자보다 강하고 어린아이보다 천진했으며, 늘 홀로 있는 걸 즐겼다.

🍃 E. M. 윔페리스가 그린 《와일드펠 홀의 소유주》의 삽화.
이 책이 출간된 1848년에 앤은 스물여덟 살이었다. 〈애서니엄〉 지가
'지난 한 달간 읽은 소설 중 가장 흥미롭다'고 평했지만, 수많은
평론가로부터 저속하다는 비난이 쏟아졌다. 샬럿마저도 이 부분을
비판했다. 앤은 2판의 서문에서 이 소설을 강력히 변호하면서도
세간의 반응을 크게 놀라워하지는 않았다. 그리고 그해 4월,
〈좁은 길〉이라는 시를 통해 이렇게 밝혔다. '오르막길이 순탄하다는 /
남들의 말을 믿지 말라 / 그 길에서 비틀거리지 말 것이며 /
진실 앞에 약해지지 말지어다.'

에밀리는 1848년 12월 22일, 어머니와 오빠를 따라 하워스 교회의 납골당에 묻혔다. 폐결핵으로 사망할 당시 그녀는 참혹할 만큼 말라 있었다. 그녀의 관을 제작한 하워스의 목수 윌리엄 우드가 측정한 바에 따르면, 관의 길이가 170cm인데 폭은 43cm밖에 되지 않았다. 그가 여태 만든 것 중에 가장 좁은 관이었다.

에밀리의 장례식을 치르고 며칠이 지난 크리스마스이브에 샬럿은 '이 세상에서 나와 가장 가까웠던 사람'인 동생을 위해 다음과 같은 애도의 시를 써 내려갔다.

> 내 사랑 그대는 결코 모르겠지
> 우리가 그대로 인해 겪은
> 뼈를 깎는 듯한 비통함을,
> 그리하여 깊은 절망 속에서도
> 황폐한 고통 속에서도
> 위안의 눈물을 흘린다는 것을.

In MEMORY
OF
EMILY JANE BRONTE,
WHO DIED
DECEMBER XIX, MDCCCXLVIII,
AGED TWENTY-NINE YEARS.

Joseph Fox, Confectioner.

🍃 에밀리 브론테를 추도하는 서장. 그녀는 생전에 이런 시를 남겼다. '그래, 내 짧은 나날이 목적지에 가까워질 때 / 내가 원하는 건 그것뿐— / 생과 사에 구속되지 않는 영혼으로 / 용감하게 버티리라!'

패트릭 브론테는 불과 4개월 사이에 두 명의 자녀를 잃었다. 브랜웰은 서른하나, 에밀리는 서른 살이었다. 하지만 비극은 여기서 멈추지 않았다. 샬럿이 로헤드 학교의 옛 스승 울러 양에게 보낸 편지를 보자.

에밀리가 우리 가운데서 떨어져 나가는 것을 보며 우린 마음속으로 그녀를 강렬하게 붙잡았어요…… 그 애를 묻자마자 이번에는 앤의 건강이 나빠졌어요. 폐결핵이 그 애를 또 다른 희생자로 삼았다는 걸 알게 되었고, 살아날 가망이 없다는 이야기를 들었죠.

단짝 친구이자 곤달의 공동 건설자이며 함께 일기 소식지를 만들던 동반자를 잃은 앤은 이제 자신의 죽음을 목전에 두게 되었다. 그녀는 엘런 너시에게 이런 편지를 보냈다. '의사들이 공기를 바꿔 보거나 날씨가 좋은 지역에서 요양하면 폐결핵은 거의 다 낫는대.' 그리하여 1849년 5월 24일, 샬럿과 엘런은 앤에게 바닷바람을 쐬어 주기 위해 스카버러에 데려갔다. 하지만 앤의 병세는 이미 회복이 불가능했다. 샬럿은 이제 절친한 벗이 된 윌리엄 스미스 윌리엄스에게 다음과 같은 편지를 보냈다.

제 사랑하는 여동생 앤의 사망 소식은 이미 들으셨겠죠…… 앤의

조용하고 기독교인다운 죽음은 에밀리의 고집스럽고 단순하며 남에게 숨기려 했던 최후처럼 제 마음을 찢어 놓지는 않았답니다. 저는 앤을 하나님께 보내 드렸습니다. 그분에게 앤을 데려갈 권리가 있는 것 같았어요. 에밀리를 떠나보낼 땐 그렇게 힘이 들었는데 말이에요. 그때는 그 애를 붙잡고 싶었고 지금도 그 애가 돌아왔으면 좋겠어요…… 두 아이 모두 가 버렸고, 가엾은 브랜웰도 없으니 이제 아빠에겐 저만 남았어요. 여섯 아이 중에 가장 약하고 왜소하고 재능도 제일 부족한 저만요. 폐결핵이 다섯 명을 모조리 데려갔어요…… 삶이 왜 이리 짧고 덧없고 가혹한지 모르겠어요.

앤은 스물아홉의 나이에 생을 마감했다. 샬럿은 이렇게 기록했다. '일 년 전에 한 예언가가 1849년 6월까지 잘 버텨야 한다고 경고했다. 가족을 떠나보내게 될 거라며, 가을과 겨울, 이듬해 봄까지 병마와 고통을 극복해야 한다고 예언했다. 하지만 그땐 몰랐다. 이건 견뎌 낼 수 있는 일이 아니라는 것을. 이제 모든 게 끝났다. 브랜웰, 에밀리, 앤이 꿈처럼 사라졌다. 20년 전에 마리아와 엘리자베스 언니가 그랬듯이. 나는 그들이 차례로 내 품에서 잠드는 걸 지켜보고, 그들의 흐려진 눈을 감겨 주었다. 그들이 차례로 묻히는 것도 지켜보았다. 그리고 지금까지 하나님께서 나를 붙들어 주셨다. 가슴 깊이 그분께 감사드린다.'

샬럿은 '아빠에게 앤의 귀환과 세 번째 장례식을 치르는 고통을 덜어 드리기 위해 그 애를 여기 스카버러에 묻었다'고 말했다. 그녀는 6월 말에 하워스로 돌아왔다. 당시 윌리엄스 씨에게 보낸 편지를 보자.

🖌 〈풍자〉. 브랜웰의 작품으로, 그림 속에서 죽음이 그에게 싸움을 걸고 있다. 원경에는 하워스 교회가 보인다. 이 대결에서 진 브랜웰은 1848년 9월 24일, 아버지의 교회지기이자 자신의 벗인 존 브라운에게 이렇게 외쳤다. '나는 살면서 위대하거나 선량한 일은 아무것도 해 놓지 않았어. 오, 존. 난 죽네!' 그러나 러덴던풋 시절의 친구인 프랜시스 그런디는 그를 높이 평가하는 비문을 남겼다. '가난하고 총명하고 쾌활하고 침울하고 의기소침하고 과하게 흥분하고 불행했던 브랜웰. 그대의 분투를 역사는 기록하지 않겠지. 수많은 훌륭한 자질 —그대의 지성과 재치와 매력, 그리고 흥분에 대한 열망— 은 그대를 **좋은 친구**로 만들어 준 대신 너무 이른 시기에 무덤으로 이끌었네.'

저는 지난 목요일에 돌아와서 다시 집에 있습니다. 여전히 이곳을 집이라고 부릅니다. 런던에 지진이 나서 거리가 전부 무너져 내린다 해도 그곳이 여전히 런던인 것과 마찬가지겠죠. 하지만 배은망덕하게 굴지는 않겠습니다. 하워스 목사관은 여전히 저의 보금자리이며, 망가지거나 황폐해진 집도 아닙니다. 아빠가 계시고, 두 명의 다정하고 충성스러운 하녀가 있고, 충직하고 애정이 넘치는 늙은 개도 두 마리 있습니다.

어린 시절에 동생들과 함께 상상력으로 '그들이 사는 세상'을 '지어내'며 '그들이 없는' 불만족스러운 세상의 현실을 견뎌 냈듯이, 샬럿은 강렬한 외로움을 이겨 내기 위해 소설 집필을 재개했다. 1849년 10월, 두 번째 저작 《셜리》가 발간되었다. 《제인 에어》의 놀라운 성공 이후 차기작을 기다리는 사람들이 많았던 데다 가장 힘든 시기에 쓴 소설이라 샬럿은 걱정이 앞섰다. '내 글을 읽어 줄 **엘리스 벨**이 더 이상 살아 있지 않은데 글을 쓴다는 것이 헛된 시도로 느껴졌다.' 그러나 샬럿은 글쓰기에 치유의 힘이 있다는 걸 인정하지 않을 수 없었다.

결과가 어떻게 나오든 글쓰기에 전념하는 건 내게 도움이 되었다.

글은 어둡고 쓸쓸한 현실에서 행복한 비현실의 공간으로 나를 이끌었다…… 침몰하고 있는 나를 상상력이 끌어올려 주었다…… 내게 이런 재능을 주신 하나님께 감사드린다.

그녀는 이러한 믿음을 여성에게 부과되는 숨 막히는 의무와 연결 지어 《셜리》에서 가장 인상적인 장면을 만들어 냈다. 로즈 요크가 두 명의 여주인공 중 한 명인 캐럴라인 헬스톤에게 하나님이 주신 능력을 사용하지 않고 '네 삶을 공허하게 내버려 두는 건 죄'라고 말하는 부분이다.

《셜리》 중에서

'주인이 내게 10달란트를 주셨다면 내 의무는 그것으로 장사를 해서 10달란트 이상으로 만드는 거야. 먼지 쌓인 서랍에 동전을 묵혀 두는 게 아니라. 나라면 이걸 깨진 찻주전자에 넣어 두거나 도자기 찬장 안에 다기들과 함께 간직하진 않겠어. 작업대 위에 올려놔서 모직 스타킹 더미에 깔리게 하진 않을 거야. 리넨 보관함에 처박아서 천 더미에 덮여 있게 하지도 않아. 그리고 무엇보다…… 차가운 감자 항아리에 숨겨서 식료품실의 선반에 빵과 버터, 페이스트리, 햄과 나란히 늘어놓는 일은 더더욱 없을 거야.'

《설리》의 소설 제목과 이름이 같은 주인공 셜리는 특징과 환경 면에서 에밀리와 유사하다. '에밀리 브론테가 건강하고 일이 잘 풀렸다면 어떤 모습이었을지'를 보여 주는 것 같다. 유년 시절에 함께 지어낸 상상 속의 자신 '탈리'가 동생인 에밀리의 일부분과 자신의 삶을 소설 속에서 부활시킨 것이다. 또한 《제인 에어》가 '저속하다'고 비난받았던 것에 반박하기 위해 이 책은 의도적으로 '월요일 아침만큼이나 낭만적이지 않은' 소설로 만들었다. 내용 면에서는 여성 캐릭터들과 방적 공장의 노동자들을 비슷한 억압의 대상으로 연관시켰고, 노동과 산업이라는 남성적 영역과 자연과 감정이라는 여성적 영역 사이의 대립을 탐구했다. 헬스톤 씨가 조카인 캐럴라인에게 하는 말에서 그러한 긴장 관계를 들여다볼 수 있다.

《셜리》 중에서

'여자들이 분별력이 있으면 ―그리고 무엇보다 지성이 있으면 ― 나도 서로 잘 지내 볼 수 있어. 하지만 그 모호하고 결벽적인 감각과 미주알고주알 펼쳐 내는 생각들은 도저히 못 참겠어. 여자가 먹을 것과 입을 것을 달라고 하면…… 최소한 뭘 요구하는 건지 이해는 할 수 있지. 그런데 자기들도 모르는 공감이네 감정이네 하는, 밑도 끝도 없는 추상적인 걸 갈망하면, 난 들어줄 수가 없어.'

샬럿은 이처럼 감정이 부정당하는 일과 1811~1812년 겨울에 직공들이 기계 파괴범인 일명 러다이트가 된 절박한 상황에서 유사점을 찾아냈다. 패트릭 브론테가 하츠헤드 시절에 카트라이트 방적 공장이 공격받은 일화를 이야기해 주며 종종 언급했던 사건이었다.

여성들에게 부과된 역할은 '사물의 뒤틀린 제도'를 만들어 그들의 지적 능력과 일치하지 않고 때로는 —브론테 자매들의 경우는 특히— 그들의 경제적 필요도 채워 주지 못하는 이상적인 여성상을 영속시키고 있었다. 자신의 감정과 정력을 적절히 분출할 데가 없는 중산층 미혼 여성은 사회에 설 자리가 없어 억압받을 수밖에 없는 운명이었다. 그들은 '아무런 질문도, 항변도 하지 못하고…… (전갈과 같은 운명을 받아들여) 감정을 표출하지 않고 자신의 재능을 손에 꼭 쥔 채 침으로 자기 손바닥을 찔러야 했다.' 그들의 유일한 희망은 결혼해서 남편을 섬기거나 가정 교사로 일하는 것이었다. 또한 이러한 제도는 노동자들이 정치, 사회, 경제 세력에 의한 피해자이

🖋 일명 '러다이트' 단원들을 그린 풍자화. 노팅엄셔의 직공인 일명 '러드 장군'이 섬유 산업의 기계화에 반대해 기계 파괴 운동을 이끌었다고 알려져 있다. 이 운동은 요크셔의 다른 모직 공장들로 퍼져 나갔고, 패트릭 브론테가 1811~1812년 겨울에 부목사로 있었던 하츠헤드 주변에서도 폭동이 일어났다.

🖋 할로우 직물 공장. E. M. 윔페리스가 그린 《셜리》의 삽화. 샬럿은 아버지에게 나폴레옹 전쟁 중이던 1811~1812년에 일어난 폭동에 대해 들었다. 샬럿은 하츠헤드 인근의 로폴드 방적 공장에서 일어난 러다이트 운동을 참고해 로폴드의 할로우 방적 공장을 창조했다. '궁핍은 증오를 불러일으킨다. 이 피해자들은 기계가 자신들의 빵을 앗아 간다고 믿으며 기계를 증오했다. 그런 기계들이 들어찬 건물을 증오했다. 그런 건물을 소유한 공장주들을 증오했다.'

며 정당한 보상을 받지 못한다는 불만을 인정하지 않았다.

이 책의 표지에는 《셜리: 커러 벨의 소설, 제인 에어의 작가》라는 전설적인 제목이 붙었다. 샬럿은 여전히 자신의 정체를 감추고 싶어 했지만 아무런 소용이 없었다. 4개월 후, 그녀는 엘런에게 다음과 같은 편지를 보냈다.

✉

마사(목사관의 하녀)가 어제 잔뜩 흥분해서 숨을 헐떡이며 들어왔어. 그러더니 '저 소식 들었어요' 하는 거야. '무슨 소식?', '다 아시면서. 그동안 책을 두 권이나 쓰셨잖아요. 그것도 여태까지 나온 책 중에 가장 훌륭한 책을요. 우리 아버지가 핼리팩스에서 들으셨대요. 조지 테일러 씨랑 그린우드 씨랑 브래드퍼드의 머렐 씨도요. 그분들은 공업 기술 교육원에서 만나 그 책들의 주문을 넣을 거예요.', '마사, 조용히 하고 그만 가 봐.' 나는 식은땀이 흘렀어. 존 브라운, 테일러 부인, 베티가 《제인 에어》를 읽게 될 거라니. 주여, 저를 도와주시고, 지켜 주시고, 구해 주시옵소서!

샬럿의 명성은 그녀를 '그들이 없는 세상'으로 이끌기 시작했는데, 이번에는 멸시받는 가정 교사가 아니라 존경받는 작가로서였다. 그녀의 책은 '현명한 사람들의 사회로 가는 통행증'이자 런던으로 가는 차표임이 증명되었다. 몇 주 후, 샬럿은 엘런에게 이런 편지를 보냈다.

지난 목요일에 이 거대한 바빌론에 왔어. 그때부터 일종의 소용돌이 안에 있는 것 같아. 남들에게는 별것 아닐 변화와 상황과 자극이 내게는 너무 크게 느껴지니까.

샬럿은 런던을 총 다섯 차례 방문해 당대 가장 유명한 작가들을 만났다. 그녀는 이와 같은 런던행을 즐겼지만 수줍은 성격과 허약한 체질 때문에 큰 부담이기도 했다.

런던에서의 일정은 주로 출판사에서 짜 주었다. 이따금 양고기와 녹차로만 끼니를 때우며 36시간 내내 일하는 것으로 유명한 윌리엄스 씨는 내향적인 작가를 시내 곳곳으로 데리고 다니며 구경시켜 주었다. 여러 차례 런던을 방문하는 동안 샬럿은 국립 미술관에서 조지프 말러드 윌리엄 터너의 수채화 전시를 감상했고('그처럼 황홀한 경험은 처음이었어요'라고 울러 양에게 소감을 전했다), 새로운 국회의사당을 구경했으며, 코번트 가든에서 로시니의 〈세비야의 이발사〉를, 극장에서 〈맥베스〉와 〈오셀로〉 연극을 관람했다. 또한 프랑스 최고의 비극 배우 라셸 펠릭스가 공연하는 오페라 〈아드리아나 르쿠브뢰르〉와 〈레투아 호라티우스〉를 보고 —비록 1851년 여름에 세인트제임스 극장에서 공연한 그녀의 대표적인 작품 〈페드르〉는 아니었지만 —수준 높은 연기에 깊은 감명을 받았다. 그뿐 아니라 왕립미술관의 여름 전시회에도 갔으며, 하이드 공원의 만국박람회에 세워진 조셉 팩스턴의 수정궁은 다섯 번이나 찾았고, '프레이저 양'이라는 가명으로 골상학자(두개

골의 형태를 바탕으로 개인의 성격과 운명을 판단한 유사 과학을 연구하는 사람 - 옮긴이)를 만나 보기도 했다.

하지만 런던에서 관광만 다닌 것은 아니었다. 그녀는 평생 마주친 것보다 훨씬 더 많은 사람을 만났다. 그중 한 명이 《제인 에어》에 열광한 새커리였다. 샬럿은 그에게 이 책의 2판을 헌정했다. 이는 의도치 않은 실례였는데, 유감스럽게 새커리도 로체스터처럼 아내가 정신병을 앓고 있었기 때문이다. 새커리는 수줍은 많은 시골 사람인 '브론테 양'을 다소 아랫사람처럼 여겼다.

🍃 1851년 5월, 하이드 공원에서 만국박람회가 개막되었다. 조셉 팩스턴이 설계한 유리로 된 건물이 주 전시관이었다. 이곳을 방문한 샬럿은 아버지에게 소감을 적어 보냈다. '어제 수정궁에 다녀왔어요. 외관이 기이하고 우아하지만 다소 비현실적인 느낌이었어요. 내부는 거대한 **허영의 시장** 같았어요. 화려한 색채가 사방에서 빛났죠. 다이아몬드부터 다축 방적기, 인쇄기까지 온갖 상품이 다 모여 있었어요. 무척이나 세련되고 호화롭고 활기차고 다양했지만 저는 새커리의 강연이 더 좋았어요.'

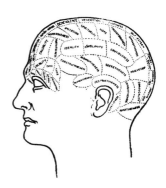

🖋 1851년 6월, 샬럿은 '프레이저 양'이라는 가명으로
골상학자를 만났다. 그는 샬럿에 대해 다음과 같은 판단을
내놓았다. '신경질적인 기질이 강함. 지적 발달의 측면에서
이 두개골은 매우 주목할 만함. 이 숙녀는 훌륭한
언어 기관을 갖고 있으며, 훈련을 통해 재능을
뒷받침하고 자신의 감정을 정확하게 표현한다면
상당히 유창한 언어를 구사할 수 있음.'

🖋 샬럿은 아버지에게 이렇게 전했다.
'동물학회의 사무국장이…… 제게 이 정원의 입장권을
보내 줬는데, 아빠도 같이 봤으면 좋았겠다고 생각했어요.
세계 각지에서 데려온 동물들이 커다란 우리에 들어
있었거든요. 사자, 호랑이, 코끼리, 수많은 원숭이……
현존하는 모든 종류의 뱀과 도마뱀이 우리 안에 있고,
실론섬에서 온 두꺼비는 몸집이 거의 플로시만 한 데다,
불도그만큼 커다랗고 사나운 외래종 쥐들도 있었어요.'

바들바들 떨던 작은 몸과 작은 손, 진솔해 보이던 커다란 눈이 기억
난다. 성급한 솔직함이 그녀를 특징 짓는 것 같았다…… 작고 근엄
한 잔 다르크가 우리 앞으로 당당하게 걸어와 우리의 안락한 삶과
안일한 도덕관념을 꾸짖어 주는 느낌이었다. 그녀는 매우 순수하
고 고결하고 고매한 사람이라는 인상을 주었다.

샬럿은 작가이자 정치경제학자인 해리엇 마티노를 몹시 만나고 싶어서
'커러 벨'이라는 이름으로 만남을 청하는 쪽지를 보냈다. 위풍당당한 마티
노 양은 샬럿을 이렇게 회상했다.

🪶 해리엇 마티노. 조지 리치먼드의 작품(1849).
샬럿은 1850년에 이렇게 기록했다. '나는 그녀를
존경하고, 말로 다 할 수 없을 만큼 경탄하고
있다. 그녀가 노동과 운동과 쾌활한 사교 활동에
발휘하는 힘은 내 이해의 범위를 넘어선다.
게다가 어마어마한 지적 활동을 하면서도 건강을
유지하고 있다…… 그녀가 볼 때 나는
더할 나위 없이 시시한 사람일 것이다.'

그녀는 내가 본 중 가장 작은 생명체였고(박람회에서 본 것들을 제외하면), 두 눈은 강렬한 빛을 발하는 듯했다…… 내 옆에 앉아 내게 —한없이 사랑스럽고 더없이 매력적인— 눈길을 던졌는데, 그녀가 입은 짙은 색 상복에 형제자매 중 유일하게 살아남은 사람이라는 사실이 더해지자 나는 간신히 미소로 화답하며 평정심을 유지할 수 있었다.

사실 해리엇 마티노와 샬럿 브론테는 공통점이 거의 없었다. 해리엇은 고학력자에 여행 경험이 많고 인맥도 넓은 데다, 자신감이 넘치고 신앙심이 없으며 정치 관련 소논문을 발행하는 여성이었다. 다소 의외이긴 하지만 두 사람은 친구가 되었고, 샬럿은 레이크디스트릭트의 앰블사이드에 있는 해리엇의 별장에 놀러 가기도 했다. 그러나 이들의 신기한 우정은 급작스럽게 끝이 났다. 해리엇이 1853년에 출간된 샬럿의 마지막 책《빌레트》를 두고 사랑이 인생의 전부인 여성을 묘사했다고 혹평했기 때문이다. 샬럿은 자신의 소설을 오해한 해리엇에게 깊은 배신감을 느꼈고 두 번 다시 그녀를 만나지 않았다.

1850년, 교육개혁가 제임스 케이 셔틀워스 경의 레이크디스트릭트 별장에서 샬럿은 평생 두터운 우정을 나누게 될 한 사람을 만났다. 이 여인이 샬럿과 친밀하게 지낸 덕분에 후대인들은 샬럿의 생애에 대해 자세히 알게 되었다. 바로 소설가 엘리자베스 개스켈이다. 훗날 샬럿의 전기를 쓰게 된 개스켈은 '소중한 친구이자 고귀한 여인, 샬럿에 대한 자신의 기억을 모두 쏟아붓기로' 결심했다.

다행히 내가 도착한 다음 날 개스켈 부인(《메리 바턴》의 작가)이 브라이어리에 왔어. 그녀와 함께 지내게 되어 진심으로 기뻤어. 그녀는 진정한 재능의 소유자로, 명랑하고 유쾌하고 다정하며, 친절하고 선량한 사람 같아.

🖋 소설가 엘리자베스 개스켈. 조지 리치먼드의 작품(1851). 1850년에 개스켈을 처음 만난 샬럿은 그녀를 '훌륭한 자질을 많이 지닌 여성'이며, '전반적으로 매력적이라고 형용할 수 있다'고 평했다.

개스켈은 샬럿을 따스하게 대했다. 커러 벨의 첫 소설인 《제인 에어》가 출간됐을 때부터 그녀의 글을 관심 있게 보아 왔기 때문이었다. 두 사람 사이에는 금세 우정이 싹텄다. 그때부터 빈번히 서신이 오갔고, 샬럿은 1851년 6월 말, 런던에서 집에 돌아가기로 돼 있던 계획을 취소하고 플리머스 그로브에 있는 개스켈의 저택에서 이틀을 머물렀다. '맨체스터의 매연에서 멀찍이 벗어나 있는, 거대하고 명랑하고 활기찬 집'이었다. 샬럿은 개스켈 가족의 단란한 모습에 크게 매료되었고, 개스켈의 어린 두 딸 플로시와 줄리아에게 정이 듬뿍 들어 아래와 같은 편지를 보내기도 했다.

🖐 '1851년 6월, 런던에서 집으로 돌아오는 길에 개스켈 부인의 댁에 들르느라 귀가가 늦어졌다. 이틀밖에 머물지 않았지만 그들과 함께하는 건 매우 즐거웠다. 그녀는 맨체스터의 매연에서 멀찍이 벗어나 있는, 거대하고 명랑하고 활기찬 집에 살았다. 집 둘레에 정원이 있고 날이 더워서 창문을 늘 열어 두기 때문에 나뭇잎이 바스락거리는 소리와 향긋한 꽃 내음이 항시 집 안으로 파고들어 왔다…… 하워스 목사관과는 정반대다.'

🦪 윈더미어 호수. 해리엇 마티노의《영국 호수 편람(1859)》에 들어간 삽화. 샬럿이 1850년에 방문한
해리엇의 별장이 이 근처인 앰블사이드에 있었다. '집의 내외부가 모두 쾌적하다.
손님들은 이곳에서 완벽한 자유를 누린다. 자신이 주장하는 자유를 남들에게도 허락하는 것이다.
나는 일어나고 싶을 때 일어나 혼자서 아침을 먹는다(그녀는 5시에 일어나 찬물로 목욕하고 별빛 아래
산책한 다음, 아침 식사를 마치고 7시부터 일을 시작한다).'

사랑스러운 동시에 무시무시한 작은 줄리아에게 가벼운 입맞춤을 전해 주시겠어요? 그 아이는 처음 본 순간부터 제 심장의 조그마한 파편을 몰래 빼앗아 갔답니다.

1853년 9월에는 오래전부터 약속했던 대로 개스켈이 샬럿의 동네인 하워스를 방문했다. 이보다 더 상반되는 장소는 또 없을 터였다. 개스켈은 목사관을 아래와 같이 묘사했다.

모든 생활이 시간에 맞춰 이루어진다. 집에 찾아오는 사람은 아무도 없다. 아늑한 평화가 깨지는 일은 없다. 사람의 목소리도 웬만해선 들리지 않는다. 부엌 시계가 똑딱거리는 소리, 파리가 거실에서 윙윙거리는 소리를 집 안 어디서든 들을 수 있을 정도다. 브론테 양은 홀로 거실에 앉아 있다가 9시가 되면 아버지의 서재에서 그와 함께 아침 식사를 한다. 그녀는 집안일도 거든다. 태비라는 하녀는 아흔 살이 다 되었고 또 다른 하녀는 아직 어리기 때문이다. 그런 다음 나는 그녀를 따라 드넓은 황야를 산책한다…… 오! 온 세상 위에 펼쳐진 저 높다랗고 거칠고 황량한 황야, 그 적막의 왕국……! 우리는 보통 차를 마시기 전인 6시에 한 번 더 산책을 나간다. 8시 반에 기도를 하고, 9시가 되기 전에 우리를 제외한 모든 사람이 침실에 든다. 우리는 10시까지, 혹은 그 이후까지도 함께 깨어 있다. 내가 방에 들어간 후에도 브론테 양이 계단을 오르내리고 다시 방으로 내려오는 소리가 한 시간 넘게 들려온다.

브랜웰과 에밀리, 앤을 떠나보내고 혼자서 괴로운 나날을 보내던 샬럿은 이따금 넓은 세상으로 나가 즐거움을 맛보았지만, 그러고 나면 진이 빠지고 심신이 약해졌다. 어딜 가나 동생들, 특히 에밀리와의 추억이 그녀를 따라다녔다. 세 자매가 함께 거닐던 장소를 혼자 걷는 일은 견딜 수 없을 만큼 고통스러웠다.

나는 얼마든지 황야를 누빌 수 있지만, 홀로 그곳에 나가면 어디로 시선을 던져도 다른 아이들과 함께하던 시절이 떠오른다. 그러면 황야가 망망하고 단조롭고 서글프고 애처로워 보인다. 내 동생 에밀리는 특히 이곳을 좋아했기 때문에, 야생화 무더기를 봐도, 고사리 가지를 봐도, 어린 빌베리 잎을 봐도, 푸드덕 날개 치는 종달새나 방울새를 봐도 그 애가 떠오른다. 앤은 아득한 경치를 내다보는 걸 즐겼기에 산 주변의 푸른 음영에서도, 옅은 안개에서도, 지평선의 굴곡과 그림자에서도 그 애가 보인다. 고요한 산골에서는 자연의 시가 구와 절이 되어 내 마음속으로 다가온다. 한때 나는 그것을

사랑했다. 하지만 이젠 감히 그것을 읽지 못하고, 자꾸만 망각의 물약을 마셔 전부 잊어버리길 바라게 된다……

이 시기에 샬럿은 두 가지 집필 작업을 진행하고 있었는데, 좀처럼 완성하지 못하고 힘겨워했다. 1850년에 스미스 앤 엘더 출판사로부터 브론테자매의 시집을 재출간하자고 제안받은 샬럿은 '이 지극히 고통스럽고 우울한 일'에 착수했다. 그녀는 동생들의 명예를 지키기 위해 출판되지 않은 동생들의 작품 중 최종판에 넣을 만한 유작이 있는지 분명히 밝히지 않았다. '동생들이 출판에 반대할 만한 글은 한 줄도 싣지 않겠어요.' 그리고 에밀리의 시를 극히 일부만 내놓으며 이렇게 인정했다. '엄청나게 많은 원고 뭉

🖋 샬럿 브론테의 《빌레트》 자필 원고 첫 페이지.
그녀는 이 책이 쉽게 써지지 않아 고생했다.
오래 기다려 준 출판사에 마침내 원고를 송부하고
난 후, 샬럿은 엘런에게 이런 편지를 보냈다.
'오랫동안 끌어 온 일을 토요일에 마무리하고
소포 꾸러미를 콘힐로 보냈다는 소식을 너에게
전할 수 있어서 진심으로 감사할 따름이야.
마침내 완성했을 때 나는 기도를 드렸어.
잘 썼는지 아닌지는 나도 모르겠어.'

🍂《빌레트》에 삽화로 들어간 기숙 학교의 정원. '빌레트'는 브뤼셀을 이름만 바꾼 도시이며, 루시 스노우가 베크 부인의 여자 기숙 학교에서 겪는 일은 샬럿이 브뤼셀의 에제 기숙 학교에서 보낸 18개월을 바탕으로 하고 있다. 학교의 정원은 샬럿에게 그랬던 것처럼 루시 스노우에게도 중요한 장소다. '여름날 아침이면 나는 일찍 일어나 기숙사 뒤편의 정원을 홀로 만끽했다. 여름날의 저녁이면 혼자서 서성이거나, 떠오르는 달과 밀회를 하거나, 저녁 바람의 키스를 맛보았고, 촉촉이 내려앉는 이슬을 느낀다기보다 마음속으로 상상했다.'

치의 여기저기서 시를 조금씩만 추려 냈어요. 전체가 하나의 작은 꽃다발을 이루긴 해도 그 꽃들의 색과 향기는 축제에 적합하지 않았거든요.'

또한 샬럿은 앤의 두 번째 소설에 등장하는 방탕한 아서 헌팅던이 브랜웰을 그대로 묘사했다고 확신하며 소설의 재판(再版)을 내는 일을 반대했다. '와일드펠 홀을 보존하는 건 그다지 바람직하지 않은 것 같습니다.' 윌리엄스 씨에게 보낸 샬럿의 편지에는 이렇게 쓰여 있었다. 출판사는 샬럿의 심정을 존중하여 그녀의 사후에야 이 소설을 다시 출간했다. 대신 그녀는 《폭풍의 언덕》과 《아그네스 그레이》의 새 판본에 들어간 서문에서 두 여동생에게 찬사를 보냈다.

《폭풍의 언덕》과 《아그네스 그레이》에 쓴 샬럿의 서문

겉에서 볼 때 그들은 눈에 띄지 않는 여인들이었다. 완벽하게 격리된 삶을 살며 내향적인 태도와 습관이 몸에 뱄기 때문이다. 에밀리는 활기참과 수수함이라는 극과 극을 동시에 지니고 있었다. 소박한 정신과 꾸밈없는 안목, 허세를 모르는 외모 속에 숨겨진 은밀한 힘과 정열이 그녀의 머리에 지식을 채우고 그녀의 정맥에서 영웅이 타오르게 했다. 하지만 그녀는 세속적인 지혜는 갖고 있지 않았다. 그녀의 능력은 삶의 실용적인 용무에 적합하지 않았…… 그녀와 세상 사이에는 언제나 통역사가 서 있어야 했다…… 앤은 좀 더 온화하고 차분한 성격이었다…… 하지만 조용한 미덕을 타고났다…… 에밀리도 앤도 많이 배우지는 못했다. 다른 사람들처럼 끝없이 솟아나는 샘에서 어떤 사상을 길어 올리진 못했다. 그들은 언제나 자연스러운 충동과 직관의 명령으로 글을 썼고, 제한된 경험 안에서 관찰한 바를 축적하여 그 창고에서 글감을 가져왔다…… 평생 가까이서 그들과 친밀히 지낸 사람들에게 그들은 정말로 친절하고 참으로 훌륭한 존재였다.

그러나 정작 자신의 다음 소설은 난항을 겪고 있었다. 함께 글을 쓰던 동생들과의 토론 없이 오로지 혼자서 작업한 첫 번째 책이었던 데다 개인적으로 고통스러웠던 주제를 다뤄야 했다. 브뤼셀에서 돌아온 지 10년 만에 그녀는 과거의 도시를 빌레트라는 이름으로 재창조하며 힘겨웠던 에제 씨와의 관계를 바탕으로 프랑스어 교사인 폴 에마뉘엘을 탄생시켰다.

오랫동안 인내심을 발휘해 준 출판사는 이제 희망을 잃어 가고 있었다. 왜소하고 수줍음 많고 신경과민인 브론테 양이 기대만큼 두각을 드러내지 못하고 있었다. 그녀는 문단의 거장이 되거나 새커리나 디킨스처럼 다작을 남기지도 못할 것이며, 친구인 개스켈만큼도 성장하지 못할 것이 분명했다. 윌키 콜린스가 유명 작가들에게 조언한 것처럼 '그들을 웃게 하고, 기다리게 하고, 울게 하'지 못할 터였다. 샬럿은 병환과 우울증으로 중간중간 집필을 멈추며 고통스럽게 글을 써 나가고 있었다. 윌리엄스 씨가 신작의 출판 일을 발표하자고 제안해 오자 그녀는 날카롭게 쏘아붙였다.

귀하가 언급하신 날짜에 책이 완성될 가능성은 전혀 없습니다. 건강이 허락한다면 꾸준히 써서 최대한 빨리 마무리를 지을 수 있겠죠. 하지만 그렇지 않다면 쓰기는 쓰되 속도를 낼 수가 없습니다. 기분이 가라앉으면(지금이 그렇고, 언제 회복될지 한마디 기약도 없는데) 원고를 그냥 내버려 두고 쓸 마음이 돌아올 때까지 기다립니다. 때로는 한참을 기다려야만 하죠. 그럴 땐 시간이 정말 길게 느껴집니다.

하지만 1852년 11월 20일, 《설리》가 출간된 지 3년 만에 샬럿은 마침내 완성된 원고를 출판사에 보냈다. 그리고 엘런 너시에게 '내 생각엔 과시적이지 않고 적대감을 불러일으킬 만한 책도 아니'라고 설명했다.

루시 스노우가 겪는 무력함과 억압적 상황을 묘사한 이 소설 《빌레트》에서 샬럿은 에제 씨와의 강렬했던 추억이 깃든 도시 브뤼셀에 새로운 이름을 붙여 주었을 뿐 아니라 자신의 경험을 새롭게 구성했다. 소설 속에서 루시 스노우는 이렇게 말한다.

《빌레트》 중에서

'그러니까 이 일은 이제 끝난 것이다. 때로는 삶이라는 계좌를 용감하게 마주하고 성실하게 값을 치러야 한다…… 고뇌를 고뇌라 부르고, 좌절은 좌절이라 부르자. 단호하게 펜을 꾹꾹 눌러 이 두 단어를 굵게 적어 보자. '운명'에 진 빚을 청산하기가 한결 쉬워질 것이다. 그러지 않고 '고통'이라 써야 할 곳에 '영광'이라고 적은 다음, 힘센 채권자가 이러한 조작에 넘어가는지, 속임수로 내민 동전을 받는지 보라. 막강한 존재가 ―가령 하나님의 가장 사악한 천사가 ― 피를 달라고 할 때 물을 건넨다고 그걸 받아들일까? 한 방울의 피 대신 연푸른 바다 전체를 줘도 받지 않을 것이다. 또 다른 빚이 생길 뿐이다.'

《빌레트》는 샬럿의 마지막 소설이 되었다. 이 책은 1853년 1월 28일에 발간되자마자 평단의 호평을 끌어 냈고, '커러 벨의 천재성을 확인해 주는

🍃 샬럿의 장신구함으로, 뚜껑에 성 구둘라 대성당이 그려져 있다. 샬럿은 브뤼셀에 있을 때 고해성사를 했다. '맞은편이 성 구둘라 대성당이라는 걸 깨달았다. 나는 조용히 혼자 안으로 들어갔다. 묘한 기분이 들었다. 나는 한 신부에게 두 번 고해성사를 했다. 내가 무슨 일을 한 건지 개의치 않았고, 그런 일을 한 것이 꼭 잘못은 아니며 덕분에 삶이 다채로워지고 잠시나마 흥미를 느낄 수 있었다는 생각이 들었다. 가톨릭으로 개종해서 진짜로 고해를 하면 어떨까 상상해 보았다.'

작품'이라고 인정받았다. C. H. 루이스는 '천재성의 고귀한 쌍둥이인 열정과 힘에 있어서 현존하는 작가 중 조지 샌드 정도를 제외하면 커러 벨에 필적할 만한 사람은 없다'고 칭송했다. 그런가 하면 조지 엘리엇은 친구에게 이러한 편지를 보내기도 했다. '《빌레트》, 《빌레트》. 그 책을 읽어 봤는가? 나는 《빌레트》에 빠져들었다가 이제야 조금씩 현실 감각을 되찾고 있네. 이건 《제인 에어》보다도 훨씬 훌륭한 작품이야. 그 안에 무언가 초자연적인 힘이 담겨 있거든.'

🖐 프랑스의 배우 라셸 펠릭스의 초상화. 윌리엄 에티의 작품(1841). 런던에서 그녀의 공연을 보고 깊은 감명을 받은 샬럿은 이때의 감상을 바탕으로《빌레트》에서 루시 스노우가 와스디의 연기에 매혹되는 장면을 만들어 냈다.

한편 원고를 송부하고 몇 주 후, 샬럿이 이 소설의 3부에 대한 출판사의 소감을 기다리고 있을 때, 아버지의 부목사인 아서 벨 니콜스가 그녀를 당황스럽게 하는 사건이 발생했다. 샬럿은 당시의 일을 엘런에게 다음과 같이 고백했다.

월요일 저녁에 니콜스 씨가 차를 마시러 왔어. 나는 눈이 나빠서 앞이 안 보이는 사람처럼 감각이 둔해져 있지만, 이따금 그가 나를 지그시 바라보거나 이상하게 안절부절못하며 긴장하는 건 느끼고 있었어. 차를 마신 후에 나는 평소처럼 식탁에서 일어섰지. 니콜스 씨는 평소처럼 아빠와 계속 앉아 있었고, 8~9시쯤 이제 돌아가는지 거실 문이 열리는 소리가 들렸어. 나는 곧 현관문을 여닫는 소리가 들리리라 생각했어. 그런데 그가 복도에 멈춰 섰어. 그리고 문을 두드렸지. 마치 번개처럼 지금부터 무슨 일이 일어날지 머릿속에서 번쩍였어. 그가 들어와서 내 앞에 섰지. 그리고 무슨 말을 했는지는 너도 짐작이 갈 거야. 그의 태도를 난 절대 잊지 못해. 아마 넌 상상도 못 할 거야. 얼굴은 새파랗게 질려서, 머리부터 발까지 덜덜 떨며 작지만 격렬한 목소리로 힘겹게 말을 이어 갔지. 그를 보면서 남자가 상대의 응답에 대한 확신 없이 애정을 고백하는 게 얼마나 힘든 일인지 처음으로 알게 되었어……

그가 돌아가자마자 나는 아빠한테 가서 무슨 일이 일어났는지 말씀드렸어. 그러자 상황에 어울리지 않는 흥분과 분노가 돌아왔지. 만약에 내가 니콜스 씨를 사랑하는데 그때 그에게 쏟아진 것 같은 욕설을 들었다면 아마 참지 못했을 거야. 그래도 너무한다는 생각에 피가 거꾸로 치솟았지만 아빠는 반발을 받아들일 수 있는 상태가 아니었어. 얼굴의 핏줄이 채찍 끈처럼 불룩 솟아나고 눈은 벌겋게 충혈되셨거든. 나는 당장 내일 니콜스 씨에게 확실히 거절하겠다며 얼른 아빠를 안심시켰어.

아서 벨 니콜스는 샬럿에게 청혼한 네 번째 남자였다. 첫 번째 구혼자는

1839년 3월에 청혼한 엘런 너시의 오빠이자 목사인 헨리였다. 샬럿은 헨리에게 즉시 거절 편지를 보냈다.

귀하의 제안에 분명한 거절 의사를 표하겠습니다…… 당신과 결혼한다는 개념 자체가 개인적으로 마음에 들지 않는다기보다 저는 당신 같은 남성을 행복하게 해 줄 만한 성향의 인간이 아니라고 확신하기 때문입니다…… 당신은 저를 알지 못합니다. 저는 당신이 생각하는 것처럼 진지하고 엄숙하고 냉철한 사람이 아닙니다. 저를 낭만적이고 엉뚱하다고 생각하실지도 모르겠습니다. 제가 빈정거리고 까다롭게 군다고 생각하실 수도 있겠죠. 하지만 저는 기만을 경멸합니다. 결혼이라는 영예를 얻고 노처녀라는 오명을 벗기 위해 제가 행복하게 해 드릴 수 없다고 확신하는 훌륭한 남성분의 청혼을 받아들이는 일은 절대로 없을 겁니다.

같은 해 8월, '더블린대학을 갓 졸업한 젊은 아일랜드 성직자…… 브라이스 씨'가 하워스의 전임 부목사를 따라 브론테가를 방문했다. 그는 저녁 식사를 하며 샬럿과 즐거운 대화를 나누고는 바로 편지를 보내 청혼해 왔다. 샬럿은 엘런에게 당시를 이렇게 전했다. '나는 맙소사!라고 생각했어. 첫눈에 반한다는 말은 들어 봤지만 이건 너무 심하잖아.'

세 번째 구혼자는 스미스 앤 엘더 출판사에서 일하던 제임스 테일러로,

스코틀랜드 여행에서 돌아오는 길에 목사관에 들렀다. 테일러는 출판사의 인도 지부를 담당하게 되어 그곳으로 떠날 예정이었는데, 샬럿에게 아내가 되어 함께 가 달라고 했다. 샬럿은 이때도 거절했다. '계속되는 고독의 병폐를 견딜 힘이 내게는 없다는 치욕스러운 사실에 깊은 슬픔을 느낀다'고 스스로 인정했으면서도, 샬럿은 자신의 장래를 냉정할 만큼 현실적으로 바라보았다.

결혼하고자 하는 건 죄가 아니고 청혼을 받고 싶은 마음도 죄는 아니야. 하지만 재산도 없고 아름답지도 않은 여성들에게 결혼을 그들이 바라고 소망하는 목적으로 삼고 그것만을 행동의 목표로 삼게 하는 건 어리석은 짓이야. 나는 경멸을 담아 그런 행위에 반대해. 그런 여성들은 자신이 매력적이지 않으며 그저 조용히 다른 길을 생각하는 편이 낫다는 걸 받아들여야 해.

하지만 '다른 길'을 생각할 수 없었던 아서 벨 니콜스는 부목사로 부임한 폰트프랙트 인근의 커크 스미턴에서 여섯 번이나 편지를 보낸 끝에 샬럿에게 답장을 받아 냈다. '본인의 운명을 의연히 받아들이시길 권하는' 편지였다. 그 후로도 서신 교환은 계속되었고, 아버지를 속이기 싫었던 샬럿은 니콜스를 조금 더 알아 가며 그를 향한 자신의 감정을 확인하고 싶다고 패트릭을 설득했다. 이와 같은 지구전이 성공을 거두어 1854년 4월 11일, 샬럿

🍃 노년의 패트릭 브론테. 개스켈이 패트릭을 처음 만났을 때 그는 이미 일흔여섯이었다. 개스켈은 패트릭을 이렇게 기록했다. '키가 크고 잘생긴 노인으로, 머리는 온통 은발이고 시력을 거의 상실한 상태였다. 나에게 매우 친절하며 복고풍으로 아주 긴 칭찬도 해 주었지만 유감스럽게도 나는 두려움을 느꼈다. 안경 너머로 브론테 양을 응시하는 그의 엄한 눈빛을 보고 그가 어떤 사람인지 느꼈기 때문이다. 그는 딸에게 일방적으로 말을 퍼부었다. 아무것도 두려워하지 않는 사람이었고 그래서 많은 존경을 받았다. 하지만 그는 결혼하지 말았어야 했다. 그는 아이들을 좋아하지 않았다.'

🍃 아서 벨 니콜스 목사. 개스켈은 '우리 같은 이단자들과 샬럿이 친하게 지내는 걸 그가 막을 것 같아 두렵다'며 '매우 훌륭한 사람이지만 엄청나게 완고하고 편협할 것 같다⋯⋯ 그녀를 열렬히 사랑하는 것 같다'고 평했다.

은 엘런에게 다음과 같은 편지를 보내게 된다.

니콜스 씨는 끈기 있게 버텼어⋯⋯ 나는 그를 존경하고, 냉철한 존경심 이상의 감정을 숨길 수 없게 되었어. 실은 말이야, 엘런. 나 약혼했어. 니콜스 씨는…… 다시 하워스의 부목사가 될 거야. 난 아빠 곁을 떠나지 않겠다고 맹세했고 아빠에게는 계속해서 아무런 방해 없이 편안하게 은둔 생활을 하시라고 말씀드렸어. 그렇게 하시는 게 금전적으로도 손해가 아닌 이득이니까.

1854년 6월 29일 목요일 아침 8시. 샬럿 브론테는 '행복에 대한 합리적인 기대를 하며' 하워스 교회에서 아서 벨 니콜스와 결혼식을 올렸다. 패트릭 브론테는 참석하지 않았고, 대신 로헤드 학교 시절의 은사인 울러 양이 신부를 신랑에게 인도했다.

샬럿의 '합리적인 기대'는 합리적으로 충족되는 듯했다. 부부는 양쪽 선조들의 고향인 아일랜드로 신혼여행을 떠났다. 샬럿은 첫 방문이었다. 두 사람은 아서를 길러 준 벨 삼촌의 집인 바나거 외곽의 쿠바 코트 저택에 머물렀다. 샬럿은 이 웅장한 저택과 켈트족인 시댁 식구들의 '영국식 예절'에 감명을 받았다.

그러나 신혼여행 중에도 목사관에 있는 병든 아버지를 걱정하지 않을 수 없었다. 아일랜드로 떠난 지 3주가 조금 지났을 때, 샬럿은 곧 집에 돌아갈 거라며 마사에게 당부 사항을 전했다. 결혼으로 인해 샬럿의 생활 방식은 크게 변했다. 같은 해 9월, 그녀는 울러 양에게 다음과 같은 편지를 보냈다.

제 삶은 예전보다 더 바빠졌습니다. 이제는 사유할 시간이 많지 않

🍃 샬럿과 아서 니콜스가 신혼여행 때 찾았던 아일랜드의 던로계곡.
이곳에서 '음산한 유령이 나타나 샬럿은 타고 있던 말에서 떨어져
밟혀 죽을 뻔했지만, 그녀는 **추락**으로 인해 멍도 들지 않고 말발굽에
스치지도 않은 채 목숨을 구했다.'

🍃 지금은 색이 바랜 라벤더색과 은색의 줄무늬 드레스. 샬럿은 신혼여행을 떠날 때 이 옷을 입었다. 출판사 대표였던 조지 스미스는 훗날 샬럿의 허리가 굉장히 가늘었다고 회고했다. '그토록 가느다란 허리를 보고 나는 당연히 매우 놀랐다. 하지만 그처럼 허리를 꽉 조이는 습관이 그녀의 생명을 단축시켰다는 데는 의심의 여지가 없다.'

🍃 샬럿 브론테의 사진.
1854년 신혼여행 때 찍은 것으로 추정된다.
이 사진은 1984년에 들어서야 처음 발견되었다.

습니다. 사랑하는 아서가 매우 현실적이고 시간을 엄수하며 질서 있는 생활을 해서 저도 덩달아 현실적이 될 수밖에 없거든요…… 당연하게도 그이는 종종 아내가 해야 할 잡다한 일들을 내놓는데, 저는 유감스러운 마음 없이 그를 도우려 합니다. 그가 오로지 생계와 실질적인 쓸모에만 전념하고 문학이나 사색에는 관심을 보이지 않는 것이 저에게도 나쁘지 않다고 생각합니다…… 저는 지치거나 억압받고 있지는 **않습니다만** 이제 시간을 온전히 제 것으로만 사용할 수가 없습니다. 다른 누군가가 제 시간의 상당량을 자신에게 쏟아 주길 원하며 '우린 이러저러한 일을 해야' 한다고 말하니까요. 그래서 우린 이러저러한 일을 합니다. 그리고 대개는 그게 옳은 일이라고 느껴집니다.

샬럿은 겨우 짬을 내서 네 번째 소설 《에마》에 착수했지만(그녀의 '덜떨어진 아이'인 《교수》는 이때까지도 출간되지 않았고, 그녀가 죽고 2년이 지나서야 세상에 발표되었다), 그녀의 아내 노릇은 9개월밖에 지속되지 못했다. 1855년, 샬럿은 친구인 어밀리아 링로즈에게 절박한 편지를 보냈다.

솔직하게 말할게. 나는 엄청난 고통을 겪고 있어. 통증이 멈추지 않고 계속돼서 밤마다 말도 못 하게 힘들어. 내게 위로가 될 만한 걸 보내 줄 수 있다면 부디 그렇게 해 줘…… 남편에 대해 말하자면 ― 내 심장은 그와 단단히 결합돼 있단다 ― 그는 아주 다정하고, 언제나 나를 도와주는, 인내심이 강한 사람이야.

1855년 3월 31일, 아서는 엘런 너시에게 부고를 보냈다. '우리가 사랑하는 샬럿은 이제 이 세상에 없습니다. 지난밤에 숨을 거두었어요.' 사인은 어머니와 두 언니, 남동생, 여동생들과 같은 폐결핵으로 밝혀졌지만, 샬럿의 경우는 임신 초기의 합병증으로 죽음이 앞당겨졌을 가능성이 있었다. 패트릭 브론테는 샬럿의 출판업자에게 다음과 같은 편지를 보냈다.

친절한 위로 인사에 감사드립니다. 우리 딸에게 귀하와 귀하의 가족에 대해 자주 들어서 오랜 친구에게 편지를 받은 것만 같았습니다. 그 애의 남편과 저는 실로 깊은 상심에 잠겨 있습니다.

해리엇 마티노는 고인을 칭송하는 추도문을 발표했다.

커러 벨이 사망했다! 많은 가족을 일찍 떠나보내고 홀로 살아남은 그녀의 상황을 아는 이들이라면 이 탁월한 피조물도 언젠가 사라질지 모른다는 마음의 준비를 했을 것이다. 그럼에도 그녀의 천재성을 더 이상 볼 수 없다는 것은 우리 사회에 크나큰 슬픔이 아닐 수 없다. 그녀가 남긴 세 편의 작품은 영국 문학사에서 굳건한 위치를 차지할 것이다. 그러나 그녀는 마흔이 채 되지 않았고(샬럿은 서른여덟 살에 사망했다) 그 천재성은 쉽게 소진될 종류의 것이 아니

었으므로, 몸이 약하지만 않았다면 우리는 그보다 세 배는 많은 작품을 읽어 볼 수 있었을 것이다.

그런가 하면 개스켈은 패트릭 브론테의 부탁으로 그의 딸이자 자신의 친구인 샬럿의 전기를 쓰면서 하워스의 당시 풍경을 생생하게 전달했다.

하워스 교회에서 엄숙한 종소리가 울리며 샬럿을 어릴 때부터 알아 왔던 마을 사람들에게 그녀의 죽음을 알렸다. 낡은 회색 목사관에 덩그러니 앉아 있을 두 사람을 생각하며 모두가 가슴 아파했다.

아버지 패트릭 브론테와 남편 아서 벨 니콜스는 그 후로도 6년간 목사관에서 '여전히 그 어느 때보다 가까우면서도 서로 동떨어진' 고요한 생활을 이어 갔다. 교회지기인 존 브라운에 따르면 니콜스는 샬럿의 유언대로 가족 중에 가장 오래 산 패트릭이 1861년 6월에 여든넷의 나이로 사망할 때까지 그를 돌보았다.

HAWORTH OLD RECTORY.

🖋 하워스 목사관과 교회 묘지. 패트릭 브론테의 사망 후인 1860년대에 찍은 사진으로 추정된다.
1879년에 박공지붕으로 된 새로운 곁채가 지어지며 건물의 외관이 달라지기 전이다.
패트릭 브론테와 그의 아내 마리아, 딸인 샬럿과 에밀리, 아들인 브랜웰은 전부 하워스에 묻혔다.
앤의 무덤만이 그녀가 사망한 스카버러에 조성되었다. 빅토리아 시대의 시인 매슈 아널드는
전 세계 브론테 문학 애호가들의 순례 장소인 '하워스 교회 묘지'를 보고 '짧은 삶이 명성으로
연장되었도다……'라는 애가(哀歌)를 바쳤다.

Family and friends

가족과 친지들

태비타(태비) 애크로이드: 요리사 겸 하녀. 1824년부터 1855년에 사망할 때까지 브론테가에서 일함.

액턴 벨: 앤 브론테가 작품을 발표할 때 사용한 필명.

엘리스 벨: 에밀리 브론테가 사용한 필명.

커러 벨: 샬럿 브론테가 사용한 필명.

엘리자베스 브랜웰: 마리아 브론테(결혼 전 성은 브랜웰)의 여동생. 1815~1816년에 손턴에서 브론테 가족과 함께 지냄. 1820~1821년에 위독한 마리아를 돌보러 옴. 언니가 사망한 후 브론테가의 목사관에 들어와 집안일을 관리하고 아이들을 돌봄. 1842년 10월 29일 사망.

앤 브론테: 1820년 1월 17일 출생. 1835~1837년 로헤드 학교를 다님. 1839년 미르필드의 블레이크 홀에서 잉엄가의 가정 교사로 일함. 1840~1845년 리틀 오스번의 소프 그린 홀에서 로빈슨 목사 내외의 아이들을 가르침. 1846년 《커러, 엘리스, 액턴 벨의 시집》 발표. 1847년 《아그네스 그레이》 출간. 1848년 《와일드펠 홀의 소유주》 출간. 1849년 5월 28일 사망.

샬럿 브론테: 1816년 4월 21일 출생. 1824년 8월~1825년 6월 코완브리지 학교에 다님. 1831년 1월~1832년 5월 로헤드 학교에서 공부. 1835년 7월~1838년 5월 로헤드 학교에서 교사로 일함. 1839년 6~7월 스킵턴 인근 스톤개프에서 시지윅가의 가정 교사로 근무. 1841년 3월~12월 브래드퍼드 인근 로던에서 화이트가의 아이들을 가르침. 1842년 2월~11월 브뤼셀의 에제 여자 기숙 학교에 유학. 1842년 하워스로 돌아갔다가 1843년 1월~1844년 1월 다시 브뤼셀에서 생활. 1846년 《커러, 엘리스, 액턴 벨의 시집》 발표. 1847년 《제인 에어》 출간. 1849년 《셜리》 출간. 1852년 아서 벨 니콜스에게 청혼받음. 1853년 《빌레트》 출간. 1854년 아서 벨 니콜스와 결혼. 1855년 3월 31일 사망. 1857년 《교수》 출간.

엘리자베스 브론테: 1815년 2월 8일 출생. 1824년 7월~1825년 5월 코완브리지 학교에 다님. 1825년 6월 15일 사망.

에밀리 제인 브론테: 1818년 7월 30일 출생. 1824년 11월~1825년 6월 코완브리지 학교에 다님. 1835년 7월~10월 로헤드 학교에서 공부. 1836년~? 핼리팩스의 로힐 학교에서 교사로 일함. 1842년 2월~11월 브뤼셀의 에제 여자 기숙 학교에 유학. 1846년 《커러, 엘리스, 액턴 벨의 시집》 발표. 1847년 《폭풍의 언덕》 출간. 1848년 12월 19일 사망.

마리아 브론테(결혼 전 성은 브랜웰): 1783년 콘월주 펜잰스 출생. 1812년 12월 29일 패트릭 브론테와 결혼. 1814~1820년 여섯 명의 자녀 출산(마리아, 엘리자베스, 샬럿, 브랜웰, 에밀리, 앤). 1821년 9월 15일 사망.

마리아 브론테: 1814년 출생. 1824~1825년 코완브리지 학교에 다님. 1825년 5월 6일 사망.

패트릭 브론테: 1777년 3월 17일 아일랜드 다운주에서 출생. 1802~1806년 케임브리지대학의 세인트존스칼리지에서 수학. 1807년 12월 21일 영국 성공회에서 목사 안수를 받음. 《오두막 시집》, 《시골의 음유시인》, 《숲속의 오두막: 혹은 부유하고 행복해지는 법》, 《킬라니의 하녀》, 《특이한 사건》 발표. 1829년 12월 19일 하츠헤

드의 부목사 신분으로 브래드퍼드 인근 키틀리 교회에서 마리아 브랜웰과 결혼. 1815년 5월 손턴에 부목사로 부임. 1820년 2월 하워스의 목사로 임명되며 사택을 부여받음. 1820년 4월 가족들과 하워스 목사관으로 이사. 《시대의 징후》 발표. 1861년 6월 7일 사망.

패트릭 브랜웰 브론테: 1817년 6월 26일 출생. 1835년 왕립미술원 등록을 위해 런던으로 떠났다가 입학도 못하고 집에 돌아옴. 1838년 브래드퍼드에서 초상 화가로 일함. 1839~1840년 울버스턴에서 포스틀스웨이트가의 아이들을 가르침. 1840년 8월 소위비 브리지 기차역의 사무 보조로 취직. 1841년 러덴던풋 기차역의 수석 사무원으로 승진. 1842년 '부정행위'를 이유로 파면됨. 1843년 1월 소프 그린 홀의 로빈슨가에 교사로 들어감. 1845년 7월 해고됨. 1848년 9월 24일 사망.

존 브라운: 패트릭 브론테 목사의 교회지기. 하워스 프리메이슨 지회의 회장. 브랜웰이 무슨 일이든 다 털어놓은 믿음직스러운 친구.

마사 브라운: 존 브라운의 딸. 1828년 출생. 10살 때 처음 목사관에서 빨래를 거들었고, 훗날 하녀로 들어갔다. 엘리자베스 개스켈에게 샬럿의 일화를 털어놓은 정보원 중 한 명.

제인 피넬: 마리아 브론테의 사촌. 패트릭 브론테의 친구인 윌리엄 모건 목사와 결혼. 1827년 사망.

존 피넬: 제인 피넬의 아버지이자 마리아 브론테의 고모부. 브래드퍼드 인근 우드하우스 그로브 아카데미의 교장. 1812년 마리아는 피넬 가족을 방문하러 왔다가 패트릭 브론테와 만남.

엘리자베스 퍼스: 1797년 출생. 1814년 손턴에 온 브론테가를 환대해 주며 가까운 사이가 됨. 마리아가 죽은 후 패트릭에게 청혼받았으나 거절함. 1825년 허더즈필드 교구 목사인 제임스 프랭크스와 결혼. 1837년 9월에 사망할 때까지 브론테가 자녀들에게 관심을 기울임.

낸시 가스: 1816년 샬럿이 태어난 후부터 브론테가에서 아이들을 돌봄. 1824년에 결혼하며 일을 그만둠.

사라 가스: 낸시의 여동생. 1818년 브론테가에 들어옴. 1824년 언니와 함께 떠남.

엘리자베스 클레그헌 개스켈: 소설가. 1832년에 유니테리언파 목회자인 윌리엄 개스켈과 결혼. 네 명의 딸을 낳음. 1850년 8월 샬럿 브론테를 만나 하워스를 방문. 샬럿도 맨체스터의 플리머스 그로브에 있는 개스켈의 저택에 여러 차례 방문. 소설 《메리 바턴(원제는 존 바턴)》, 《루스》, 《남과 북》을 통해 산업혁명으로 팽배해진 사회 문제를 폭로. 그 밖에도 《크랜퍼드》, 《실비아의 연인들》, 《아내와 딸들》을 발표. 패트릭 브론테의 의뢰로 집필한 《샬럿 브론테의 생애》가 1857년에 출간.

존 그린우드: 하워스의 문구점 주인. 그의 일기는 브론테 일가의 삶을 소개하는 중요한 자료가 됨.

프랜시스 헨리 그런디: 핼리팩스-리즈 노선의 철도 기사. 1841년 러덴던풋에서 브랜웰을 만나 친구가 됨. 1879년 브랜웰을 다룬 회고록 《과거의 초상들》을 발표(에밀리가 아닌 브랜웰이 《폭풍의 언덕》의 상당 부분을 집필했다고 믿음).

콩스탕탱 에제와 클레르 조에 에제(결혼 전 성은 파렝): 1834년 부인과 아이들을 콜레라로 잃은 콩스탕탱과 조에 파렝이 만남. 당시 콩스탕탱은 브뤼셀의 명문 남학교 아테네 로열에서 교사로 근무했고, 조에는 디자벨가 32번지에서 여자 기숙 학교(1832년 설립)를 운영하고 있었음. 두 사람은 1836년에 결혼하여 여섯 명의 자녀를 낳음. 1842년 2월~11월 샬럿과 에밀리가 에제 기숙 학교에 들어와 에제 씨에게 수업을 받음. 1843년 1월~1844년 1월 샬럿이 교사 겸 학생으로 브뤼셀에 돌아옴. 하워스로 돌아간 샬럿이 여러 차례 에제 씨에게 애원하는 편지를 보내옴(훗날 샬럿의 전기를 집필하던 개스켈이 자료 조사차 브뤼셀에 갔다가 에제 씨로 부터 이 편지들을 확인함). 샬럿은 《빌레트》에서 에제 씨를 본뜬 폴 에마뉘엘을 묘사함. 남편을 향한 샬럿의 연심을 눈치챘던 에제 부인은 《교사》의 조레이드 로이터와 《빌레트》의 베크 부인으로 등장함.

잉엄 가족: 1839년 앤은 미르필드의 블레이크 홀에서 이들의 자녀를 가르침. 이때의 경험을 바탕으로 《아그네스 그레이》를 집필.

에반 젠킨스: 브뤼셀의 왕립 예배당에 파견된 영국인 목사. 샬럿과 에밀리에게 적절한 학교를 조언해 줌. 젠킨스와 그의 아내는 브론테 자매가 에제 기숙 학교에서 외롭게 지내는 동안 그들을 즐겁게 해 주려 노력함.

제임스 케이 서틀워스: 의사. 1832년 맨체스터에서 콜레라의 대유행을 경험한 후, 빈곤층의 생활 환경 개선, 의

회 개혁, 곡물법 폐지를 위한 캠페인을 벌임. 교육과 교사 양성을 위한 국가 차원의 제도를 창안함. 1839~1840년 배터시에 최초의 교사 양성 대학을 설립하고 장학사와 교생 실습 제도를 도입함. 1850년 8월 샬럿은 셔틀워스의 윈더미어 별장에서 엘리자베스 개스켈을 처음 만남.

조지 헨리 루이스: 평론가, 편집자, 수필가, 소설가, 괴테의 전기 작가, 자연과학 저술가. 1854년부터 사망할 때까지 관습법상 메리 앤 에반스(조지 엘리엇)의 남편으로 지냄. 샬럿의 소설을 읽고 서평을 발표. 이를 본 샬럿은 출판사에 '루이스 씨에 대한 정보를 알려 주실 수 있나요? 문학계에서 어떤 위치이고 어떤 작품을 썼죠?'라고 문의함. 샬럿이 만족스러운 답변을 받아 본 후에 두 사람은 수시로 서신을 주고받음.

조셉 벤틀리 레일런드: 조각가. 골동품 연구가. 아버지는 〈핼리팩스 가디언〉 지의 전 편집자. 동생은 프랜시스 레일런드. 런던에서 역사 화가 벤저민 로버트 헤이든에게 사사. 1832년 맨체스터에서 전시회 개최. 핼리팩스로 돌아와 브랜웰과 친해짐. 브랜웰의 술친구이자 채권자. 1886년 패트릭 브랜웰 브론테의 삶을 중심으로 한 《브론테 가족》을 출간.

해리엇 마티노: 정치경제학자, 저술가, 자유사상가. 그녀가 발표한 25권짜리 경제학 소책자 《정치경제의 실례》는 발간 즉시 엄청난 인기를 끎. 《디어 브룩》 등의 소설도 발표했으며 1855년에는 자서전을 출판. 노예제, 교육, 여성 인권 등 다양한 현대 문제에 관해 목소리를 냄. 샬럿은 이 열정적인 작가와 교제하고 싶어서 런던과 레이크디스트릭트로 찾아가 만나 봄. 마티노가 《빌레트》에 대해 비판적인 서평을 내며 두 사람의 우정은 끝이 남. 하지만 마티노는 샬럿의 사후 그녀를 칭송하는 부고를 발표함.

윌리엄 모건: 패트릭 브론테와 같은 시기에 슈롭셔에서 부목사로 사역. 1829년 제인 피넬과 혼인할 때, 패트릭-마리아 커플과 합동으로 결혼식을 올림. 평생 패트릭과 친하게 지냈으며 브론테가 아이들에게 세례를 베풂. 패트릭의 아내인 마리아와 그 자녀들의 장례식을 집도. 《셜리》의 토머스 볼트비가 모건을 모델로 한 인물임.

T. C. 뉴비: 출판업자. 회사는 런던 캐번디시 스퀘어에 위치. 앤 브론테의 《아그네스 그레이》와 《와일드펠 홀의 소유주》, 에밀리 브론테의 《폭풍의 언덕》을 출간. 《와일드펠 홀의 소유주》를 《제인 에어》의 작가가 쓴 작품이라고 속여 팔아넘기려 함.

아서 벨 니콜스: 아일랜드 앤트림주 출생. 더블린의 트리니티칼리지 졸업. 퓨지주의 목회자, 1845년 하워스의 부목사가 됨. 1854년 샬럿과 결혼하여 패트릭이 사망한 1861년까지 하워스에서 지내다가 아일랜드로 돌아가 사촌과 결혼하고 농부가 됨. 열과 성을 다해 샬럿의 문학적 명성을 지켜 나갔으며, 브론테가와 관련된 다양한 기록을 제공함.

엘런 너시: 요크셔의 직물 제조업 가문에서 태어난 열세 명의 자녀 중 막내. 1831년 로헤드 학교에서 샬럿을 만난 이후 일생을 절친한 친구로 지내며 편지를 주고받음. 평생 결혼하지 않았고 직업을 가진 적도 없음. 엘런의 오빠이자 목회자인 헨리가 1839년에 샬럿에게 청혼했으나 거절당했으며, 《제인 에어》에 등장하는 세인트존 리버스의 원형이 된 인물로 추정됨.

패칫 자매: 에밀리가 1836년에 교사로 일한 핼리팩스의 로힐 학교를 운영.

어밀리아 링로즈: 엘런 너시의 오빠인 조지와 약혼한 적이 있으나 메리 테일러의 오빠인 조와 결혼. 샬럿의 친구이며 서로 편지를 주고받음. 하워스를 방문한 적이 있음.

로빈슨 가족: 1841~1845년 앤과 브랜웰 브론테는 소프 그린 홀에서 에드먼드 로빈슨 목사와 그의 아내 리디아의 자녀들(앤은 딸들을 브랜웰은 아들을 - 옮긴이) 가르침. 엘리자베스 개스켈이 샬럿의 전기에서 브랜웰과 로빈슨 부인의 관계를 밝히자 리디아 로빈슨(이때는 남편의 사망 후 재혼해서 '레이디 스콧')이 소송을 걸었고, 결국 이 책의 초판은 회수되었음.

조지 머리 스미스: 런던 콘힐가 65번가에 있던 스미스 앤 엘더 출판사의 대표. 스미스 앤 엘더는 존 러스킨의 초기작과 로버트 브라우닝, 윌리엄 메이크피스 새커리는 물론이고 매슈 아널드의 작품 대부분을 출간한 권위 있는 대형 출판사. 스미스는 샬럿의 출판업자이자 친구가 되어 빈번히 편지를 주고받았고, 샬럿이 런던에 올 때마다 최대한의 편의를 제공했음.

로버트 사우디: 1813년에 영국 왕실에서 계관 시인 칭호를 받음. 프랑스 혁명의 초기에 새뮤얼 콜리지, 윌리엄 워즈워스와 함께 혁명 사상에 열광. 〈살라바〉와 〈매도크〉 등의 영웅 서사시를 썼고, 〈블레넘 전투가 끝난 후에〉

로 가장 많이 사랑받음. 전기 작가로서 넬슨과 웨슬리의 평전도 집필. 그 후 정치적으로 완전히 우파로 돌아섬. 1821년 바이런은 《심판의 꿈》에서 사우디를 늙은 말이자 정치적 변절자라고 비판했고, 1817년 토머스 러브 피콕은 《멜린코트》에서 그를 '페더네스트(사리사욕에 급급한 사람 - 옮긴이) 씨'라고 풍자함. 샬럿은 1836년에 그에게 자작시를 보내며 조언을 구함. 그가 건넨 조언은 '문학은 여성에게 필생의 사업일 수 없다'는 것이었음.

제임스 테일러: 스미스 앤 엘더 출판사의 직원. 1851년 인도에 출판사 지부를 열기 위해 파견되면서 샬럿에게 아내가 되어 함께 가 달라고 함. 샬럿은 거절함.

메리 테일러: 1831년 로헤드 학교에서 샬럿을 처음 만남. 이때 샬럿은 테일러 가족이 사는 고머설의 '레드하우스'에 방문. 메리의 아버지인 조슈아 테일러는 직물 제조업자 겸 은행가였지만 형편이 좋지 않았음. 메리는 아버지에게 진보적인 정치관을 물려받음. 훗날 메리와 그녀의 여동생 마사(역시 로헤드 시절부터 샬럿과 친하게 지냄)는 자신들이 공부하는 벨기에로 유학을 오라고 샬럿에게 권유. 마사는 벨기에에서 숨을 거두었고 메리는 독일에서 학업을 계속해 나감. 1845년에 뉴질랜드로 이주한 메리는 웰링턴에 상점을 열어 크게 성공. 영국으로 돌아와 《여성의 최우선적인 의무》, 《스위스 여행》, 그리고 소설 《미스 마일스》를 출간. 메리와 샬럿은 자주 서신을 주고받음. 메리는 이 편지들을 모두 처분했지만, 샬럿의 전기를 쓰던 개스켈에게 생생한 회고담을 들려줌. 《셜리》의 요크가는 테일러 가족의 모습에서 상당 부분을 빌려왔으며, 등장인물인 로즈는 메리를, 제시는 마사를, 히람은 조슈아를, 헤스터는 테일러 부인을 모델로 함.

윌리엄 메이크피스 새커리: 소설가, 언론인. 대도시의 생활상을 풍자적인 글로 옮김. 〈프레이저 매거진〉에 '옐로플러시 통신,' 〈펀치〉에 '영국 속물 열전'이라는 풍자적 수필을 연재. 1860년부터 〈콘힐 매거진〉의 편집장 겸 기고가로 근무. 소설 《캐서린》, 《배리 린던의 행운》, 《장미와 반지》 등을 발표했고, 대표작은 《허영의 시장》. 샬럿은 그를 대단히 존경해서 《제인 에어》의 2판을 그에게 헌정함. 하지만 그를 만나 본 후로는 경박하고 품위 없는 사람으로 여겼으며, 새커리는 샬럿이 따분하고 지나치게 열정적이라고 생각함.

윌리엄 웨이트먼: 1839년 하워스에 부목사로 부임. 패트릭 브론테를 보좌한 부목사는 그 밖에도 많았지만 가장 열렬한 환영을 받음. 패트릭은 그를 존중했고, 샬럿은 그가 '예쁘장하고 쾌활하며…… 경망스럽고 바람기가 있어서 목회자답지 않다'고 평함. 앤은 그와 사랑하는 사이였을 가능성이 있으며, 브랜웰은 그와 절친하게 지냄. 1842년 9월 6일 콜레라로 사망.

찰스와 존 웨슬리: 영국 성공회의 복음주의 혹은 감리교 운동을 주도. 이로 인해 요크셔와 랭커셔에서 강력한 부흥 운동이 일어났고, 패트릭 브론테와 자녀들의 신앙적 견해에 커다란 영향을 미침.

윌리엄 스미스 윌리엄스: 스미스 앤 엘더 출판사의 원고 검토자로, 샬럿의 글을 처음으로 인정해 준 인물. 1848년에 샬럿이 커러, 엘리스, 액턴 벨의 실체를 밝히기 위해 앤과 함께 출판사에 방문했을 때 처음 그녀와 대면했고, 이때부터 좋은 친구가 되어 서신을 주고받음.

레티시아 휠라이트: 토머스 휠라이트의 다섯 딸 중 한 명으로, 그녀의 어머니가 샬럿과 에밀리와 같은 시기에 에제 기숙 학교를 다님. 그 자녀들은 에밀리에게 음악을 배웠지만 레티시아는 에밀리를 싫어했고, 대신 샬럿과 친해져서 그녀가 영국으로 돌아간 후로도 편지를 주고받음.

캐러스 윌슨: 목회자, 저술가, 자선사업가. 요크셔 주 턴스톨의 교구 목사이자 목회자 자녀들을 위한 코완브리지 학교의 설립자. 1824년 마리아, 엘리자베스, 샬럿, 에밀리가 코완브리지에 입학. 마리아와 엘리자베스는 여기서 건강이 악화되어 결국 사망. 개스켈이 샬럿의 전기에서 《제인 에어》의 로우드가 코완브리지를, 브로클허스트 목사는 캐러스 윌슨을 모델로 했다고 밝히자 수많은 논란이 일어남.

마거릿 울러: 로헤드 학교의 교장. 훗날 이 학교는 요크셔 주 듀스베리 무어로 이전. 샬럿, 에밀리, 앤이 이곳에서 공부함. 1835~1838년 샬럿이 교사로 재직. 샬럿은 울러 양을 존경하여 빈번히 서신을 주고받음. 1854년 울러 양은 샬럿의 결혼식에서 신부를 신랑에게 인도함.

브론테가의 발자취

• 웨스트 요크셔주, 하워스

메인 스트리트: 이곳의 집들은 대부분 18세기에서 19세기 초에 건설되었다. 가내 수공업을 하던 방직공과 그 가족들을 위해 지어진 것으로, 베틀로 옷감을 짤 때 실내가 밝아야 하므로 벽에 좁은 창문이 줄지어 나 있다. 영국의 직물 생산량은 1840년대에 정점을 찍었고, 당시 하워스에서는 1,200개가 넘는 베틀이 가동되었다.

메인 스트리트의 건물들은 대부분 관광 목적으로 개조되었지만 브론테 가족이 살던 당시와 외관상 크게 달라지지 않았다. 포석이 들떠서 가파른 언덕에서 말들이 미끄러지지 않았던 이곳의 도로도 예전 모습 그대로다.

블랙불 호텔: 18세기에 지어진 여관으로, 브랜웰 브론테가 수시로 술을 마시며 시간을 보낸 곳이다. 블랙불의 주인은 재주 많고 학식 있는 브랜웰을 특히 좋아해서 여관에 손님이 오면 그를 불러오곤 했다. 이곳은 현재까지도 여관업을 계속하고 있다.

약제상(블랙불의 맞은편, 현재는 기념품 상점): 브랜웰은 이곳에서 아편 팅크를 구해 복용하다가 점차 중독되었다.

목사관: 성 미카엘과 모든 천사 교회의 목사가 거주하는 공간으로, 1779년에 지어졌다. 패트릭 브론테는 아내인 마리아와 아들 브랜웰, 딸 마리아, 엘리자베스, 샬럿, 에밀리, 앤을 데리고 1820년에 목사관으로 들어왔다. 패트릭은 1861년에 사망할 때까지 이곳에서 지냈다. 목사관은 요크셔 사암으로 지은 전형적인 조지안 양식 건물인데, 공장 매연으로 거무스름하게 변색되었다. 훗날 북쪽과 서쪽에 결채가 추가되면서 브론테 가족이 살던 당시와는 형태가 많이 변했다. 하지만 중심부는 그대로 남아 있어서, 이곳을 방문하면 브론테 가족이 생전에 사용한 것처럼 가구가 배치된 방들을 둘러볼 수 있다. 1848년에서 1849년에 걸쳐 브랜웰과 에밀리, 앤이 차례로 사망한 후, 샬럿은 집 안을 몇 군데 개조했다. 복도와 아이들 방을 줄여 식당과 침실을 확장했고, 1854년에는 남편인 아서 벨 니콜스를 위해 창고를 서재로 만들었다.

성 미카엘과 모든 천사 교회: 패트릭 브론테(그리고 전임자인 윌리엄 그림쇼 목사)가 설교하던 예전 교회는 이제 첨탑만 남아 있다. 1879년에 첨탑을 제외한 나머지 부분이 철거되고 2년 후에 현재의 교회 건물이 세워졌다.

스카버러에 묻힌 앤을 제외하면 브론테 가족은 전부 이 교회의 지하 납골당에 안치되었다. 성가대석 계단 근처에 납골당의 위치와 이전 교회에서 브론테 가족이 앉던 신도석이 표시돼 있다. 당시의 교회지기이자 브랜웰의 친구였던 존 브라운이 교회 벽에 조각한 브론테 가문의 기념비는 1964년에 완공된 브론테 기념 예배당에 보관돼 있다. 예배당의 세례반 뒤편 벽에는 패트릭 브론테가 가장 아꼈던 부목사이자 브론테가 자녀들의 친구였던 윌리엄 웨이트먼의 명패가 걸려 있다. 패트릭이 사용했던 3단짜리 설교단은 하워스에서 콜른 길을 따라 1.5마일가량 가면 나오는 스탠베리 교회에서 지금까지도 이용되고 있다.

교회 묘지: 하워스와 인근 주민이 4만 명 이상 묻혀 있는 묘지. 목사관에서 가장 가까운 곳에는 브론테가의 하녀였던 태비타 애크로이드와 마사 브라운의 무덤이 조성돼 있다. 정원 담장에는 묘지로 통하는 문(현재는 막혔지만 비문으로 위치를 표시해 둠)이 있어서 브론테가 식구들의 장례식 때는 이곳을 통해 관이 옮겨졌다.

브론테 폭포(목사관에서 2마일 거리): 황야를 걸어 슬레이든 강의 지류까지 산책 다녔던 샬럿과 에밀리, 앤을 추억하기 위해 이러한 이름이 붙여졌다. 폭포 아래로는 현재 '브론테 다리'로 불리는 돌다리가 있는데, 브론테 자매가 건너다니던 다리를 복제한 것이다. 또한 의자 모양을 한 자연석은 '브론테 의자'라고 불리는데, 샬럿이 여기에 앉아 시를 짓곤 했다고 알려져 있다.

브룩로이드 하우스(버스톨-배틀리 경계): 엘런 너시는 1836년에 브룩로이드로 이사했다. 샬럿도 이곳을 방문했고, 숨을 거두기 전까지 이곳에 사는 엘런과 서신을 주고받았다.

코완브리지(커비 론즈데일에서 남동쪽으로 2마일, A65 세틀-켄달 도로): 캐러스 윌슨 목사가 '궁핍한 교역자의 여식들'을 위해 설립한 학교. 1824년 7월, 엘리자베스와 마리아 브론테가 이 기숙 학교에 입학했다. 이곳의 혹독한 교육 방식과 불결한 환경 때문에 마리아와 엘리자베스는 결국 숨을 거두었고, 샬럿과 에밀리는 1825년에 학교를 나왔다. 샬럿은 《제인 에어》에서 코완브리지를 로우드 학교로, 턴스톨 교회(남동쪽으로 2마일, A683 랭커스터 도로)를 브로클브리지 교회로 묘사했다. 가엾은 기숙생들은 일요일마다 교회까지 힘겹게 걸어가 브로클허스트(현실에선 캐러스 윌슨) 목사의 설교를 들어야 했다.

고소프 홀(패디엄, 번리에서 북서쪽으로 3마일, A671): 샬럿은 1850년, 레이디 케이 셔틀워스의 초청으로 제임스 케이 셔틀워스 경의 필요에 맞춰 개조된 이 웅장한 3층짜리 저택에 처음 방문했다. 1855년 1월에는 남편 아서 벨 니콜스와 함께 다시 한번 이곳을 찾았다. 케이 셔틀워스는 패디엄에 새로 지은 교회에 니콜스를 초빙하려 했으나, 샬럿 부부는 패트릭 브론테가 살아 있는 한 하우스에서 함께 지내겠다며 이를 거절했다.

레드하우스(고머설, A65 브래드퍼드-듀스베리 도로): 샬럿의 친구인 메리와 마사 테일러의 집. 1600년경에 요크셔 사암이 아닌 벽돌로 건축된 독특한 건물. 이곳에 자주 놀러 다닌 샬럿은 레드하우스를 본떠 《셜리》의 '브리어 메인스' 저택을 만들었고, 테일러 가족을 모델로 요크 가족을 창조했다. 메리 테일러의 진보적인 아버지 조슈아는 히람 요크의 원형이 되었고, 그가 2마일 떨어진 곳에서 운영하던 거대한 방직 공작은 《셜리》에서 할로우 방직 공장으로 재탄생했다.

세인트 오즈월드 교구 교회(기틀리, 브래드퍼드에서 북동쪽으로 5마일, A65 리즈-스킵턴 도로에서 내리면 바로): 1812년 12월 29일, 패트릭 브론테와 마리아 브랜웰이 마리아의 사촌 제인 피넬과 패트릭의 친구 윌리엄 모건과 함께 합동결혼식을 올린 교회. 두 목회자는 서로의 주례를 서 주었고, 존 피넬이 두 신부를 각자의 신랑에게 인도했다.

세인트 피터스 교구 교회(하츠헤드, B6119): 패트릭 브론테는 하츠헤드-클리프턴 교구에 있는 세인트 피터스 교회에서 1811년부터 1815년까지 부목사로 사역했다. 브론테 부부의 첫아이인 마리아가 1814년 4월 23일, 이 교회에서 세례를 받았다. 《셜리》의 너널리 교회가 이곳을 모델로 한 것이며, 너널리는 하츠헤드 마을이다.

헤더세이지(셰필드에서 남서쪽으로 11마일, A625): 1845년에 엘런의 오빠인 헨리 너시가 이곳의 교구 목사로 임명되었다. 샬럿은 그해 6~7월에 엘런의 집에서 2주간 함께 지냈다. 헤더세이지는 《제인 에어》에서 모턴으로 묘사되며, 샬럿은 교회에서 헤더세이지 인근 '노스리스 홀'에 사는 에어 가족의 기념패를 보고 제인 에어라는 이름을 만든 것으로 추정된다.

하이타운(리버세지 서쪽, A649 핼리팩스-리버세지 도로): 패트릭이 하츠헤드에서 부목사로 사역할 때 브론테 가족은 하이타운의 클러프 레인에 집을 얻어 지냈고, 여기서 1813년에 마리아가, 1815년에 엘리자베스가 태어났다. 당시 인근의 리버세지에서 러다이트 폭동이 일어났는데, 샬럿은 《셜리》에서 이를 바탕으로 스펜 밸리에서 일어난 사회 운동을 묘사했다.

로힐 학교(서더럼, 핼리팩스에서 남동쪽으로 2마일, A58): 1836년 9월, 에밀리는 패칫 자매가 1825년에 설립한 여자 기숙 학교에 교사로 들어갔다. 에밀리가 로힐에서 얼마나 근무했는지는 확실치 않지만 6개월 정도로 추정된다. 학교 근처에는 17세기에 지어진 웅장한 저택인 '하이선더랜드 홀'이 아름다운 '쉽던 밸리'를 내려다보고 있었는데, 에밀리는 《폭풍의 언덕》에서 이 건물의 특징 일부를 빌려 온 것으로 보인다.

러덴던풋(콜더 밸리, A646 핼리팩스-헵던 브리지 도로로 내리면 바로): 브랜웰은 리즈-맨체스터 철도 회사의 직원으로 1841년 4월부터 러덴던풋에서 근무했으나 1842년 3월에 파면되었다. 그는 여가 시간의 대부분을 역에서 반 마일 떨어진 러덴던 마을의 넬슨 여관에서 친구들과 함께 보냈다. 역은 이미 철거되었지만 여관은 별다른 변화 없이 지금까지도 남아 있다.

노턴 코니어스(리펀에서 북쪽으로 3½마일, A61 웨스 방향): 샬럿이 스톤개프에서 가정 교사로 일할 때 방문했던 자코비앙 양식의 저택. 로체스터 부인, 즉 '다락방의 미친 여인' 이야기는 1624년부터 노턴 코니어스에 살았던 그레이엄 가족을 둘러싼 전설에서 빌려 온 것으로 추정된다.

오크웰 홀(버스톨, A652 브래드퍼트-배틀리 도로): 1583년에 지어진 석조 저택. 샬럿은 엘런의 집에 머물 때면 이곳에 자주 들렀다. 《셜리》에서 필드헤드에 있는 셜리 킬더의 집은 이곳에서 영감을 받았다.

폰던 홀(하워스에서 3마일, 콜른 길): 1634년에 지어졌다가 1801년에 재건되었고, 최근에 다시 확장되었다. 《폭풍의 언덕》에서 록우드가 히스클리프에게 임대한 스러시크로스 그레인지는 이곳을 모델로 하였다.

폰던 커크(스탠버리 외곽 2마일, 콜른 방향): 매우 외딴 곳에 있는 암반 돌출 지형으로, 《폭풍의 언덕》에서 페니스톤 크레그에 영감을 주었다.

로헤드 학교(미르필드, A62 허더즈필드-리즈 도로에서 내리면 바로, B6119 하츠헤드 방면): 샬럿 브론테는 1831년 1월, 열네 살의 나이로 미러 양의 로헤드 학교에 입학했다. 그리고 이곳에서 평생의 친구가 될 엘런 너시와 메리 테일러를 만났다. 샬럿은 1832년 7월에 로헤드를 떠났지만 1835년에 교사가 되어 다시 이곳으로 돌아왔다. 언니가 교사로 있을 때 에밀리와 앤도 이 학교에서 수학했다.

라이딩스(버스톨 스미디스, A62/A652 리즈-브래드퍼드 도로에서 가까움): 총안을 낸 흉벽이 있는 18세기 초의 건축물. 샬럿은 1832년 9월에 처음 이곳에 사는 엘런 너시의 가족을 방문했다. 이때 샬럿과 동행했던 남동생 브랜웰은 너시 가의 저택이 '천국' 같다고 생각했다. 《제인 에어》에서 로체스터 씨가 사는 손필드 홀은 이곳을 바탕으로 하고 있다.

스카버러: 앤 브론테는 소프 그린 홀에서 가정 교사로 일한 1841년에서 1845년 사이에 휴양지인 스카버러를 여러 차례 방문했다. 그녀의 첫 소설 《아그네스 그레이》에도 이 지역이 묘사되어 있다. 샬럿과 엘런 너시는 앤의 요양을 위해 1849년 5월에 그녀를 스카버러에 데려갔다. 앤은 클리프 2번가(현재는 세인트니콜라스 클리프의 그랜드 호텔에서 사망했고 세인트 메리 교구 교회의 공동묘지에 안치되었다(브론테 가족 중 혼자서만 하워스에 묻히지 않음). 샬럿도 동생처럼 바다를 좋아해서 1849년과 1852년에 파일리, 1839년과 1849년에 브리들링턴, 1853년에 혼시로 여행을 갔다.

소워비 브리지(콜더 밸리, 핼리팩스와 헵던 브리지 사이. A646): 브랜웰은 1840년 8월에 소워비 브리지 역의 사무원이 되었다. 그리고 이듬해 4월에 러덴던풋으로 근무지를 옮겨 갔다.

스톤개프 홀(로더스데일, 크로스 힐스에서 서쪽으로 4마일, A6068 키틀리-콜른 도로): 샬럿은 1839년 5월부터 7월까지 스톤개프 홀에서 시지윅가의 아이들을 가르쳤고, 훗날 《제인 에어》에서 이곳을 바탕으로 게이츠헤드 홀을 묘사했다.

톱 위든스(혹은 하이 위든스, 하워스에서 서쪽으로 3마일): 페나인 웨이의 꼭대기에 있는 엘리자베스 시대의 농가로, 《폭풍의 언덕》에서 히스클리프의 집에 영감을 주었다.

손턴(브래드퍼드에서 서쪽으로 4마일, B6145): 패트릭 브론테는 1815년에서 1820년까지 손턴의 부목사로 지냈으며, 이곳의 마켓 스트리트 74번가에서 샬럿, 브랜웰, 에밀리, 앤이 태어났다. 손턴의 교구 교회에는 이 아이들이 세례를 받았던 세례반이 남아 있다. 엘리자베스 퍼스가 수시로 브론테 가족을 초대해 차를 대접했던 저택은 로어 키핑 레인에 있다.

소프 그린 홀(리틀 오스번, 요크에서 북서쪽으로 10마일, B6265): 앤은 1840년 5월에 로빈슨가의 가정 교사가 되어 소프 그린 홀로 떠났다. 1843년 1월에는 브랜웰도 교사로 합류했지만 1845년 6월 혹은 7월에 파면되었다. 앤도 함께 사임했다.

우드하우스 그로브 학교(애펄리 브리지, 브래드퍼드에서 북쪽으로 4마일, A658 해러게이트 도로): 마리아 브랜웰은 스물아홉 살이었던 1812년 7월에 고모부 존 피넬이 교장으로 있는 우드하우스 그로브 학교에 왔다. 이곳은 감리교 목회자의 자제들을 위한 남자 기숙 학교였다. 마리아는 이곳에서 피넬의 딸 제인을 통해 패트릭 브론테를 처음 만났다.

와이컬러(콜른에서 남동쪽으로 2½마일): 폐허가 된 와이컬러 홀은 《제인 에어》의 펀딘 저택에 영감을 주었다. 이 마을은 지방 공원으로 지정되어 있다.

더 읽기 *The Sources*

• 브론테 자매의 편지와 삶을 조명한 책

- 《The Brontës: Their Lives, Friendships and Correspondence(브론테가: 그들의 삶과 우정, 서신)》, T. J. Wise and J. A. Symington(T. J. 와이즈, J. A 시밍턴), The Shakespeare Head, Oxford, 1932
- 《Selected Letters of Charlotte Bronte(샬럿 브론테의 편지 모음)》, Margaret Smith(마거릿 스미스), Oxford University Press, 2007
- 《The Miscellaneous and Unpublished Writings of Charlotte and Branwell Brontë(샬럿과 브랜웰 브론테의 소품과 미출간 기록)》, T. J. Wise and J. A. Symington(T. J 와이즈, J. A. 시밍턴), Oxford, Blackwell, 1934
- 《The Brontës' Life and Letters(브론테 자매의 생애와 편지)》, Clemence King Shorter(클레멘스 킹 쇼터), Hodder and Stoughton, 1908
- 《An Edition of the Early Writings of Charlotte Brontë(샬럿 브론테의 초기 작품선)》, Christine Alexander(크리스틴 알렉산더), (2 volume, 1987, 1991)

그 밖에 브론테 자매의 필사본과 편지, 습작 등은 하워스의 브론테목사관박물관, 리즈의 브러더턴도서관, 케임브리지의 피츠윌리엄박물관, 영국도서관 등에 소장되어 있으며, 미국에도 상당량이 (특히 필라델피아의 '보넬 컬렉션'에) 보관되어 있다.

도판 소장처 *Acknowledgements*

도판의 사용 허가 출처 및 소장처 또는 해당 그림을 발췌한 도서를 원서에 따라 밝혔다. 소장처, 쪽수(해당 삽화가 삽입된 이 책의 페이지 수) 순서로 정리했다.

• 사용 허가 출처 및 소장처

Birmingham City Museum & Art Gallery 203; Bradford City Art Gallery (Bridgeman Art Library) 153; Bridgeman Art Library 69, 125, 215, 243, 249; Trustees of the British Library 13, 190, 194, 211, 219, 233, 277; Trustees of the British Museum, frontispiece; Brontë Parsonage Museum 15(상하), 19, 43, 47(상하), 49, 54, 58, 60, 62, 65, 77(상하), 81(상하), 83, 84(좌우), 89(상하), 90, 92, 100(상하), 103, 106(상 좌, 하 좌우), 109, 112, 113, 121, 125(상), 127, 128, 131, 136, 137, 142(좌우), 150, 153, 155, 156, 173, 175, 179, 181, 182, 188, 196, 198, 200, 201, 211(상), 218, 228, 229, 236, 238(상), 242, 257, 260, 282, 287(상하), 290(좌우), 294; Calderdale Leisure Services, Bankfield Museum, Halifax 145; Mary Evans Picture Library 269; Fine Art Society, London 268; Guildhall Library 238(하), 239; Leeds City Art Gallery (photo Courtauld Institute of Art, Witt Library) 52; Philippa Lewis 92, 176, 246; Manchester Central Library 273; Mansell Collection 36, 37, 39, 93, 106(상 우), 149, 164, 168, 223, 264, 289; Museum of London 269; National Maritime Museum 159; National Portrait Gallery, London 8, 139(하); 225, 253, 270, 272; Collection Monsieur René Pechère 192; Ulster Museum, Belfast 31; Victoria & Albert Museum 115; The Wordsworth Trust, Dove Cottage 274; York City Art Gallery 283.

• 도서

R. Ackermann, *A History of the University of Cambridge* (1815) 41, 42; R. Ayton and W. Daniell, *Voyage Round Great Britain, Volume VIII* (1814~1825) 44; *Life and Works of Charlotte Brontë and her Sisters* (1872~1873), illustrations by E. M. Wimperis 66, 83, 135, 167, 172, 180, 220, 256, 265, 277, 278; A. Thornton, *Don Juan in London* (1836) 139 (상); George Walker, *The Costume of Yorkshire* (1814) 55, 96.

브론테 자매, 폭풍의 언덕에서 쓴 편지

2023년 02월 16일 초판 01쇄 인쇄
2023년 02월 24일 초판 01쇄 발행

지은이 줄리엣 가드너
옮긴이 최지원

발행인 이규상 편집인 임현숙
편집팀장 김은영 책임편집 고은솔 크로스교정 정윤정
디자인팀 최희민 권지혜 두형주 마케팅팀 이성수 김별 강소희 이채영 김희진
경영관리팀 강현덕 김하나 이순복

펴낸곳 (주)백도씨
출판등록 제2012-000170호(2007년 6월 22일)
주소 03044 서울시 종로구 효자로7길 23, 3층(통의동 7-33)
전화 02 3443 0311(편집) 02 3012 0117(마케팅) 팩스 02 3012 3010
이메일 book@100doci.com(편집·원고 투고) valva@100doci.com(유통·사업 제휴)
포스트 post.naver.com/h_bird 블로그 blog.naver.com/h_bird
인스타그램 @100doci

ISBN 978-89-6833-418-4 04840
ISBN 978-89-6833-390-3 (세트)
한국어판 출판권 ⓒ (주)백도씨, 2023, Printed in Korea